狂気の誕生と終焉。
真剣勝負で挑むべく
いちばん切れるナイフを
用意しました。

道尾秀介

광기의 탄생과 종말,
그것을 제대로 그리기 위해
가장 잘 드는 칼을 꺼내 들었다.
_미치오 슈스케

스켈리튼 키

스켈리튼 키

スケルトン・キー

미치오 슈스케
최고은 옮김

검은숲

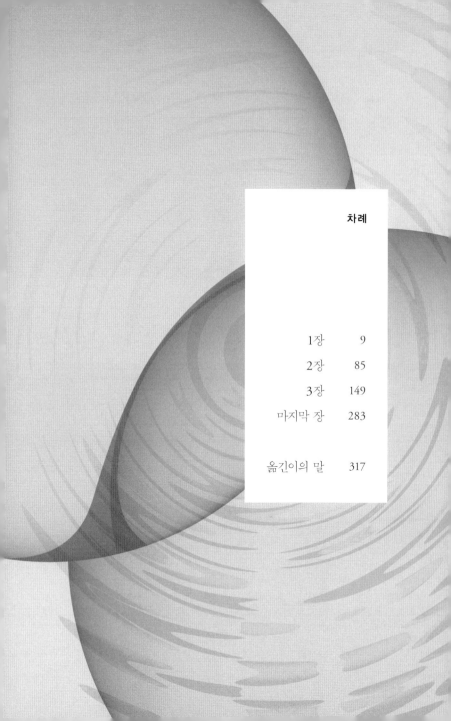

차례

La clef ferme plus qu'elle n'ouvre.
La poignée ouvre plus qu'elle ne ferme.

열쇠는 열기보다 닫는 것이다.
손잡이는 닫기보다는 여는 것이다.

_가스통 바슐라르 《공간의 시학》

You can straighten a worm,
but the crook is in him and only waiting.

벌레 같은 놈을 교정할 수는 있지만,
그 나쁜 기질은 사라지지 않고 때를 기다리고 있다.

_마크 트웨인

1
장

목표물인 쿠페는 차량 한 대 앞에서 달리고 있었다.

진행 방향의 신호가 노란불로 바뀌었지만, 쿠페는 그대로 교차로로 들어갔다. 하지만 그 뒤 차량, 내 오토바이 앞을 달리는 택시의 브레이크램프가 깜빡였다. 액셀을 당기며 재빨리 오토바이를 왼쪽으로 기울였다. 심야의 가로등이 일직선으로 이어져 헬멧 옆으로 흘러간다. 택시 옆을 빠져나와 교차로에 진입한 순간, 오른쪽 전방에서 경트럭의 헤드라이트가 단숨에 다가왔다. 반대편 차선에서 우회전 신호를 기다리던 차량이 출발한 모양이다. 오른쪽으로 피할 것인가, 왼쪽으로 피할 것인가. 왼쪽으로 피하면 상대가 급브레이크를 밟지 않는 한 충돌할 테니, 온 체중을 오토바이에 실어 오른쪽으로

몸을 기울였다. 하지만 그 순간, 경트럭이 타이어 소리를 내며
급브레이크를 밟았다. 아무래도 정답은 왼쪽이었던 모양이다.
교차로 한가운데에서 정차한 경트럭의 차체가 눈앞에 달려
들었다. 이대로 가면 충돌할 게 분명했다. 오토바이를 더 밑
으로 누르고 눌러, 스핀하기 직전에 힘껏 차체를 세웠다. 다운
재킷의 왼쪽 소매가 트럭의 짐칸을 스치는 바람에 찢어진 재
킷 안쪽에서 나온 하얀 깃털이 흩날렸다. 하지만 오토바이와
몸은 아슬아슬하게 빠져나와 트럭과 뒤따라오는 차량 사이
의 일 미터쯤 되는 틈새를 무사히 돌파했다.

원래 차선으로 돌아와 다시 쿠페를 미행하기 시작했다.

한참 달리다 보니 도로 양쪽에서 음식점의 불빛이 사라지
고, 그 대신 공장 같은 투박한 건물과 맨션이 늘어났다.

쿠페가 좌회전해서 골목으로 들어갔다.

바이크의 헤드라이트를 끄고 그 뒤를 따랐다.

마사다가 운전하는 쿠페는 주택가에서 코너를 두 번 돌아
유료주차장 간판 옆에서 속도를 줄였다. 나는 그 앞 모퉁이에
서 좌회전해 주택 담 옆에 오토바이를 세우고 엔진을 껐다.
청바지 주머니에서 스마트폰을 꺼냈다. 생년월일을 입력하고
카메라를 켜며 골목 구석으로 되돌아갔다. 카메라의 노출을
최대한 올린 상태로 골목 쪽으로 스마트폰만 내밀어 화면을

확인했다. 어두운 곳에서는 맨눈보다 카메라를 이용하는 게 더 잘 보인다. 쿠페는 유료주차장에 세워져 있지만, 마사다는 아직 차 안에 있다. 얼굴 아랫부분이 하얀 건 휴대전화를 만지는 중이라서 그럴까. 스마트폰의 셔터 버튼을 눌러 그 모습을 촬영했다.

마사다가 차에서 내렸다.

이쪽에 등을 보인 채로 주변을 살피며 걸음을 옮기기 시작했다.

나는 살금살금 그 뒤를 쫓았다.

마사다가 들어간 건 그리 고급스러워 보이지 않는 맨션의 입구였다. 호리호리한 몸을 숙여 인터폰에 호수를 누른 뒤 누군가와 짧게 대화를 나눴다. 안쪽의 자동문이 열렸다. 마사다는 그 문을 지나 엘리베이터 쪽으로 사라졌다. 나는 그 모습을 전부 사진에 담았다.

마사다의 모습이 사라진 뒤, 다운재킷의 왼쪽 소매를 확인하자 트럭 짐칸에 쓸린 부분이 십 센티미터쯤 찢겨 있었다.

찍은 사진을 마토무라 씨에게 메시지 애플리케이션으로 전송한 뒤 한마디 덧붙였다.

'미행 중에 재킷이 찢겨졌는데 나중에 청구할게요.'

바로 마토무라 씨에게 응답이 왔다.

"사카키입니다."

"역시 조야 군이야!"

고막을 찌르는 쩌렁쩌렁한 목소리에 스마트폰을 귀에서 뗐다.

"이 사진, 특종이야! 맨션 현관에서 찍은 거, 마사다의 얼굴이 제대로 나왔잖아!"

마사다 히로아키는 이십 년 이상 연예계에서 활동하는 거물 배우다. 사전에 마토무라 씨가 가르쳐준 정보에 따르면, 어린 부인은 현재 임신 중이라고 한다. 요사이 마사다는 촬영이 끝나면 운전기사 겸 매니저를 먼저 돌려보내고 자택이 있는 스기나미 구와는 다른 방향으로 향하곤 했다. 그 정보를 주간지 기자인 마토무라 씨가 입수한 것이다. 뭔가 있는 게 분명하다는 직감에 마토무라 씨는 두어 번 미행을 시도했지만, 번번이 놓쳐버리는 바람에 여느 때처럼 나에게 의뢰한 것이다.

"여기 어디야? 바로 갈 테니까 장소 알려줘."

"일단 전화 끊고 현재 위치를 보낼게요."

지도 애플리케이션으로 현재 위치를 확인한 뒤 주소를 보내자 바로 답장이 왔다.

"회사에서 택시 타면 삼십 분쯤 걸리겠어. 아, 재킷은 얼마짜린데?"

"이만 육천 엔이요."

사실 사천이백 엔짜리였다.

"우와, 비싼 거 입네. 내가 열아홉 살 때는 오천 엔짜리 싸구려만 입었는데. 좋아, 지금 택시 탔어."

운전기사에게 행선지를 말하는 소리가 들렸다.

"마토무라 씨, 전 그만 가도 되나요?"

"급한 일 있어?"

"그건 아닌데, 어차피 삼십 분 안에 마사다가 나올 것 같지 않아서요."

"아니, 혹시 나올지도 모르니까 내가 도착할 때까지 있어 줘."

"하지만 전에 마토무라 씨가 지루한 일은 안 해도 된다면서요."

"아…… 그랬나, 알았어."

이틀 뒤에 늘 보던 곳에서 돈을 받기로 하고 전화를 끊었다.

청바지 주머니에 스마트폰을 도로 넣는데 손가락에 열쇠가 닿았다. 오토바이 키도, 아파트 열쇠도 아니었다. 그런 열쇠들과 함께 열쇠고리에 걸어둔, 새끼손가락만 한 낡은 황동 열쇠. 열쇠기둥 끝에는 단순한 형태의 홈이 새겨진 톱니가 붙어 있었다. 무엇을 여는 열쇠인지는 모르겠다. 싸구려 장난감 같은 만듦새를 보면, 딱히 열쇠 용도로 만들어진 게 아닐지도 모른다. 이 열쇠에 대해 아는 건, 영아원에 맡겨졌을 때 내가 유일하게 가지고 있던 물건이라는 사실뿐이다. 나는 갓난아이일 때, 이 열쇠와 함께 영아원에 맡겨졌고, 두 살 때 사이타마에 있는 아동보육시설 '세이코엔靑光園'으로 옮겨졌다. 물론 그 무렵의 기억은 없었고, 철들 무렵에는 세이코엔에서 늘 주머니에 이 열쇠를 넣고 같은 또래부터 고등학생까지 스무 명 남짓한 아이들과 함께 생활했다.

오른손을 다운재킷 가슴팍에 넣어 셔츠 아래의 왼쪽 가슴을 눌러봤다. 심장은 여전히 느리게 뛰었다. 아무리 위험한 짓을 해도 이 심장 박동은 빨라지지 않았다. 제 주인이 처한 상황조차 관심이 없는 듯, 늘 이렇게 담담하게 낮은 심박수를 유지한다.

이건 나 같은 사람들의 특징 중 하나라고 한다.

"너 같은 사람을 뭐라고 하는지 알아."

내가 누구인지 가르쳐준 건 좋아하는 히카리 누나였다.

"너 같은 사람을."

세이코엔의 뜰에 있던 어두운 창고 속에서 그녀는 그 이름을 가르쳐주었다.

"사이코패스라고 해."

2

"커피 괜찮아?"

"네."

"그럼 커피 두 잔이요."

"따뜻한 커피로 드……."

네, 하고 마토무라 씨는 종업원의 말을 잘랐다. 되받아치 듯 종업원은 접객용 미소임을 강조하는 억지웃음을 지으며 떠났다.

"귀엽네, 생글생글 잘 웃고."

농담인지 진담인지 모를 투로 말하더니 마토무라 씨는 전 자담배 스위치를 눌렀다. 석 달 전쯤에 일반 담배에서 갈아탔 다고 하는데, 한 모금 피울 때마다 여지없이 인상을 찌푸렸다. 맛도 없는데 왜 피우는 걸까, 물어본 적이 없어서 이유는 모 른다.

"아, 그러고 보니 찢어진 게 어디야?"

나는 다운재킷의 왼쪽 소매를 내밀었다.

"와, 어쩌다 그랬어?"

오토바이로 마사다 히로아키를 미행하던 상황을 설명하자, 마토무라 씨는 내 눈과 입을 재빠르게 살피며 들었다. 이야기가 끝나자, 전자담배가 생각났는지 니코틴이 섞인 수증기를 들이마셨다. 맛없다는 표정을 지을 줄 알았는데, 아무렇지 않은 얼굴이었다.

"여전히 대단하네."

나를 더 자세히 보려는 듯 몸을 젖히고 천천히 위아래로 훑어봤다.

"좋아, 그럼 일단 옷값."

마토무라 씨가 내민 봉투에는 이만 육천 엔이 들어 있었다. 나는 지폐를 지갑에 넣은 뒤에 봉투는 필요 없다며 돌려줬다. 마토무라 씨는 봉투를 받으며 내 '이만 육천 엔'짜리 다운재킷을 다시 살펴보고 이 초쯤 표정이 굳었지만 아무 말도 하지 않았다.

"수당 말인데, 더 얹어줄게."

"특종인가요?"

마토무라 씨는 고개를 뻣뻣이 세우더니 두 눈을 부릅뜨고 끄덕였다.

"대박 특종이야."

마사다가 들어간 맨션에는 가시이 아야가 산다고 했다.

"놀라서 처음엔 완전 쫄았잖아."

가시이 아야는 연예인에 무지한 나도 아는 신인 여배우였다. 지난 분기 아침 드라마에서 준주연을 맡았는데, 마찬가지로 신인이었던 동년배 주연 여배우보다 주목을 받았다. 지금은 은행부터 주류, 콘택트렌즈까지 다양한 텔레비전 광고에 등장하고, 전철이나 거리에서도 그녀가 나오는 광고 사진이 커다랗게 걸려 있는 걸 흔히 볼 수 있다. 마토무라 씨 말로는, 다음 달부터 시작하는 골든타임 드라마에서는 드디어 주연에 발탁되었다고 한다.

"그것도 뭐, 이제 어떻게 될지 모르겠지만."

"커피 나왔습니다."

주문한 커피를 들고 종업원이 다가왔다.

"거기 두시고 우유는 치워주세요. 거치적거리니까."

"더 주문하실……."

없습니다, 하고 이번에도 마토무라 씨가 말을 자르자, 종업원은 억지웃음도 짓기 싫은지 홱 몸을 돌려 걸어갔다.

"아무튼 가시이 아야 말인데."

기세를 몰아 꿀꺽꿀꺽 커피를 마신 뒤, 마토무라 씨는 숨을 거의 쉬지 않고 말하는 특유의 화법으로 설명을 시작했다.

나와 통화하고 나서 삼십 분쯤 지나 마토무라 씨는 맨션 앞에 도착했다. 그로부터 두 시간쯤 지났을 때 마사다가 혼자 밖으로 나왔다고 한다.

"일단 모른 척했어. 안에 있는 여자한테 연락할지도 모르잖아. 아니, 그때는 아직 여자라는 확신이 없었고, 거기가 가시이 아야의 집인 줄 몰랐지만, 아무튼 배우든 가수든 안 팔리는 아이돌이든 상관없으니 누구라도 나와달라고 빌었지."

그렇게 아침까지 손을 모으고 있었는데.

"몸이 부르르 떨리더라고. 안경하고 모자로 얼굴을 가리고는 있었지만, 몸매랑 얼굴이 역시 멀리서도 눈에 띄던걸. 몇 초 지나서…… 몇 초가 지났을까, 아, 진짜 나도 참 대단하지. 가시이 아야인 줄 딱 알아보고 막 달려들었어. 취재하려고. 그럴 때는 그냥 단도직입적으로 마사다 씨와 무슨 사이입니까 하고 물어보는 게 제일 좋거든. 그랬더니 얼굴이 하얗게 질려서 굳어버리더라고. 그건 인정한다는 거잖아."

그때부터 마토무라 씨는 가시이 아야에게 질문 공세를 펼쳤지만, 그녀는 창백한 얼굴로 일절 대답하지 않고 떨리는 목소리로 '소속사와 말씀하세요'라고만 중얼거렸다고 한다. 마토무라 씨는 이때의 대답을 일부러 흉내까지 내며 재연했다.

"한마디로 자백한 거야. 저는 엄청난 짓을 저질렀습니다.

그렇게 말하는 거나 마찬가지지. 그렇잖아."

다시 흉내를 내더니, 마토무라 씨는 다시 나를 보며 자세를 바로 했다. 상대의 반응에 대한 기대감으로 두 눈이 점점 확장되더니, 이내 눈동자가 전부 보일 정도로 커졌지만 갑자기 가늘어졌다.

"늘 그렇지만, 흥분의 분 자도 찾아볼 수가 없네."

"흥분의 흥이겠죠."

"그래, 흥."

마토무라 씨는 나보다 열다섯 살 많은 서른네 살이지만, 불규칙한 생활 탓인지 얼굴에 주름이 많았다. 나보다야 크지만 비교적 작은 덩치에 숱 많은 곧은 머리털이 흘러넘치듯 뻗어 있어, 원래는 컸던 사람이 줄어든 것처럼 보이기도 했다. 국내 최대 출판사인 소게이샤의《주간 소게이》기자로 오 년 근속 중이었는데, 일 년 전쯤에 여러 차례 특종을 터뜨린 유능한 기자였다. 그리고 그 특종의 대부분은 내 도움으로 얻어낸 것이다.

일을 의뢰할 때에는 늘 마토무라 씨가 녹음기를 켜놓고, 이러저러한 곳에서 어떤 일이 벌어질 가능성이 있는데, 사실을 확인할 수 있으면 돈을 벌 수 있다는 식으로 나에게 이야기한다. 나중에 어떤 문제가 생길 경우, 마토무라 씨가 나에게 부탁한 게 아니라 내가 마음대로 행동한 거라고 빠져나갈 구멍을 마련해놓기 위해서인 것 같다. 미성년자를 고용해 위험한 일을 시키고 있으니, 만일의 경우를 대비할 필요도 있겠지만, 그런 녹음이 실제로 도움이 될지는 모르겠다. 아마 별 도움은 안 될 것이다.

좌우지간 나는 설령 경찰이 아무리 추궁하더라도 소게이샤나 마토무라 씨의 이름을 입 밖에 낼 생각이 없었다. 의리를 지키려는 게 아니라, 단순히 내 손해기 때문이다. 유일한 수입원인 이 일을 잃을 수는 없다.

"뭐, 아무튼 다음 주에 실릴지도 모르니까 기대해. 권두 특집 페이지로 나갈 거니까."

마토무라 씨와 일을 하게 된 계기는 세이코엔에서 나오자마자 시작한 퀵서비스 덕분이었다.

출판사에서는 급하게 필요한 자료나 기록 매체를 주고받을 때 자주 퀵서비스를 이용한다. 마토무라 씨도 전부터 내가 일하는 '스피드 타로'에 종종 의뢰를 했다. 여러 차례 이용하는 동안, 내가 담당할 때면 물건이 훨씬 빨리 도착한다는 사실을 깨닫고 이내 나를 지정해서 일을 맡기기 시작했다. 눈이 오나 비가 오나 나는 신속하게 물건을 배달했다. 급여는 기본급에 건당 수당이 붙는 식이었는데, 내가 '정상적으로' 살아가기 위해 꼭 필요한 일이었다. 어느 날 소게이샤 집하소에 물건을 가지러 갔더니, 마토무라 씨가 말을 걸었다. 어떻게 매번 그렇게 빨리 배달할 수 있느냐는 물음에, 나는 그냥 빨리 달리면 된다고 대답했다.

"그래도 비나 눈이 올 때는 무섭지 않아?"

무섭다는 감정을 나는 느껴본 적이 없다.

철이 들었을 때부터 지금까지 한 번도.

마토무라 씨의 질문에 구체적으로 뭐라고 대답했는지는 기억나지 않는다. 하지만 나중에 들은 이야기로는, 그때 마토무라 씨는 이런 생각을 했다고 한다.

'이 녀석, 위험한데.'

그러면서도 머릿속으로는 이런 계산을 했다.

'일할 때 잘 이용하면 아주 쓸 만하겠어.'

마토무라 씨는 그 자리에서 나에게 제의했다. 돈을 넉넉하게 줄 테니 차량을 미행하거나 어디에 잠입하는 등 위험한 일을 도와줄 수 있겠느냐고. 실로 직설적인 제안이었다. 나는 구체적인 금액을 들은 뒤에 나쁘지 않다고 생각했다. 그날 배송을 마치고, 나는 다시 소게이샤를 찾아가 마토무라 씨가 알려준 휴대전화 번호로 전화했다. 마토무라 씨는 금방 엘리베이터를 타고 내려와 나를 근처 카페로 데려갔다. 지금 우리가 있는 이곳이다. 그 후로 이곳에서 만나서 이야기하거나 금전을 주고받고 있다.

마토무라 씨가 부탁하는 일들은 다양했다. 예를 들면 어떤 사실을 확인하기 위해 어느 건물에 잠입하거나, 어떤 사람의 뒤를 밟아 사진을 찍는 일. 이번처럼 촬영한 사진이 그대로 지면에 실릴 때도 있는가 하면, 내가 입수한 증거를 바탕으로 마토무라 씨가 취재해서 최종적으로 기사를 쓸 때도 있다. 사전에 간략한 상황 설명과 가야 할 장소, 찍어야 할 사진, 확인 사항 등에 대해 마토무라 씨가 녹음기를 켜놓고 설명하면, 나는 내 방식으로 그 일들을 실행한다. 가장 자신 있는 건 오토바이를 이용한 추적이지만, 그 밖에도 맨션에 드나드는 사람을 촬영하기 위해 빌딩에서 그 옆 빌딩으로 건너뛴 적도 있고, 산타클로스처럼 배기구로 들어가 야쿠자와 얽힌 사기꾼 집단이 임대한 상가 천장 위에서 몰래 그들의 대화를 녹음하기도 했다. 마토무라 씨는 그렇게 입수한 정보로 특종을 따냈고, 나는 돈도 벌고, 일을 함으로써 간신히 정상적인 상태를 유지할 수 있었다.

"여기 일당."

마토무라 씨가 가방에서 봉투를 꺼냈다. 나는 안에 든 팔만 엔을 지갑에 넣었다. 기본료 육만 엔에, 이번에는 수당 이만 엔을 더 받았다. 이렇게 받는 돈이 마토무라 씨의 사비인지, 회사 경비인지는 모른다. 설마 회사에서 미성년자에게 이런 일을 시킬 리는 없을 테니, 아마 사비일 것이다. 특종을 터뜨리면, 회사에서 '특종료'라는 명목의 수당이 나오는데, 잘 나올 때는 수당만 해도 중견 회사원의 한 달 치 월급 정도는 된다고 하니, 사비라 해도 마토무라 씨에게도 충분한 금액이 떨어질 것이다.

"아, 맞다. 약 가져가야지."

내가 돌려준 봉투를 넣으며, 마토무라 씨는 가방에서 알약 상자 두 개를 꺼냈다.

"이번에는 내가 낼게."

"그래도 돼요?"

"얼마 안 하잖아."

마토무라 씨가 가입한 구매대행 제약 통판 사이트에서 정기적으로 부탁해서 사는, 트리프타놀이라는 항우울제였다. 원래는 의사 처방으로만 살 수 있는 약이지만, 그 사이트에서는 처방전 없이 해외에서 구입할 수 있었다. 미성년자인 나는 회원 가입을 할 수 없어서, 마토무라 씨에게 말하자 대신 구입해준다고 하기에 매번 부탁하고 있다. 하지만 딱히 우울증이 있는 건 아니다. 내가 필요한 건 트리프타놀의 주요 효능이 아니라, 심박수를 올리는 부작용 쪽이었다.

"몇 시지."

등받이에 몸을 기대며 마토무라 씨가 시계를 보았다.

"아직 다섯 시 안 됐네. 모처럼 같이 밥이라도 먹을까?"

"친구랑 약속이 있어서요."

마토무라 씨의 눈썹이 꿈틀했다가 다시 원위치로 돌아왔
다. 내 입에서 처음 친구라는 말을 들었기 때문일까. 내 생각
에도 마토무라 씨와 만난 지난 일 년 동안 그런 말을 입에 담
은 적이 없던 것 같다.

"그럼 다음에 또 연락할게. 이번 건이 워낙 커서, 한동안은
정신없을지도 모르겠지만."

"연락 주세요."

가방을 들고 자리를 떠나려던 나는 불현듯 든 생각에 뒤
를 돌아봤다.

"그러고 보니 마토무라 씨."

"응?"

"그 사건……."

"무슨 사건?"

"전에 기사를 찾아달라고 부탁했던……."

십구 년 전 겨울, 주간지에 실린 기사.

사이타마 현에서 임산부가 산탄총에 맞은 사건.

"아뇨, 아무것도 아니에요."

뭔가 말하려는 마토무라 씨에게 꾸벅 고개를 숙인 뒤, 나는 가방을 비스듬히 메고 카페를 나섰다. 영업을 시작한 신주쿠 뒷골목의 술집 창문에는 '송년회'라는 글자가 붙어 있었다. 한겨울의 해는 이미 저물기 시작해서, 하늘 여기저기로 솟은 빌딩은 네모난 빛 덩어리로 바뀌어가고 있었다.

내 출생에 대해 처음 안 건 작년 봄, 세이코엔을 나오기 직전의 일이었다.

솔직히 그때까지는 그런 데 관심을 가진 적조차 없었다. 어차피 다른 아이들처럼 부모의 폭력이나 방치로 들어왔거나, 금전적인 이유로 버림받았을 것이라 생각하고 굳이 관심을 갖지 않았다. 때문에 이소가키 원장님이 주차장에서 말을 건네 왔을 때, 내가 알고 있던 건 사카키 이쓰미라는 어머니의 이름 정도였다.

날이 저물기 조금 전, 세이코엔 주차장에서 오토바이 시트의 찢어진 부분을 까만 테이프로 붙이고 있는데, 뒤에서 원장 선생님의 목소리가 들렸다.

"면접 붙었다면서?"

돌아보자 지는 해를 등지고 선 까닭에 얼굴이 새카매진 원장 선생님이 보였다. 삐죽삐죽 네모난 머리 모양과 울퉁불퉁한 귀, 그 위에 있는 안경다리의 실루엣만 또렷하게 보였다.

"너에게 맞는 일이겠지만…… 사고 조심해라. 위험한 일이잖아."

그날, 전에 면접을 봤던 도내 퀵서비스 회사에서 채용 연락이 왔다. 그때까지 삼 년 동안 나는 원장 선생님이 소개해 준 임업토목 회사에서 아르바이트를 하며 고등학교 학비를 벌었다. 학비는 일 년에 사십만 엔 정도였는데, 학비를 내는 한편 따로 현금을 모아서 고등학교 이학년 때 오토바이 면허를 땄다. 삼학년이 됐을 때 야마하 WR250R을 중고로 샀다. 온로드 차량 못지않은 속도를 내는 오프로드 차량이었다. 시세보다 훨씬 싼값에 나온 걸 보면 아마 사고 차량이겠지만, 겉보기에는 깨끗했고 지금까지 두 번밖에 고장 나지 않았다.

"조심할게요."

대답한 뒤에도 원장 선생님은 말없이 그 자리에서 움직이지 않았다. 나는 다시 오토바이 시트에 테이프를 붙였다. 그러면서 생각했다. 원장 선생님은 나에게 할 이야기가 있는 모양이다. 그건 아마 자신의 감정을 강요하는 종류의 이야기겠지. 세이코엔에서 나는 늘 특별한 아이였다. 선생님들은 모두 내가 드디어 졸업한다고 가슴을 쓸어내리고 있었다. 그 안도감을 그리움 같은 감정으로 바꿔치기해 나에게 강요하러 온 게 틀림없었다.

하지만 예상은 빗나갔다.

"선생님도 보육원에서 자랐다는 이야기는 전에 했지?"

준비한 말을 쏟아내듯 원장 선생님은 말문을 열었다.

초등학교 이학년 겨울이던가, 식당에서 전골 파티를 할 때 그 이야기를 들었다. 원장 선생님도 우리처럼 보육원에서 어린 시절을 보냈다고 했다. 이바라키 현에 있는 그 시설에서 선생님은 초등학생 때부터 고등학생 때까지 살았다. 그 생활 속에서, 언젠가 이런 시설을 만들고 싶다는 꿈을 가지게 되었다. 그리고 어른이 되어서 그 꿈을 현실로 만들어, 세이코엔을 설립했다고 했다. 원장 선생님이 세이코엔을 열었을 때, 가장 처음 맡은 아이가 영아원에 있던 두 살짜리 나였다.

"선생님이 자란 이바라키의 그 시설에……."

잠시 말을 흐리더니, 원장 선생님은 생각지도 못한 말을 던졌다.

"네 어머니도 있었단다."

나는 테이프를 시트에 내려놓고 일어나 원장 선생님에게 몸을 돌렸다. 키가 작은 나는 일어서도 상대의 얼굴을 올려다보는 모양새라, 원장 선생님이 등지고 있던 저녁 해도 여전히 선생님 뒤통수 뒤에 있었다. 때문에 내 출생에 대해 생각할 때마다 이소가키 원장 선생님의 각진 얼굴도 반드시 함께 떠오르곤 한다.

"너희 어머니도 같은 시설에서 자랐어."

어머니도 보육원에서 자랐다는 사실 자체는 딱히 놀랍지 않았다. 시설에 있는 아이들의 부모도 대부분 시설 출신이라는 건, 우리 사이에서는 지극히 일반적인 일이었다. 불안정한 상황이 불안정을 부르고, 체념이 체념을 부르는 고립무원의 상황을 우리는 잘 알고 있었다. 그보다 어머니와 어릴 적 친구였다는 걸 원장 선생님은 왜 지금까지 말하지 않은 걸까.

"네가…… 조야 네가 사실을 받아들일 나이가 될 때까지 기다렸단다."

그렇게 말은 했지만 여전히 이해가 가지 않았다.

"지금부터 내가 하는 이야기는, 아무에게도 한 적이 없어. 도고시 선생님도 모른단다."

도고시 선생님은 세이코엔의 첫 직원으로, 내가 졸업할 때에는 이미 오십대 중반이었다.

"너에게는 무척 서글픈 이야기일지 몰라. 하지만 언젠가는 분명 이해할 날이 올 거야. 어떤 형태로 알게 되건, 선생님이 먼저 말하는 게 좋을 것 같아서 말이다."

먼저 그렇게 운을 떼더니, 원장 선생님은 이야기를 시작했다.

원장 선생님은 부모님의 사정으로 초등학교 오학년 때, 보육원에 들어왔다고 한다. 내 어머니가 입소한 건, 그로부터 얼마 지나지 않아서였다.

"당시에 네 어머니는 네 살이었는데, 다들 잇짱이라 부르며 예뻐했지."

어머니가 보육원에 들어온 건 어머니의 부모님, 즉 내 외조부모가 나사 공장 경영에 실패해 무일푼이 되었기 때문이다. 어머니를 보육원에 맡긴 직후, 조부모가 탄 트럭이 이바라키 가시마 항에서 발견되었다. 부부가 함께 동반 자살했다고 한다.

"선생님은 이 이야기를 잇짱에게 직접 들었다. 부모님의 장례식에서 친척들이 이야기하는 걸 듣고, 상황을 파악한 모양이야. 똑똑한 아이였으니까."

원장 선생님의 그 말을 듣고, 나는 어머니도 이 세상 사람이 아닐지도 모른다고 생각했다.

결과적으로 내 예상은 적중했지만, 죽음의 진상은 상상과는 달랐다.

"선생님은 열여덟 살 때 보육원을 나왔어. 낮에는 건설회사에서 일하면서, 나중에 보육원을 만드는 데 필요한 자금을 벌었고, 밤에는 공부를 계속했지. 하지만 가끔 보육원에 전화를 하거나, 놀러 가서 너희 어머니하고도 친하게 지냈단다."

어머니는 입양을 원했지만, 상황이 여의치 않아서 원장 선생님처럼 열여덟 살 때까지 그 시설에 있었다. 졸업하고 나서는 직원의 소개로 사이타마에 있는 관광지의 토속음식점에서 종업원으로 일하기 시작했다.

"그 무렵부터 너희 어머니와 연락을 거의 못 했는데, 여기를, 이 세이코엔을 설립하기 위한 준비가 거의 마무리됐을 때 오랜만에 연락을 해봤지. 나처럼 보육원에 맡겨져, 그곳에서 자란 잇짱의 이야기를 들어보고 싶어서."

선생님은 예전에 어머니에게 들은 음식점으로 전화를 했다. 가을 끝 무렵이었다. 하지만 전화가 연결되지 않았다. 나중에 직접 찾아가보니, 가게는 망해서 잡초만 무성했다고 한다. 인근 가게에 들러 물어보니, 벌써 반년 전에 폐업했다고 했다. 그곳에서 종업원으로 일하던 사카키 이쓰미라는 여성을 아느냐고 물어봤지만, 아는 사람은 없었다. 선생님은 그 부근의 상점을 하나씩 돌며 어머니의 행방을 물었다.

"그러다 들어간 음식점에 잇짱이 어디 있는지 아는 사람이 있었어."

선생님은 곧장 그 주소로 찾아갔다.

그곳은 밤부터 새벽까지 영업하는 술집이었는데, 어머니는 술을 따르거나 손님의 말동무를 하는 일을 했다. 가게 안은 담배 연기가 자욱했는데, 어머니도 일하며 담배를 피우거나 술을 마셨다고 한다.

"술 담배도 왠지 억지로 하는 것 같았어."

선생님이 가게에 들어갔을 때는, 조직폭력배 같은 질 나쁜 손님들이 어머니가 가게에서 쓰는 이름을 함부로 부르며, 어머니에게 담뱃갑과 라이터를 던지거나, 잔에 마음대로 위스키를 따르고 있었다고 한다.

손님들이 돌아간 뒤에야 선생님은 어머니와 이야기를 나눌 수 있었다.

"가게 옆에 있는 싸구려 공동주택에서 산다고 했어. 집주인이 술집 사장이었지."

전에 일하던 음식점이 망하고 나서, 어머니는 당시 살던 집의 집세를 낼 길이 막막해서 새 일을 찾았다. 하지만 마음처럼 쉽지 않았고 결국 연락이 온 곳은 그 술집뿐이었다. 사장

의 건물에서 사는 게 채용 조건이었는데, 대신 보증인 없이
입주할 수 있었다고 한다.

"일한 지 석 달째라고 했는데, 그 가게 환경은 썩 좋은 편이
아니었어. 잇짱이 그런 데서 일하는 게 싫었지만, 선생님에게
참견할 권리가 있는 것도 아니니 뭐라고 할 수가 없었지."

하지만.

"그만 가보겠다고 하니 잇짱이 밖까지 배웅하러 와서……"

배 속에 아이가 있다는 고백을 했다고 한다.

"이십 주 되었다고 했어. 낙낙한 블라우스를 입고 있어서
전혀 알아채지 못했지."

그 이야기를 듣고 선생님은 그냥 넘어갈 수 없었다고 한다.
배 속에 아기가 있으면 술 담배는 절대 안 된다고 혼을 냈지
만, 어머니는 거절하면 성을 내는 손님이 많아서 어쩔 수 없
다고 했다. 거기다 자기 잔에 술을 따른 만큼 매상으로 연결
되기 때문에, 출산 비용과 양육비를 벌어야 하는 입장으로서
는 마실 수밖에 없다고.

선생님은 아이의 아버지가 누구냐고 물었다.

"하지만 잇짱은 가르쳐주지 않았어."

그렇게 말했을 때 원장 선생님의 어깨 너머, 세이코엔의 지
붕으로 저녁 해가 저물었다. 저녁 해는 지붕 너머로 모습을

감추기 직전에 일순 강렬한 붉은 빛을 발하더니, 이내 사그라졌다. 해가 사라지자 오히려 원장 선생님의 얼굴이 잘 보였다. 희미한 어둠 속에서 선생님의 눈은 똑바로 나를 보고 있었다. 진지하다기보다는 냉정한 눈빛이었다. 자신이 하는 이야기를 상대가 의심하지 않고 받아들이는지 확인하는 눈길이었다. 철들 무렵부터 나는 남의 표정을 읽는 데 능했다. 상대가 아이든, 어른이든, 진심을 이야기하고 있는지, 이야기를 무턱대고 믿었다가 손해를 보는 게 아닌지 가늠할 수 있었다. 때문에 나는 그때 원장 선생님의 이야기 속에 어떠한 거짓이 섞여 있다는 사실을 알아챘다.

"그래서 어떻게 됐는데요?"

뒷이야기를 묻자, 원장 선생님의 눈에 일순 안도한 표정이 떠올랐다 사라졌다. 그 눈빛을 보고 내 생각이 적중했음을 깨달았다. 하지만 아무것도 묻지 않았다. 알게 되어봤자 내게 해가 될 것 같은 예감이 들어서였다. 나는 늘 그 예감을 충실히 따랐다.

"선생님은 잇짱을 위해 할 수 있는 일을 모두 해야겠다고 생각했어. 실제로 그렇게 했고. 물론 충분하다고는 할 수 없었지만, 할 수 있는 일은 전부 했어."

원장 선생님은 보육원의 창립 자금으로 모아둔 돈의 일부

를 어머니에게 생활비로 쓰라고 보냈고, 새 직장과 살 곳을
열심히 찾았다. 하지만 쉽지 않았다. 선생님 본인도 당시 일하
던 건설회사에 사직서를 내고 완벽히 준비되지 않은 상황에
서 일을 진행하던 중이었기 때문에 금전적으로도, 정신적으
로도 여유가 없었다. 국가에서 아동복지시설의 설립 인가를
받을 수 있을지조차 미지수였다.

"하지만 다행히도 인가를 받아서 문을 열게 되면, 그때는
잇짱을 직원으로 채용해야겠다고 생각했지."

만일 그 일이 실현되었다면 어머니의 인생도, 내 인생도 아
마 백팔십도 달라졌을 것이다. 어머니는 훨씬 오래 살았겠지.
하지만 선생님이 아동복지시설을 만들기 위해 사방팔방으로
뛰어다니던 동안…….

"사건이 일어났어."

예전에 마토무라 씨에게 부탁해 찾은 기사에 실린, 그 사
건이었다.

지금으로부터 십구 년 전, 십이월 저녁 무렵. 어머니가 일
하던 술집 '프란체스카'에 산탄총을 든 삼십대 후반의 남자가
들이닥쳤다. 산탄총은 남자의 부친이 사냥에 쓰던 것이었는
데, 그때 가게 안에는 영업 준비를 하던 어머니가 혼자 있었
다. 남자는 어머니에게 현금을 내놓으라고 했다. 어머니는 현

금은 없다고 대답했다. 하지만 실제로는, 사장이 전날 가져가지 않은 상당한 액수의 현찰이 카운터 안쪽 찬장에 보관되어 있었다. 돈 냄새를 맡았는지, 남자는 카운터 안으로 들어가 서랍을 뒤지기 시작했다.

어머니는 남자를 말렸다.

"잇짱은 그 돈을 가게 매상이라기보다는 자신의 생활비나 출산 비용으로 생각했던 것 같아. 남자가 돈을 훔쳐가면, 자신이 받을 급료도 날아갈지 모르니까."

설마 남자가 아무 망설임 없이 방아쇠를 당길 줄은 몰랐겠지.

"남자가 총을 쏜 순간, 잇짱은 순간적으로 몸을 피해 즉사하지는 않았지만……."

사방으로 튄 산탄이 어머니의 몸을 파고들었다.

총소리를 듣고 인근 농가에서 온 남자가 가게를 들여다보았을 때, 바닥에 쓰러져 있던 어머니를 앞에 두고 범인은 우두커니 서 있었다. 그 남자의 신고를 받고 경찰관이 달려왔을 때에도, 범인은 그 자리에 있었다.

범인은 즉시 체포되었다.

다고 요헤이라는 무직의 남자로, 십대 후반에 강도상해 전과가 있었다.

"잇짱은 의식불명 상태로 병원에 이송됐어."

임신 팔 개월의 어머니는 총알 적출수술을 받았다. 하지만 뒤쪽에서 비스듬히 날아온 탄알 여러 개가 척추와 요추 가까이 박혀 있던 까닭에 전부 빼내지 못했다. 탄알 몇 개를 어머니의 몸에 남겨둔 채, 의사는 수술을 마무리할 수밖에 없었다. 수술 후, 어머니는 일시적으로 의식을 회복해 경찰과 의사, 원장 선생님과 대화를 나누었지만, 상태가 악화되어 또다시 의식불명이 되었다.

"곧바로 제왕절개 수술을 해서 널 꺼냈어. 하지만 잇짱은 그대로 의식을 되찾지 못한 채 병원에서 숨을 거뒀지."

그로부터 이 년쯤 지나, 원장 선생님은 세이코엔을 설립했다.

"처음 이곳에 데려온 아이가 영아원에 있던 너였단다."

원장 선생님의 이야기는 거기서 끝났다.

술집 '프란체스카'에서 일어난 사건은, 세간의 주목을 끌 만한 일은 아니었던 모양이다. 마토무라 씨가 찾아다 준 기사도 몇 줄 되지 않았고, 그 뒤로 정계와 연예계에서 굵직한 사건이 연이어 터진 탓에 후속 보도도 거의 없었다. 사이타마 작은 술집에서 일어난 사건은 그렇게 금방 사람들의 기억에서 잊혔다. 범인인 다고 요헤이가 현재 어디서 뭘 하고 있는지도 알 수 없다.

분명 이대로 모른 채 사는 게 제일 좋을 것이다.

히카리 누나 덕에 나는 내가 어떤 존재인지 알고 있었다. 만일 다고 요헤이라는 남자의 소재를 알게 되면, 나는 분명 찾아갈 것이다. 찾아가서 원수를 갚을 것이다. 살해된 어머니의 원수를 갚겠다는 게 아니다. 예나 지금이나 얼굴도 모르는 어머니에게 솔직히 아무 감정도 들지 않는다. 원장 선생님이 이야기해준 어머니의 인생이 아무리 비참했어도, 어머니가 얼마나 가엾은 사람이었더라도, 그 사실은 달라지지 않는다. 나는 내 인생의 복수를 하고 싶은 것이다. 원장 선생님의 이야기를 들으며 내가 생각한 건, 존재했을지도 모를 또 하나의 인생을 나에게서 앗아간 남자를 향한 원망이었다. 지금 인생과 비교해 어느 쪽이 더 나은지, 정상적인지는 상관없다. 그게 무엇이든 나에게서 무언가를 빼앗아가는 인간은 용서하지 않는다.

4

우동과는 여섯 시에 오미야 역에서 보기로 했다.

오토바이로 가면 신주쿠에서 출발해 삼십 분 안에 도착하기 때문에, 만나기 전에 오미야 역 근처에서 새 겉옷을 살 생각이었다. 우동이 나보다 일 년 먼저 세이코엔을 졸업한 이후로 처음 보는 것이니, 이 년 구 개월 만의 만남이었다. 소매가 찢어진 다운재킷 차림으로 만날 순 없었다.

해질녘의 골목길을 따라 오토바이를 세워놓은 곳으로 향했다. 그 카페에서 마토무라 씨와 만날 때는 늘 이곳에 세워둔다. 신주쿠교엔 근처, 인도가 넓어지는 곳에 은행나무 한 그루와 벤치 두 개가 나란히 늘어선 곳, 그 은행나무와 벤치를 에워싸듯 항상 자전거와 오토바이가 세워져 있었다. 마치 그곳만 경찰의 눈에서 벗어난 듯, 늘 무단 주차 상태였는데…….

"거기서 뭐 해?"

갈색 머리를 분수처럼 삐죽 세운 남자에게 나는 물었다.

출근길의 호스트일까. 노타이의 하얀 셔츠에 검은 정장. 그런 남자가 내 오토바이를 걷어차고 있었다. 한 번이 아니라 두 번, 두 번째 발차기에 내 야마하 WR250R은 화단 쪽으로 쓰러졌다. 왼쪽 핸들 끝이 은행나무 줄기에 세로로 팬 흔적을 만들었다.

남자는 먼저 고개만 돌려서 내 겉모습을 확인한 뒤에 몸을 돌렸다. 나보다 이십 센티미터쯤 큰 것 같았다. 표정은 작위적으로 인상을 썼고, 공격적인 눈빛에 입을 반쯤 벌렸다.

그 상태로 남자는 "뭐?" 하고 멍청한 소리를 냈다. 심부름으로 사 가는지, 술 두 병이 든 비닐봉지를 들고 있었다. 갈색 병인 걸 보면 위스키나 브랜디겠지만, 정확히는 모르겠다.

"내 오토바이에 뭐 하는 거야?"

"넌 뭐야?"

"흠집 났으니까 변상해."

남자는 눈꺼풀을 들어 올리듯 두 눈을 부라리더니, 아래턱을 내밀며 "이 새끼가" 하고 나에게 다가왔다.

"주차를 아무 데나 해놓고 뭔 소리야."

"왜 내 오토바이를 찼어?"

"네 오토바이가 내 봉투에 부딪쳐서."

자세히 보니 남자의 말대로 봉투는 가로로 찢어져 있었다.

"그 봉투가 내 오토바이에 부딪친 거겠지."

"이 새끼가?"

아까와 같은 소리를 하며 남자는 손을 뻗어 내 가슴팍 언저리를 잡더니, 손목을 비틀어 재킷을 잡아당겼다. 끌려가며 나는 스마트폰을 꺼내 시간을 확인했다. 지금 여기서 시간을 조금 허비해도, 오미야에서 옷을 살 시간은 있을 것 같았다. 힐끗 눈을 돌리자 작고 낡은 빌딩이 보였다. 유리문 너머는 어두워서 잘 보이지 않았다. 하지만 사람이 없다는 건 똑똑히 알 수 있었다. 관리실 같은 것도 없는 것 같다. 나는 멱살을 잡은 남자의 손에서 힘이 빠지기를 기다렸다. 오 초쯤 지나 손에 힘이 풀리는 게 느껴지자, 남자가 들고 있던 봉지에서 갈색 병을 꺼내 그대로 빌딩 쪽으로 달려가 유리문 안으로 들어갔다. 남자는 내 행동을 전혀 예상하지 못했는지, 한 박자 늦게 뭐라고 소리치며 쫓아왔다. 남자가 문을 열고 들어오는 순간 나는 오른손에 든 병으로 내리쳤다. 얼굴 측면에 병이 내리꽂힌 남자는 한 바퀴 돌아 바닥에 늘어졌고, 그대로 움직이지 않았다. 아니, 경련하기 시작했다. 기계 톱니바퀴가 하나 나간 듯 온몸을 덜덜 떨면서, 목구멍 속에서 망가진 피리 같은 소리가 드문드문 새어 나와 좁은 실내에 울려 퍼졌다. 이내 남자는 손발의 감각이 조금 돌아왔는지, 얼굴을 두 손으로 잡으며 다리를 마구잡이로 버둥거리기 시작했다. 나를 보는 눈알에는 가느다란 핏발이 서 있었다. 미끄러운 바닥에서 달리려는 치와와처럼, 가죽 구두는 콘크리트 바닥을 스치기만 할 뿐이었다. 차츰 입에서 흘러나오는 피가 얼굴을 감싼 손가락 사이로 떨어져 바닥을 적셨다. 무의미하게 움직이던 다리로 간신히 바닥을 디딘 뒤, 남자는 순간적으로 벌떡 일어났다. 벽에 설치된 우편함에 얼굴을 박더니, 관절에 경첩이 달린 듯 어색하게 움직이다가 다시 힘없이 바닥에 주저앉았다. 회색 벽에 핏자국이 세로로 남았다. 내가 손바닥을 내밀자, 남자는 얼굴을 감싼 손가락 사이로 투우처럼 눈꺼풀이 말려 올라간 두 눈으로 힐끗 나를 보았다.

"오토바이 수리비."

숨소리에 맞춰, 네, 네, 네, 네, 하고 쉰 목소리가 새어 나왔다.

"삼만 엔만 줘."

움직이지 않는 남자를 보고 나는 오른쪽 다리를 들어 힘껏 밟았다. 남자의 한쪽 손이 얼굴에서 떨어져 나와, 부츠와 바닥 사이에서 찌그러졌다. 남자의 목구멍에서 처음으로 절규가 솟아났다. 비명은 길게 이어졌다. 입뿐 아니라 눈도 절규하고 있었다.

"바쁘니까 빨리 줘. 모자라면 지금 있는 거라도 다 내놓고."

남자는 자유로운 손을 뒤로 돌려 뒷주머니 안의 장지갑을 사나운 생물처럼 힘겹게 꺼냈다. 그리고 덜덜 떠는 손으로 나에게 지갑을 내밀었다. 열어보니 이만 삼천 엔밖에 없었다. 나는 지폐를 내 지갑에 넣은 뒤 들고 있던 병을 남자의 봉투에 도로 넣었다.

빌딩을 나와 쓰러져 있던 오토바이를 세웠다. 구부러진 미러의 각도를 맞춘 뒤 시트에 앉아 키를 꽂았다. 시간을 확인하니 이 분밖에 지나지 않았다. 우동과 만나기 전에 새 옷을 살 시간은 충분했다. 하지만 오미야 역 주변 지리를 잘 모르니, 서두르는 게 좋겠다고 생각했다. 시동을 걸고 차도를 지나는 차량 사이로 미끄러져 들어갔다.

우동에게 연락이 온 건 어젯밤이었다.

치킨라면에 계란과 뜨거운 물을 넣고, 스마트폰 타이머로 삼 분을 맞춰놓고 있던 즈음이었다. 스마트폰이 갑자기 울렸다. 마토무라 씨인 줄 알았는데 화면에 표시된 건 '우동'이라는 이름이었다. 세이코엔에서 나올 때, 퀵서비스 일에 필요해서 구입한 스마트폰에 우동이 알려준 전화번호를 입력해두기는 했지만, 실제로 전화가 온 건 처음이었다.

"여보세요, 조야?"

"응, 오랜만이야."

우동은 먼저 지금까지 연락을 못 해서 미안하다고 사과했다.

"일이 바빠서."

우동은 나보다 일 년 먼저 세이코엔을 나온 뒤, 원장 선생님이 소개해준 중고차 판매 프랜차이즈 '카 동키'에서 영업사원으로 일하기 시작했다. 지금도 거기서 일하냐고 물었더니 그렇다고 대답했다.

"나, 실적이 꽤 좋아서, 잘나가는 달에는 우리 매장 일등일 때도 있어."

"영업에 재능이 있었구나."

"글쎄, 운도 따랐겠지."

삼 분이 지나자 귓가에서 스마트폰 타이머가 울렸다. 나는 타이머를 끄고 전화기를 어깨와 귀 사이에 낀 자세로 치킨라면을 젓가락으로 풀었다. 통화하면서 먹을 생각이었지만, 결국 라면은 우동과 통화가 끝난 뒤에 먹게 되었다. 그렇게 오래 통화하지는 않았기에 면이 많이 불지는 않았지만, 맛이 거의 느껴지지 않았다. 통화 내용이 계속 마음에 걸렸기 때문이다.

"지금 혼자 살아?"

"응, 우동은?"

"퇴소해서 자리 잡은 곳에 살고 있어."

"혼자서?"

우동은 짧은 침묵 뒤에 아버지와 함께 산다고 대답했다. 나는 동작을 멈추고 물었다.

"나왔어?"

"나왔어. 그래서 지금 둘이 같이 살아. 이 주쯤 됐어. 처음에는 이케부쿠로에 있는 모텔에 있었대."

"아빠가?"

"어, 혼자서. 그런 데는 낮에는 싸대. 이케부쿠로에 특히 싼 모텔이 있어서, 낮에는 거기서 자고 밤에는 밖에 돌아다녔대. 한동안 그렇게 지내다가 돈이 떨어져서 슈퍼에서 도둑질하다 경찰에 잡혔어."

경찰이 친척에게 연락을 했고, 그 친척이 우동의 전화번호를 알려줬다고 한다. 우동은 슈퍼로 아빠를 데리러 갔고, 그 뒤로 함께 살고 있다고 했다.

"사실 아빠 일로 전화했어."

우동은 그렇게 말했지만, 무슨 일인지 도무지 짐작이 가지 않았다.

"무슨 일인데?"

하지만 우동은 대답하지 않았다.

"직접 만나서 얘기하자."

그래서 오늘 여섯 시에 오미야 역 동쪽 출구에서 만나기로 한 것이다.

오미야는 우동이 취직한 중고차 판매점이 있는 곳이었다.

5

사이타마 방면으로 가는 길은 생각보다 밀렸다.

신호 대기 중에 오토바이에서 내려 번호판을 접었다. 번호판은 딸깍 소리를 내며 접혔다. 상품명은 잊어버렸지만, 인터넷에서 사천사백 엔에 구입한 키트인데, 쉽게 번호를 감출 수 있어서 편리했다. 마토무라 씨가 부탁한 일을 할 때에도 반드시 이렇게 번호판을 가렸다.

신호를 무시하고 큰길을 달리며 나는 세이코엔에서의 생활을 떠올렸다.

잊을 수 없는 최초의 기억은 처음으로 영웅이 되었던 다섯 살 때의 일이었다. 세이코엔의 직원 중에 기리카와라는 남자 선생님이 있었다. 열혈이라는 말에서 상상할 수 있는 인물상에 억지로 자신을 끼워 맞춘 듯, 꾸민 듯한 엄격함을 발휘하는 사람이었다. 기리카와 선생님은 담배 냄새 나는 입으로 늘 호통을 치며 우리를 때려놓고, 때린 손이 더 아프다는 둥 알 수 없는 소리를 하며 눈물을 훔친 뒤, 종국에는 혼자 상쾌한 얼굴로 웃었다.

기리카와 선생님은 보는 눈이 없는 곳에서 우리를 혼내거나 때렸기 때문에, 우리가 그런 일을 당했다는 걸 원장 선생님이나 다른 선생님들은 알아채지 못했다. 어느 날 중학생 몇몇이 기리카와 선생님 일을 원장 선생님에게 상의하자고 했고, 다른 원생들도 동의했지만 실행에 옮기기 전에 고등학생

들이 만류해서 없던 일이 됐다. 지금보다 더 상황이 나빠질 가능성이 있다는 이유에서였다. 포기하는 것에는 다들 익숙했기 때문에, 결국 그 의견에 따랐다. 그리고 다시 날마다 기리카와 선생님의 행동에 벌벌 떨던 모두의 가슴에는 젖은 먼지 같은 것이 차곡차곡 쌓여만 갔다. 나를 제외하고는.

나는 그 젖은 먼지 같은 감정이 세이코엔 아이들의 목구멍 끝까지 차기를 기다렸다. 기리카와 선생님에게 보복할 타이밍은 그때가 가장 적기라고 생각했기 때문이다.

그 타이밍은 어느 여름날에 찾아왔다.

나보다 한 살 많은, 여섯 살짜리 남자아이가 있었다. 나중에 운 좋게 입양되어 떠났기 때문에 이름은 기억나지 않는다. 돌돌 말린 곱슬머리에 피부가 백지장처럼 하얀, 삐쩍 마른 아이였다. 그날 오후, 그 애가 던진 프리스비가 주차장에 세워놓은 기리카와 선생님의 차에 부딪쳐 하얀 자국이 생겼다. 그 광경을 우연히 기리카와 선생님이 목격했다. 선생님은 그 애를 건물 옆으로 데려가 물건을 소중히 여기는 마음가짐을 가르친 뒤에 머리를 픽 쳤다. 고개는 옆으로 돌아갔지만 남자아이는 가느다란 두 다리에 힘을 준 채 꿈쩍도 하지 않았다. 머리는 잠시 힘없이 흔들리다 조금 기울어지더니 그대로 멈췄다. 두 눈이 기리카와 선생님을 노려보고 있었다. 강렬한 눈빛이었다. 걱정이 돼서 따라간 몇몇 아이들이 그 장면을 목격했고, 나도 조금 떨어진 곳에서 두 사람을 지켜보고 있었다.

노려보는 남자아이를 향해 기리카와 선생님이 낮은 목소리로 뭐라고 말했다. 아이는 대답 없이 찌르는 듯한, 온 감정을 담은 눈빛으로 계속 기리카와 선생님을 노려보았다. 말은 하지 않았지만, 겁을 먹어서가 아니라 너무 많은 말들이 한 번에 치밀어 올라서 목구멍에 걸렸기 때문이라는 걸 알 수 있었다. 기리카와 선생님은 또다시 뭐라고 하며 한 손을 들어 남자아이의 어깨에 올렸다. 오른손잡이인데 왼손을 올린 것이나, 조금 무릎을 구부린 자세를 보고 다음에 어떤 일이 벌어질지 짐작할 수 있었다. 예상은 적중했다. 기리카와 선생님은 오른손 주먹으로 남자아이의 배를 힘껏 가격했다. 남자아이의 몸은 ㄴ자로 꺾였고, 탁한 숨소리가 입에서 튀어나왔다. 무릎 아래가 사라진 듯, 힘없이 밑으로 내려앉은 남자아이의 입에서 토사물이 쏟아졌다.

기리카와 선생님은 남자아이에게 토사물을 치우라고 했다. 조금 더 저항할 줄 알았는데 아니었다. 구토와 함께 감정까지 배출됐는지, 남자아이는 시키는 대로 순순히 따랐다. 걸레를 가지러 가는 것인지, 후들거리는 다리로 건물 쪽으로 걸음을 옮기려는 아이에게 기리카와 선생님은 손으로 치우라고 명령했다.

남자아이가 두 손으로 자신이 토해낸 오물을 바닥에서 조금씩 떠내, 건물 옆에 있는 수돗가로 가져다 버리고, 다시 돌아와 떠내는 모습을 모두 지켜보았다. 그러다 나는 그날 밤에 매년 여름마다 열리는 '불꽃놀이의 밤' 행사가 있다는 사실을 떠올리고, 오랫동안 기다려온 기회가 드디어 찾아왔음을 깨달았다.

저녁을 먹고 나서, 선생님과 원생들은 모두 안마당에 모였다.

준비해둔 불꽃놀이 세트는 모두 여섯 봉지였다. 모두가 양동이에 물을 떠 오거나, 모기향에 불을 붙이는 동안 나는 불꽃놀이 세트를 하나 티셔츠 속에 숨기고 화장실에 간다며 나왔다. 아무도 없는 건물 안에서 봉지를 뜯어보니, 손에 들고 즐기는 작은 불꽃이 서른 개, 쏘아 올리는 불꽃이 세 개 들어 있었다. 나는 화장실 변기 뚜껑 위에 화장지를 깔아놓고 종이껍질을 벗겨낸 뒤 화약을 꺼냈다. 모든 불꽃에서 화약을 꺼낸 뒤에 화장지로 싸서 뭉쳐놓으니 골프공보다 컸다.

화약공을 들고 나는 교직원실로 이동해 기리카와 선생님의 가방을 뒤졌다. 차 키를 꺼내 창문을 넘어 주차장으로 가서 차 문을 열었다. 그리고 재떨이를 열어 안쪽에 화약공을 쑤셔 넣었다. 차 키를 가방에 다시 넣어둔 뒤, 마당에서 아이들과 함께 여름 불꽃놀이를 즐겼다. 불꽃놀이 세트가 하나 부족하다는 사실을 누군가 알아채리라 생각했지만, 뜻밖에도 아무도 모르는 것 같았다.

초등학교에 입학하지 않은 아이들의 소등시각은 여덟 시였다.

이층침대 위에서 눈을 감고 심심풀이로 눈을 이리저리 굴리고 있는데 멀리서 비명이 들렸다. 마치 밀폐용기 속에서 난쟁이가 소리치는 것처럼 탁한 목소리였다. 나는 일어나 커튼을 살짝 걷었다. 삼각형의 어둠 속에서 주차장에 세워놓은 차 운전석이 환하게 빛나고 있었다. 기리카와 선생님이 차에서 뛰쳐나왔다. 티셔츠가 활활 타오르고 있었다. 그때 기리카와 선생님은 이미 온몸이 새카맣게 변한 것처럼 보였지만, 이튿날 아침 들은 이야기로는 죽지는 않았다니, 아마 불 속의 실루엣이 까맣게 보인 것뿐이리라.

아침에 우리는 강당으로 불려 갔다. 강당이라 해도 다섯 평쯤 되는 작은 공간이라 아이들이 다 들어가면 비좁았다. 실내는 더웠고, 나는 평소에 별로 땀을 흘리지 않는 체질이라 이렇게 강당에 모이면 늘 등이 간지러웠다.

눈 밑에 그늘이 생긴 원장 선생님이 앞에 서서, 말이라기보다는 낮은 오열에 가까운 소리로 들려준 설명에 따르면, 기리카와 선생님은 구급차로 병원에 실려가 입원했고 언제 돌아올지 모른다고 했다.

"범인을 밝혀내려는 건 아니다. 하지만 자신이 관련되어 있다고 생각하는 사람은 지금 여기서 손을 들어라."

물론 당시에는 모순이라는 말은 알지도 못했지만, 아무튼 원장 선생님은 모순으로 점철된 말을 하더니, 내가 손을 들자 안경 너머로 눈을 부릅떴다.

이 보육원에 느닷없이 작은 해충이 나타났다. 하지만 그 벌레를 죽이지도, 내쫓지도 못한다. 그러니 다 같이 신중하게 관찰할 수밖에 없다. 분명 그런 결론을 내렸겠지. 그날부터 선생님들은 나에게서 눈을 떼지 않았다. 공부 시간과 식사 시간에도, 자유 시간이나 자습 시간에도 나는 내가 늘 어른들의 시선 속에 있는 걸 느꼈다. 기리카와 선생님은 결국 세이코엔으로 돌아오지 않았고, 다른 시설에서 일하게 됐다고 했지만 실제로 옮겼는지는 모른다.

한편 아이들 사이에서 나는 영웅이 되었다. 또래 아이들은 늘 내 주변에 모여들었고, 나이 많은 아이들은 나를 예뻐했다. 아마 모두 해충과 친하다는 사실을 자랑스러워하거나, 해충을 애완동물로 삼은 위험한 자신의 모습을 즐기고 있던 것 같다. 기분이 좋아서, 선생님들의 감시를 피해 더 위험한 일들을 선보였다. 눈이 쌓이면 마당 구석에 있는 벚나무에 긴 비닐 끈을 묶고, 반대편 끝을 회전식의 제초기 날에 묶어서 썰매에 올라, 두 손으로 끌어안은 제초기의 엔진을 돌렸다. 제초기는 엄청난 속도로 비닐 끈을 빨아들였고, 일직선으로 눈 위를 달리는 나를 보고 다들 새된 소리로 환호했다. 원장 선생님의 자동차를 몰기도 했다. 좌석에 앉으면 앞이 보이지 않았기 때문에, 선 채로 요리조리 액셀을 밟아야만 했지만, 도고시 선생님이 앞을 가로막으며 죽을 각오로 차를 세울 때까지 마당에 매끄러운 원을 그릴 수 있을 정도로 운전이 늘었다. 하지만 늘 그렇게 장난만 쳤던 건 아니다. 놀이기구 창고의 지붕 틈에 땅벌이 집을 지은 걸 발견했을 때는, 빗물받이를 타고 올라가 두 손으로 벌집을 잡은 채 뛰어내렸다. 도로를 향해 던지자, 벌집은 마당 울타리를 넘어 바닥을 굴러갔다. 한데 뒤섞인 불경 소리 같은 날갯짓소리가 순식간에 주변에 퍼져나갔다. 선생님들은 곧바로 아이들을 건물 안으로 데리고 들어와 서둘러 어딘가에 연락했다. 삼십 분쯤 지나자 업자들이 몰려와 벌집을 처리했다. 완전 무장한 사람들을 보고, 어린아이나 나이 많은 아이나 한층 나에게 경외의 눈길을 보냈다.

"안 무서워?"

그렇게 물은 건 히카리 누나였다.

무섭다는 게 어떤 감정인지 나는 몰랐다. 지식으로는 알고 있었지만, 직접 체험한 적은 한 번도 없었고 지금도 그렇다. 세 살 많은 히카리 누나는 안경 너머로 고개를 젓는 나를 신기하다는 듯 바라보았다. 낯선 생물을 바라보는 눈빛이었다.

여섯 살의 봄을 맞이한 나는 초등학교에 입학했다. 나는 내가 공부를 잘한다는 사실을 깨달았다. 같은 학년의 원생들이 나에게 숙제 답을 물어보는 일이 자주 있었다.

나는 원내에서의 위치에 만족하고 있었기에, 학교에서는 굳이 아무것도 하지 않고 쉬는 시간이 되면 늘 책상에 얼굴을 묻고 나무 냄새를 맡으며 심신의 안정을 취했다. 부모가 없다고 놀림을 받기도 했고, 무슨 착각을 했는지 '장애아'라는 소리도 들었으며, 세상물정을 조금 안다 하는 반 아이에게 '세금으로 먹고 산다'는 말도 들었지만, 특별하다는 사실은 오히려 나에게 쾌감이었기 때문에 뭐라고 하든 그냥 뒀다. 그렇게 생활한 탓인지 삼학년 가을 무렵부터 아무도 나에게 말을 걸지 않았으며, 이내 그것은 의도적인 무시로 바뀌었다. 상대하지 않는 것과 무시당하는 건 하늘과 땅 차이였기에, 나는 온몸이 불쾌감으로 가득 차서 무시한 상대의 물건을 망가뜨리기로 했다. 눈앞에서 연필을 전부 부러뜨리거나, 교과서를 두 동강 내거나, 티셔츠 가슴팍을 찢어버리거나 했다. 반 아이들은 일일이 담임에게 고자질했고, 담임은 그 이야기를 세이코엔에 보고했다. 그때마다 원장 선생님이나 도고시 선생님이 교무실로 달려와 고개를 숙였고, 나는 앞으로는 그러지 않겠다고 약속했다. 곧 그 반복되는 일이 썩 마음에 들지 않았기 때문에 다시 아무것도 하지 않았다. 결국 졸업할 때까지 나는 조용히 수업을 받았고, 늘 제자리에 앉아 쉬는 시간을 보냈다.

6

오미야 역 로터리가 보이기 시작했다.

역 앞에 오토바이를 세우고, 근처의 BEAMS에서 다운재킷을 샀다. 소매가 찢어진 재킷이 아주 마음에 들었기 때문에, 최대한 비슷한 제품으로 골랐다. 세일 상품이라 세금 포함해서 만 삼천팔백이십사 엔이었다. 계산대의 점원에게 가격표를 떼어달라고 해서 그 자리에서 갈아입고, 입던 옷은 가방에 넣었다.

오미야 역 동쪽 개찰구에 도착한 건 다섯 시 사십팔 분이었다.

약속 시간까지 시간이 남아서, 역 화장실에 들어가 수돗물로 트리프타놀 세 알을 먹었다. 손등으로 입가를 훔치며 고개를 들자, 회사원들의 퇴근 시간인지 거울 속에 양복 차림의 남자 한 무리가 보였다. 바로 뒤에, 왠지 회사 중역처럼 보이는 오십대 중반의 남자가 서서 차례를 기다리고 있었다. 내가 트리프타놀 케이스를 가방에 넣는 걸 보고는 들으라는 양 혀를 쯧 차서, 죄송합니다, 하고 화장실에서 나왔다.

하자마 준페이가 세이코엔에 들어온 건 내가 중학교 일학년 때였다.

나보다 한 살 많을 뿐인데, 대체 뭘 먹으면 저렇게 되는 건지 궁금할 정도로 근육질에 승모근은 우뚝 서 있었고, 커다란 머리는 몸통에서 직접 솟아난 것처럼 보였으며, 키는 내 갑절은 되는 것 같았다. 어깨 넓이는 세 배쯤 됐다.

세이코엔의 중학생 중에 전부터 하자마 준페이를 알던 여자아이가 있었다. 그 아이의 이야기에 따르면, 하자마 준페이는 엄청난 무용담의 소유자였다. 지금까지 싸움에서 져본 적이 없으며, 한번은 친구를 때린 고등학생의 집에 찾아가 상대를 때려눕힌 적도 있다고 했다. 하지만 그 일화 속 인물과 동

일인이라 도저히 상상할 수 없을 정도로 하자마 준페이는 온화했고, 누나와 형들에게는 정중했으며 동생들을 잘 돌봤다. 내가 아직 경험하지 못했던 변성기를 겪고 있어서, 목소리는 전파 수신이 잘 안 되는 라디오처럼 드문드문 끊기곤 했다. 그 독특한 느낌 또한 사람들의 눈길을 끌었다. 하자마 준페이는 금세 세이코엔의 인기인이 되었다. 나의 숭배자들이 차츰 하자마 준페이 쪽으로 옮겨갈 것이 눈에 보이는 것 같아서 불쾌했다.

어느 겨울날 저녁, 마당에서 군고구마 파티가 열렸다. 나는 은박지에 싼 고구마를 부지깽이로 집어서 숯 속으로 집어넣은 뒤 적절한 때를 기다렸다. 잠시 후에 원장 선생님이 내용은 잊어버렸지만 뭐라고 웃기는 이야기를 했다. 그 자리에 있던 사람들의 시선이 원장 선생님에게 쏠렸다. 나는 부지깽이에 끼운 고구마를 불 속에서 꺼내서 하자마 준페이의 얼굴에 들이댔다. 그는 화들짝 놀라 팔로 튕겨냈고, 고구마는 바닥에 떨어졌다. 다들 일제히 나를 보았다. 나는 믿기지 않을 정도의 부당한 일을 당했다는 표정을 지으며 하자마 준페이에게 달려들었다. 그도 피하지 않고 응했다.

싸움이란 힘과 힘의 승부라고 믿는 사람이 많은데, 실상은 그렇지 않다. 망설이지 않고 상대를 상처 입힐 수 있는가, 오로지 거기서 승패가 갈린다. 선생님들이 말리러 달려오는 동안 나는 바닥의 모래를 하자마 준페이의 눈에 뿌렸고, 오른손에 든 부지깽이로 뒤통수를 갈겼다. 고개가 홱 돌아갔지만 그는 내게로 팔을 뻗었다. 나는 두 손으로 그 팔을 껴안은 뒤 집게손가락과 가운뎃손가락을 한꺼번에 붙잡아 반대편으로 꺾으려 했지만, 그때 선생님들이 단체로 내 온몸을 제압했다.

내가 먼저 고구마를 얼굴에 들이댔다는 이야기를 하자마 준페이는 선생님에게 말하지 않았다. 이유는 모르겠다. 좌우지간 군고구마 파티에서 벌어진 소동은 내가 선생님들에게 설명한 대로, 하자마 준페이가 나에게 장난을 쳐서 내가 화를 냈고 그러다 싸움이 붙은 것으로 일단락되었다.

나는 그 사건으로 다시 아이들이 나를 숭배하게 될 것이라 확신했다. 제일가는 강자인 하자마 준페이에게 단번에 승리를 거뒀으니 당연히 그래야 했다. 하지만 아이들의 반응은 내 예상과 너무나도 달랐다.

아무도 나에게 다가오지 않았다.

그때까지 동생들이나 같은 또래 아이들은 나라는 해충을 동경했다. 누나나 형들은 해충을 예뻐하는 위험한 자신의 모습을 즐겼다. 하지만 어느 날, 그 해충이 모두가 새로 키우기 시작한 사근사근한 포유류를 물었다. 어느새 해충은 너무 덩치가 커져, 감당할 수 없는 지경이 되었다는 사실을 모두 깨달은 것이다. 그래서 적당히 치워버리기로 했다. 처음부터 없던 사람 취급하기로 했다. 시험 삼아 내가 먼저 다가가자, 다들 다른 누군가를 부르며 고개를 돌리거나 황급히 자리를 떴다.

그런 가운데 유일하게 나에게 다가온 사람은 뜻밖에도 하자마 준페이였다.

이유는 묻지 않아서 모른다. 처음으로 싸움에 져서 나를 굉장하다 여겼을 수도 있고, 모두가 멀리하는 나를 동정했을지도 모른다. 딱히 이유가 뭐든 심심하지는 않았으니 손해 볼 건 없었다.

그때부터 우리는 늘 함께 다녔다. 내가 언젠가 면허를 따서 오토바이를 사고 싶다고 했더니, 하자마 준페이는 자동차가 더 좋다고 대꾸했다. 경쟁하듯 오토바이의 장점, 자동차의 장점을 줄줄이 늘어놓는 건 꽤 즐거웠다.

"넌 어쩌다 여기 들어온 거야?"

하자마 준페이가 물었다.

"몰라."

아무 이야기도 듣지 못했고, 아는 건 사카키 이쓰미라는 어머니의 이름뿐이라고 설명했다. 하자마 준페이는 입을 내밀고 애매하게 고개를 끄덕였다.

"넌 어쩌다?"

그렇게 묻자 그는 한동안 같은 표정으로 멍하니 있었다. 못 들었나 싶어서 다시 물어보려는데, 이내 답이 돌아왔다.

"아빠가 옛날에 나쁜 짓을 저질러서 체포됐대."

"그랬구나.'"

"무슨 짓을 저질렀는지는 모르고, 아빠를 만나본 적도 없어. 내가 한 살 때 체포됐으니까. 이 년 전에 엄마가 자살했어. 아빠가 그렇게 된 뒤로 엄마하고 둘이 살았거든."

별로 머리가 좋은 편이 아니었던 하자마 준페이는 늘 인과관계를 뒤죽박죽으로 말했다.

"그래서 외할아버지가 날 맡아서 둘이 살았어. 날 여기 보낸 건 외할아버지야. 병에 걸려서 거동이 힘들어졌거든. 그래서 여기 온 거야."

외할아버지와 살 때, 돈이 없어서 밤에 근처 우동가게 뒷문에 가서 버려진 면을 훔쳐 먹었다고 했다. 그 일화가 마음에 들어서 나는 그를 우동이라고 부르기 시작했다.

퇴소하면 다시 할아버지와 같이 살 거다, 그때 우동은 그렇게 말했다. 일하면서 할아버지를 간병할 거라고. 하지만 할아버지는 우동이 고등학교 삼학년 때, 퇴소 직전에 세상을 떠났다.

"조야."

이름을 부르는 소리에 뒤돌아보니 우동이 서 있었다.

7

기어를 맨 윗단에 둔 채 액셀을 힘껏 밟아 속도를 올렸다. 차량을 추월하는 게 아니라, 달려오는 차들을 좌우로 피하는 듯한 착각에 빠질 정도의 속도였다. 하지만 아직 멀었다. 부족해. 내가 올리려는 건 속도가 아니라 심박수였다.

작년 봄, 이소가키 원장 선생님이 세이코엔 주차장에서 어머니의 이야기를 들려줬을 때, 감추고 있던 사실은 무엇인가.

우동과 둘이서 마주 앉은 패밀리 레스토랑에서 나는 그 사실을 알았다.

"아빠랑 합치고 나서 그 이야기를 들었어."

맞은편에 앉은 우동은 느닷없이 그렇게 말했다.

"왜 오랫동안 교도소에 있었는지."

빨간 불에 정차한 차들이 차선 두 개를 가득 메우고 있었다. 나는 그 한가운데를 뚫고 지나갔다. 시야 좌우로 후미등과 전조등이 뒤섞여 다홍색의 직선으로 바뀌었다. 눈앞에는 세로 방향으로 차들이 오가고 있었다. 나는 액셀을 힘껏 밟은 채 그 속으로 달려들었다.

"내가 태어난 지 얼마 안 됐을 때, 음식점에 돈을 훔치러 들어갔다가 여자를 쐈대."

우동이 그렇게 말했을 때에도 나는 무슨 소리인지 짐작하지 못했다. 아니, 어머니 생각이 떠오르긴 했지만 그뿐이었다. 원장 선생님에게 들은 어머니의 과거는 반투명한 필름처럼 눈앞에 떠올랐다. 정지한 그 필름 너머에서 우동이 말하고 있었다.

"그때 아빠와 엄마, 갓난아기였던 나는 사이타마에 살았어. 이 근처가 아니라 더 촌이었지만. 거기서 할아버지 할머니랑 같이 살았어."

우동이 들려주는 이야기가 차츰 또 한 장의 필름이 되어 어머니의 필름 옆에 떠오르기 시작했다.

"그 동네에 있던 작은 술집에 아빠가 들어가 여자를 쐈다고 했어."

그리고 그 다음 말을 들은 순간, 두 장의 필름이 눈앞에서 하나로 합쳐졌다. 양쪽 다 흐릿한 흑백 선의 집합체였는데, 하나로 합쳐지자마자 선연한 색을 띤 한 장의 사진이 되었다.

"그 사람 이름을 들었는데……."

경찰 오토바이의 사이렌 소리가 들렸다.

"사카키 이쓰미였어."

스피커 너머의 갈라진 목소리가 뒤를 쫓았다. 하지만 경찰은 나를 붙잡을 수 없다. 운전 실력이 아무리 뛰어나더라도, 공포를 느끼지 않는 인간을 따라잡을 수는 없으니까.

"세이코엔에 있을 때, 서로 가족 이야기를 한 적이 있잖아. 내가 아빠 이야기를 하니까 너도 엄마 이름을 가르쳐줬고. 그때 이쓰미라는 이름이 꼭 성 같아서 기억에 남아 있었거든. 나도 놀랐어. 너희 엄마 이름을 기억하고 있어서. 그래서 이걸……."

우동이 낡은 스포츠가방에서 꺼낸 건《자동차 정비 핸드북》이라는 너덜너덜한 표지의 갈색 책이었다. 페이지 사이에 스크랩한 잡지 기사가 끼워져 있었다. 반으로 접은 그 기사를 우동이 완전히 펼치기 전에, 나는 그 크기와 형태를 보고 그 정체를 알아챘다. 본 적이 있는 기사다. 아니, 지금도 내 방에 있는……

"아빠가 교도소에 있는 동안에 아빠 친구가 스크랩해둔 기사라는데……."

마토무라 씨에게 부탁해 찾은 것과 완전히 같은, 십구 년 전의 기사였다. 사이타마의 촌구석, 영업 준비 중인 술집 '프란체스카'에 강도가 침입해 종업원인 사카키 이쓰미라는 여성을 산탄총으로 쏘았다는 기사.

"기사에는 안 쓰여 있지만, 아빠 말로는 그 여자 결국 죽었대. 임신 중이었는데, 죽기 전에 아이를 낳았다고 했어."

한 마디 한 마디를 떠올리듯 이야기하며, 우동의 얼굴이 점점 내 쪽으로 다가왔다.

"너를 만나서 확인해야겠다고 생각했어. 우연히 같은 이름인 거면 좋겠어. 그게 제일 좋지. 사람이 죽었는데 좋고 나쁠 게 있겠냐만은, 우리 아빠가 죽인 사람이 만일 너희 엄마면 어떡해."

어쩌겠는가.

나는 다고 요헤이에게 원한이 있다. 그 감정은 어머니를 위하는 마음에서 비롯된 것이 아니다. 얼굴도 모르는 어머니에게 나는 아무 감정도 없다. 이 원한은 나를 위한 것이다. 다고 요헤이라는 남자는 나에게서 존재했을지도 모를 또 하나의 인생을 앗아갔다. 하지만 다고 요헤이가 지금 어디서 무엇을 하는지 나는 지금까지 몰랐으며, 몰라서 다행이라고 생각했다. 알게 되면 가만히 있을 자신이 없었으니까.

"왜 다고야?"

내가 간신히 그렇게 말하자, 우동은 커다란 얼굴을 갸웃하며 눈썹을 치켜떴다. 그 표정에 아주 약간 기쁜 기색이 섞여 있던 건, 내가 본론과 동떨어진 질문을 했기 때문이리라. 걱정했던 일이 기우였다고 생각했기 때문이겠지. 하지만 나는 그저 생각을 다른 쪽으로 돌리고 싶은 것뿐이었다. 나 자신을 억누르고 싶을 뿐이었다.

"왜 우동은 하자마 준페이인데, 아빠는 다고 요헤이지?"

애초에 답은 대충 짐작이 갔다. 우동이 한 살 때 아버지가 체포되었고, 우동은 어머니와 둘이 살게 되었다. 어머니가 자살한 뒤 외할아버지에게 갔고, 그 할아버지조차 병에 걸리자 우동은 세이코엔에 들어오게 되었다. 우동의 원래 성은 다고일 것이다. 하지만 아버지가 술집에서 산탄총을 난사한 뒤로 어머니가 자살하기까지 아마 부부는 이혼했고, 우동은 어머니의 성을 쓰게 된 것이리라.

우동의 설명 역시 내 예상대로였다.

"아빠한테 이야기를 듣고서야 알았어. 원래 태어났을 때는 다고라는 성이었대. 엄마도, 할아버지도 나에게 그런 말은 안 했으니까."

우동은 두툼한 입술을 다문 채 내 말을 기다렸다. 멀리서 누군가가 의자를 끄는 소리가 났다. 내가 아무 말도 하지 않으니, 우동의 얼굴에 떠올랐던 희미한 기쁨이 점차 옅어져 자취를 감추었다. 하지만 나는 목소리가 나오지 않았다. 말의 덩어리가 억지로 부러뜨린 나무토막처럼 뾰족한 단면을 세운 채 목구멍에 가득 차 있었다. 내가 자리에서 일어나자 우동의 시선이 내 얼굴을 좇았다.

"그만 갈게."

우동은 반쯤 엉덩이를 들고 신음하듯 말했다.

"조야, 역시 우리 아빠가 쏜 사람이……."

"아냐."

나는 자리를 떠났다.

"아니라고."

가게를 나왔을 때의 일은 기억나지 않는다.

정신을 차려보니 오토바이에 올라타 스로틀 밸브를 한계까지 열고 있었다.

얼마나 달렸는지 모르겠다. 경찰 오토바이의 사이렌 소리는 점점 멀어져 이제 들리지 않았다. 큰길에서 큰길로 질주하며, 커다란 ㄷ자를 그리며 나는 어느새 아다치 구에 있는 집 근처까지 와 있었다. 차체를 기울여 어두운 골목길로 들어섰다. 헤드라이트가 쏟아내는 빛을 앞바퀴로 좇으며 그대로 달렸다. 하지만 골목을 달리는 동안 점점 오토바이가 무거워진 듯 속도가 떨어졌다. 운전대를 잡은 손에서 저절로 힘이 빠졌다. 오른손 손가락이 앞바퀴 브레이크에 닿았고, 오른쪽 다리가 뒷바퀴 브레이크를 밟았다. 속도계의 빨간 바늘이 0을 향해 서서히 쓰러졌다. 내 눈에 그것은 마치 내 심박수를 나타내는 게이지처럼 보였다. 헬멧 실드 너머로 어두운 풍경이 움직임을 멈춘 그 순간, 나는 내가 인간이 아니라 인간의 형태를 한 플라스틱처럼 맥박도, 체온도 없는 물체로 변해버린 기분이 들었다. 하지만 그 물체 속에서 분명 무언가가 숨쉬고 있었다.

집 바로 근처에 있는 작은 공원 옆이었다.

시동을 끄고 한 손에 헬멧을 든 채 공원으로 들어갔다. 습한 흙과 나무 냄새가 났다. 밤마다 세이코엔의 창문을 때리던 바람 냄새와 비슷했다. 벤치에 누군가가 앉아 나를 보고 있었다. 나는 부츠를 끌고 그 옆을 지나쳤다. 시비를 걸면 어쩌지. 손에 든 헬멧으로 상대의 얼굴을 뭉개버릴지도 모른다. 쓰러진 상대의 배를 부츠 바닥에 땅바닥의 감촉이 느껴질 정도로 짓밟을지도 모른다. 그쪽을 보지 않으려 애쓰며 불 켜진 공중 화장실 쪽으로 걸어갔다.

우동과 둘이서 공원 화장실에서 큰 소리로 웃었던 기억이 떠올랐다. 세이코엔에서 걸어서 이십 분쯤 떨어진 곳에 있는 큰 공원이었다. 내가 중학교 이학년, 우동이 삼학년 때였다.

사람과 껴안으면 어떤 기분이 들까. 저녁을 먹은 뒤에 우동이 나에게 던진 질문이 계기였다. 우동은 부모가 안아준 기억이 없어서 상상이 가지 않는다고 했는데, 나 역시 그런 경험은 없었다. 그래서 밤에 둘이서 창고에 들어가 껴안아봤다. 반은 장난이었는데 생각보다 기분이 좋았다. 우동의 체온이 나보다 높은 것 같아서 그렇게 말했더니, 우동은 내가 더 높은 것 같다고 했다. 목소리는 귀보다 가슴을 통해 전해졌다. 숨을 들이마시자 땀 냄새가 났다. 이내 우리는 남자끼리 이러고 있는 건 이상하다고 생각했지만, 그래도 조금 아쉬운 기분이 들었다. 동물을 안으면 어떤 기분일까. 우동이 그렇게 말했다. 할아버지를 따라 처음 세이코엔에 오던 날, 근처에 있던 큰 공원을 지나쳐 왔는데, 그때 '동물 체험 코너'라고 적힌 간판을 보았다고 했다. 나도 그 공원의 존재는 알고 있었지만 가본 적은 없었다.

"동물 체험 코너니까 만질 수 있겠지?"

우동은 그렇게 말했다.

밤이 깊어지기를 기다렸다 우리는 보육원에서 몰래 빠져나왔다. 공원의 '동물 체험 코너'의 문을 부수고 안에 들어가자 토끼와 모르모트, 염소가 있었다. 작은 동물보다 큰 동물이 더 좋을 것 같아서, 우리는 새카만 그 광장에서 도망치는 염소에게 달려들어 껴안았다. 버둥대는 염소를 억지로 바닥에 눕혀놓고, 걷어차이지 않게 조심하며 털에 얼굴을 묻었다. 보기보다 털은 뻣뻣했지만 그 속에 있는 살결은 따뜻해서 기분이 좋았다. 우리는 한동안 무엇에 홀린 사람처럼 바닥에 누운 염소를 껴안고 있었다. 염소가 도망치면 다른 염소에게 달려들어 껴안았다. 염소들은 그때마다 비명을 질러댔다. 같은 염소를 다시 껴안아도 마치 처음인 양 울어댔다. 가까이서 보니 염소마다 모두 생김새가 달랐다. 여자 같은 염소도, 아저씨 같은 염소도 있었다. 그러는 동안 나는 문득 처음 들어왔을 때보다 염소의 숫자가 줄었다는 사실을 깨달았다. 우동도 껴안고 있던 염소를 풀어주고 주변을 둘러봤다. 이제는 주변에 한 마리도 없었다. 우리의 시선이 한 지점에서 멈췄다. 들어왔을 때 부순 문이 활짝 열려 있었다. 그러는 동안에도 방금까지 우리가 껴안고 있던 염소들이 줄지어 문틈으로 빠져나갔다. 어둠 속에서 하얀 윤곽 둘이 지그재그로 움직이며 사라졌다. 그것이 마지막 두 마리였다.

큰일 났다. 우동이 말했다.

큰일 났네. 나도 그렇게 말했다.

누가 먼저랄 것도 없이 우리는 문을 빠져나왔다. 공원의 오솔길을 걷는 동안 어째서인지 둘 다 말이 없었다. 두 손을 들어 코에 가져다 댔더니 냄새가 지독했다. 옆에 있던 우동도 손 냄새를 맡더니, 흡사 냄새가 눈에 밴 듯 눈을 깜빡거렸다. 우리는 화장실을 가리키는 표지판을 따라 걸음을 옮겼다. 수 돗가에서 나란히 손을 씻은 뒤, 냄새를 맡아보고 다시 씻었 다. 그러는 동안 우리는 여전히 말이 없었지만, 이내 우동은 마치 한계까지 차오른 공기 펌프가 부서진 것처럼 웃음을 터 뜨렸다. 그 엄청난 소리에 돌아본 나도 이내 우동처럼 웃음을 터뜨렸다. 우리는 한동안 큰 소리로 웃었다. 숨이 가빠지고 공 기가 부족해져서, 끝내 서 있지도 못할 정도로 웃고 웃으며, 정신을 차려 보니 서로를 부축하면서 헐떡이고 있었다. 그렇 게 나는 우동의 체온을 다시 느꼈고, 그 온기를 가급적 오래 도록 느끼고 싶어서 마지막에는 억지로 웃음을 짜냈다.

공중 화장실의 네모난 입구가 빛나고 있었다. 고개를 들자 화장실 뒤편에 있는 나무 그림자 너머로 공동주택이 보였다. 이층에 있는 우리 집 창문은 컴컴했다. 바로 집으로 돌아가고 싶지 않았다. 아무도 오지 않는 곳에서, 아무도 보지 않는 곳 에서 혼자 있고 싶지 않았다. 혼자가 된 그 순간, 나처럼 생긴 플라스틱 속에서 뭔가가 튀어나와, 나를 방에 둔 채 어딘가로 사라질 것이다.

화장실로 들어가자 형광등의 하얀 빛에 눈이 부셨다.

가방을 열고 트리프타놀 상자에서 약이 포장된 판을 꺼내, 알약을 하나씩 뜯어낸 다음 세면대 가장자리에 늘어놓았다. 전부 올려놓고 나서 다른 판을 꺼내 다시 약을 뜯어냈다. 이렇게 알약 삼십 개를 늘어놓은 뒤, 손바닥에 올려서 꿀꺽 삼켰다. 수도꼭지를 돌려 직접 입을 대고 물을 마셨다. 알약들은 한 덩어리가 된 듯 넘어가지 않고 목구멍에 버티고 있었지만, 아랑곳하지 않고 꿀꺽꿀꺽 물을 마시다 보니 조금씩 내려가는 게 느껴졌다. 몸 구석구석으로 퍼져나가는 차가운 물을 느끼며 나는 우동의 체온을 떠올렸다. 나를 기분 좋게 만들었던 그 체온의 절반은 다고 요헤이의 것이었다. 화장실에서 함께 웃었던 그 목소리도, 절반은 다고 요헤이의 목소리였다. 그 다고 요헤이가 지금 우동과 함께 살고 있다. 우동의 주소는 전화해서 본인에게 물어보면 금방 알아낼 수 있다.

몸을 일으켜 틀어놓은 물을 내려다보았다. 물은 천장의 형광등 불빛을 반사해 하얗게 빛났다. 그 빛이 눈 깊숙한 곳을 찌르는 듯해서, 그 불쾌한 느낌에 고개를 들었다. 거울이 보였다. 거울은 물때와 먼지, 누군가의 손자국으로 더럽혀져 있었다.

움직일 수가 없었다.

오미야 역에서 이렇게 거울을 들여다보았을 때, 그곳에

는 익숙한 내 얼굴이 있었다. 그 뒤로는 일을 마친 양복차림의 남자들이 서 있었다. 하지만 지금 눈앞의 거울에 비친 것은 나도, 배경도 아닌 두 개의 눈동자였다. 그 외의 것들은 모두 하얗게 지워지고, 두 눈만이 똑바로 나를 바라보고 있었다. 지금까지 거울 속에서 수도 없이 봐왔던 내 눈과 닮았지만, 확실히 다른 눈동자. 어떤 사람의 얼굴에서도 보지 못했던 눈. 얼어붙은 눈동자. 나는 상대와 시선을 맞췄다. 두 다리가 잘린 듯, 몸 구석구석까지 흐르던 피가 순간 차가운 물로 바뀐 듯한, 태어나서 지금까지 한 번도 느껴보지 못한 무언가에 사로잡혔다.

아마도 그것은 공포였다.

8

세이코엔을 둘러싼 울타리를 따라 걷는데, 젊은 여자가 앞에 서 있었다.

"도고시 선생님."

여자는 두 손에 빨간 기름통을 들고 울타리 안쪽을 향해 소리쳤다.

"기름은 지난번에 알려주신 가게에서 사면 되는 거죠?"

마당을 보았다. 도고시 선생님이 손가락으로 O표시를 만들며 고개를 끄덕였다. 그 눈이 금방에라도 내 쪽을 향할 것 같아서 고개를 숙였다. 기름통을 든 젊은 여자는 내 쪽을 향해 걸어왔다. 하지만 내 모습을 보고 뭔가를 느꼈는지, 불현듯 발걸음을 멈추었다.

"저기."

여자가 말을 걸었다.

"세이코엔을 찾아오셨나요?"

나는 잠시 망설이다 고개를 들었다.

"졸업생이에요."

여자는 아, 하고 입을 벌리더니 기름통을 내려놓았다.

"미안해요, 저도 온 지 얼마 안 돼서."

"그런 것 같았어요."

"선생님 불러올까요? 누가 왔다고 전하면……."

"아니에요. 좀 놀라게 해드리려고요."

아……. 여자는 미소 지으며 고개를 끄덕였다.

"사카키 조야라고 합니다."

이름을 댔다.

"작년 봄에 졸업했어요."

"아, 그랬구나. 그럼 저하고 교대한 거네요."

"교대는 아니죠."

되묻듯 여자의 눈썹이 올라갔다.

"그쪽은 직원이니까 교대한 건 아니죠."

내가 웃으며 말하자, 마치 웃는 얼굴이 둘 있으면 안 된다는 듯 여자의 얼굴에서 웃음기가 사라졌다.

"딱히 깊은 뜻은 없으니 신경 쓰지 마세요."

"저기……."

"기름 사러 가는 거죠?"

"아, 네."

나는 한 번 더 웃었다. 그러면서 다운재킷 주머니에 든, 어머니가 나에게 남긴 낡은 구리 열쇠를 괜히 만지작거렸다.

"조심해서 다녀오세요."

내 말에 그녀는 입꼬리를 억지로 올리며 어색하게 고개를 끄덕였다. 분홍빛의 잇몸이 침으로 번들거렸다. 그대로 시선을 맞추고 있었더니, 여자의 두 눈이 얼굴에서 도망치려는 듯 상하좌우로 가늘게 요동치기 시작했다. 이내 여자는 갑자기 바닥에 내려놓은 기름통 두 개를 들더니, 작은 소리로 뭐라고 중얼거리며 고개를 숙인 채 내 옆을 지나쳐 갔다.

뒤돌아 그녀의 뒷모습을 보았다. 세이코엔의 주차장에 주차된 하얀 경차에 기름통을 싣고 운전석에 타 출발했다.

밤의 공중 화장실에서 그 얼어붙은 두 눈을 본 지 일주일이 지났다.

처음에는 무척 놀랐지만, 지금은 아니다. 눈동자 모양의 그 얼음덩어리를 손으로 녹여 하나로 만들어, 마치 이 열쇠처럼 주머니 속에 가지고 다니는 기분이다.

"조야니?"

울타리 너머에서 도고시 선생님이 다가왔다.

"조야 맞구나. 살이 좀 빠졌네. 또 놀러 온 거야?"

마당 울타리 너머로 미소를 지으면서도, 도고시 선생님의 얼굴은 조금 굳어 있었다. 방금 새로 온 선생님의 얼굴에 떠오른 것과는 또 다른, 명백한 불안이 깃들어 있었다. 그 표정을 보고 나는 이 사람에게 부탁해야겠다고 생각했다.

"놀러 왔다기보다, 좀 궁금한 게 있어서요."

"뭔데?"

하나로 묶은 반백의 머리카락에서 삐져나온 몇 가닥의 잔머리가 양쪽 귀 위에 걸쳐져 있었다. 싸늘한 바람이 불어와 그 머리카락을 흔들었다. 등 뒤의 마당에서 누런 모래바람이 불었다.

"지금 그쪽으로 갈게요."

세이코엔은 겉보기에 작은 학교 같지만, 입구에 문은 없었다. 아직 기억에 선명하게 남아 있는 그 입구를 지나 나는 마당에 선 도고시 선생님에게 다가갔다. 쥐 죽은 듯 조용한 건 평일 낮이라 학교에 다니는 아이들이 없기 때문이리라. 마당 구석, 수돗가 주변에서 어린아이들 몇몇이 주저앉아 놀고 있었다. 한 아이가 나를 보고 고개를 들자, 다른 아이들의 시선도 모두 이쪽에 쏠렸다. 가장 어려 보이는 남자아이만이 호기심 어린 표정으로 고개를 들고 있었고, 다른 아이들은 모두 고개를 숙였다. 내가 살짝 손을 흔들자, 이쪽을 보던 남자아이는 쑥스러운 듯 손을 들어 어색하게 흔들었다.

나는 도고시 선생님 곁으로 다가가 말을 꺼냈다.

"우동의 주소를 알고 싶어서요."

어제 본인에게 전화를 해서 물어보려 했지만, 알려주지 않았다.

"조야?"

'우동'의 전화번호를 찾아 통화 버튼을 눌렀다. 신호가 가자마자 상대가 전화를 받았다. 마치 기다렸다는 듯. 아니, 실제로 기다렸을지도 모른다.

"지난번 일 말인데, 나도 정말 고민 많이 했어. 그냥 입 다물고 있을까도 생각했고. 하지만 꼭 확인하고 싶었어. 조야, 사실을 말해줘. 저번에는 그냥 가버렸잖아. 우리 아빠가……."

거기서 말이 끊겼다. 싹싹하게 대답하는 남자 목소리가 수화기 너머로 들려왔다. 중고차 회사에서 영업을 한다고 했으니, 아마 사무실에서 나는 소리겠지.

"그냥 이름만 같은 다른 사람이야."

내가 먼저 말을 이었다.

"우동의 아빠가 쏜 사람이 우연히 우리 엄마하고 같은 이름의 사람이었던 거야. 우리 엄마는 살아 계셔. 나도 최근에 알았어. 아직 만나지는 못했지만."

미리 준비한 거짓말을 늘어놓았다.

"저번에는 제대로 말 못 해서 미안해. 좀 사정이 있어서, 그때는 엄마 이야기는 하고 싶지 않았거든."

"그랬구나, 다행이다."

상대는 그 말을 순순히 믿었다.

"우동이라면, 준페이 말이니?"

도고시 선생님이 물었다.

"네, 하자마 준페이요. 지금 어디 사는지 알려주세요. 졸업한 뒤에 사는 곳이요. 그런 거 적어놓은 서류 같은 게 있죠?"

도고시 선생님은 잠시 입을 다물고 있다 되물었다.

"그건 왜?"

어제 전화로 주소를 물어봤을 때도 같은 대답이 돌아왔다.

"그건 왜?"

"놀러 가려고."

"집에 아빠가 있어서…… 아직 일을 찾는 중이라 거의 집에만 있거든."

"그냥 알려줘."

긴 침묵이 흐른 뒤, 하자마 준페이는 간신히 대답했다.

"미안한데 알려주기 싫어."

그 목소리를 듣고 더 물어봤자 시간낭비라고 판단하고, 나는 그대로 전화를 끊었다. 그래서 오늘 이렇게 세이코엔까지 일부러 전철을 갈아타고 찾아온 것이다. 어떻게든 하자마 준페이의 주소를 알아내서 돌아가야 한다.

"우동네 집에 놀러 가려고요."

"먼저 준페이한테 확인하고 가르쳐줘도 되겠니?"

그러면 달라지는 게 없잖아. 아니, 세이코엔까지 찾아와 주소를 알아내려 했다는 사실을 알면 의심은 더욱 강해질 테고, 절대로 알려주지 말라고 하겠지.

"확인 안 하셔도 돼요."

"그럴 수는 없단다."

"괜찮다니까요."

"안 괜찮아."

"도고시 선생님네 집이 어딘지 알아요."

실은 몰랐지만 그렇게 말했다.

"여기서 어떻게, 어떤 길로 집에 가는지도 알아요."

약한 전류라도 흐른 듯, 도고시 선생님의 뺨이 씰룩거렸다. 그리고 얼굴 전체가 굳었지만 입술만은 웃는 모양을 지었다.

"왜…… 그런 소리를 하는 거니?"

왜, 왜, 왜, 내가 이유를 말하고 싶지 않다는데 다들 그걸 묻는 거지. 나는 차라리 이유를 다 말해버리고 싶었다. 하자 마 준페이의 집에 찾아가서, 그 아버지인 다고 요헤이를 죽일 거라고. 하지만 참았다. 그 대신 상대의 얼굴을 빤히 바라봤 다. 눈과 눈이 정면으로 마주쳤다. 도고시 선생님은 여전히 입 꼬리만 올린 채 꿈쩍도 하지 않았다. 하지만 내가 그 눈을 계 속해서 바라보자, 온몸이 아주 조금씩이지만 천천히 앞뒤로 흔들리기 시작했다. 본인은 알아채지 못한 것 같았다. 내가 한 손으로 선생님의 어깨를 붙잡자, 그 움직임이 뚝 멎었다.

"몰래 적어만 와주세요."

손끝에 조금 힘을 주었다.

"여기서 기다릴게요."

이내 도고시 선생님의 목 위쪽에서, 너무 기특하다는 듯한 목소리가 튀어나왔다.

"일부러 찾아간다니, 참 친구 생각하는 마음이 깊구나."

그리고 갑자기 휙 몸을 돌렸다.

"선생님이 적어 올게."

도고시 선생님은 비틀거리는 걸음으로 건물 안으로 들어 갔다, 잠시 뒤에 정사각형의 갈색 편지지를 손바닥에 숨기듯 들고, 너무 의식해서 오히려 부자연스러워 보이는 걸음걸이로 돌아왔다. 걸린 시간을 생각하면 누군가와 쓸데없는 대화를 나눴을 것 같지는 않았다. 봉투에는 사이타마 시로 시작해 202로 끝나는 주소가 휘갈겨 적혀 있었다.

"제가 찾아왔다는 이야기, 아무한테도 하지 마세요."

"왜?"

"왜냐고요?"

"그래…… 왜 말하지 말라는 건가 해서……."

"어찌 되었든요."

편지지를 들고 나는 세이코엔을 뒤로했다.

알아낸 주소까지 찾아가는 데는 꽤 시간이 걸렸다. 하지만 전철을 타고 있는 동안에도, 걸어가는 동안에도, 다고 요헤이 를 죽일 방법을 궁리하고 있었기 때문에 지루하지는 않았다. 해가 저물기 전에 도착한 공동주택은 낡고 볼품없었다. 외부 계단 밑에 늘어선 녹슨 우편함에는 주민들의 이름이 적혀 있지 않았고, 202호실도 마찬가지였다. 안을 들여다봤지만 광고지밖에 없었다.

외부 계단을 올라 202호실 앞에 섰다. '202'라는 문패 밑에 붙은 다른 판에 뭐라고 적혀 있었다. 햇빛에 노출되어 잘 알아보기 힘들었지만, '하자마逅鬥'라는 이름 같았다. 삐뚤빼뚤한 글자로 특히 두 번째 '鬥'자는 '門'과 '日'의 균형이 엉망진창이었다.

"장갑, 장갑을 껴야지."

주머니에 넣어둔 장갑을 끼고 초인종을 눌렀다. 대답은 없었다. 하지만 문에 귀를 대자 안에서 소리가 들렸다. 그렇게 귀를 기울인 채 다시 초인종을 눌렀다.

"다고 씨."

실내에서 나던 소리가 뚝 멎었다.

"다고 요헤이 씨께 택배 왔습니다."

축축한 발소리가 안쪽에서 다가왔다.

잠금장치를 푸는 소리가 나더니, 안쪽에서 문이 열렸다.

처음으로 본 다고 요헤이의 얼굴은 생각했던 것보다 흉악하지 않았다. 임신한 여자에게 총을 쏠 사람처럼 보이지는 않았다. 하지만 가로세로로 거대한 덩치를 보니, 만일 거세게 저항하기라도 하면 무척 애를 먹을 것 같았다.

"다고 요헤이 씨인가요?"

혹시나 해서 확인하니, 상대는 탁한 눈으로 고개를 끄덕이며 내 얼굴을 보았다. 그리고 찢어진 다운재킷 소매를 보고, 다시 얼굴을 보았다. 일을 구하는 중이라고 했지만, 삐죽삐죽한 수염으로 뒤덮인 다고 요헤이의 얼굴은 도저히 구직자처럼 보이지 않았다. 하자마 준페이는 나에게 거짓말을 한 걸까. 아니면 아버지가 아들을 속인 걸까.

"물건은?"

"네?"

"택배라면서."

그랬지.

"커다란 안마의자입니다. 하자마 준페이라는 분이 보내셨는데⋯⋯."

탁한 눈동자에 순간적으로 빛이 깃들었다.

"상품은 지금 아래층에 있는데, 운반하기 전에 설치 장소를 확인해야 합니다. 잠깐 들어가도 될까요?"

내가 집 안을 가리키자, 다고 요헤이는 갑자기 "그럼 들어오슈" 하고 기뻐하는 목소리로 말하며 옆으로 비켰다. 나는 "실례합니다" 하고 말하며 현관으로 들어갔다. 뒤에서 문이

닫히는 소리를 들으며 운동화를 벗고 안으로 들어갔다. 짧은 복도 오른쪽에 음식물 쓰레기와 설거지거리로 가득 찬 싱크대가 보였다. 복도 끝에 있는 방은 세 평쯤 될까. 이불 두 채가 커다란 롤 케이크처럼 둘둘 말린 채 창문 밑에 놓여 있었다.

"뭐야, 그 녀석이 주문한 건가? 날 놀라게 해주려고? 아, 자네는 모르겠지. 미안. 우리 애한테 아무 말도 못 들어서. 안마 의자를 어디 둬야 하나. 자리를 차지할 텐데, 구석에 둘 자리가 있겠지. 저기 오른쪽에다."

의외로 수다스러운 다고 요헤이의 목소리를 들으며 나는 싱크대 밑 수납장을 열었다. 부엌칼 수납 칸에 평범한 칼 하나가 꽂혀 있었다. 그 칼을 빼서 칼끝이 날카로운지 확인했다.

"지금 뭐 하는 거야?"

나는 몸을 돌리며 다고 요헤이의 가슴에 칼을 꽂았다. 쉼표 그 자체라 할 만한 짧은 숨이 입 밖으로 튀어나오며 얼굴에 침이 튀겼다. 배를 힘껏 걷어차자, 다고 요헤이는 두 손을 좌우로 펼치고 커다란 덩치로 좁은 복도로 날아가 현관문에 뒤통수를 세게 박으며 널브러졌다. 두 다리는 내 쪽으로 힘없이 뻗어 있었다. 몸을 눕힌 현관이 마치 얕은 욕조처럼 보였다. 옷을 입은 채로 그 안에 들어가 있는 것 같았다.

"자업자득이니까 포기해."

나는 다고 요헤이에게 다가갔다. 그는 칼날이 보이지 않을 정도로 깊숙이 꽂힌 칼을 마치 나에게 뺏기지 않으려는 듯 두 손으로 꼭 잡고 있었다. 두 눈만이 내 얼굴에서 떠나지 않았다. 검은 눈동자가 부들부들 떨리고 있었다. 윗입술과 아랫입술은 서로를 짓누르듯 굳게 다물려 있었고, 믿기지 않을 정도로 벌어진 콧구멍 안팎으로 공기가 드나들며 희미하게 새된 소리를 냈다. 나는 그 옆에 주저앉았다. 확장된 두 눈이 다시 내 얼굴에 고정됐다. 칼자루를 쥔 다고 요헤이의 손을 감싸듯 쥐고 상하좌우로 움직였다. 벌어진 콧구멍에서 단단하게 뭉쳐진, 머나먼 곳에서 들려오는 듯한 소리가 새어 나왔다. 하지만 그 역시 손을 움직이는 동안 점차 작아지더니 이내 멎었다.

수염으로 뒤덮인 다고 요헤이의 턱을 잡고 아래로 당겼다. 입이 상자처럼 벌어졌다. 뜻밖에도 다고 요헤이의 치열은 골랐다. 부자지간에 얼굴 생김새는 닮지 않았어도 이런 점은 물려받은 건가.

"죽었어?"

대답은 없었다.

집으로 돌아오자 때마침 주문한 물건이 도착했다.

2
장

"거짓말한 거 아니지?"

어제 아버지가 살해당한 일로 우동은 전화를 받자마자 다짜고짜 나를 몰아세웠다. 네가 우리 아빠를 죽인 거 아냐? 살해된 어머니의 원수를 갚으려고 죽인 거 아냐? 그저께 전화로 우리 집 주소를 물어본 것도 우리 아빠를 해치기 위해서고, 내가 안 가르쳐주니까 다른 사람에게 물어서 우리 집으로 찾아와 아빠를 죽인 거 아냐?

"내가 그런 거 아니고, 아무것도 몰라."

이 말을 벌써 몇 번이나 반복하는 것일까. 지쳐버린 나는 스마트폰을 든 채 대자로 드러누웠다. 뒤통수에 뭔가 딱딱한 게 닿았다. 아까까지 마리오와 루이지를 조작하던 컨트롤러였다. 그걸 치우고 바닥에 누워 고개를 돌리자, 태풍이 휩쓸고 지나간 뒤의 강가를 연상시키는 광경이 펼쳐져 있었다. 지난 며칠 동안 잔뜩 먹은 알약 빈 껍데기. 빵 봉지. 컵라면과 컵우동 빈 그릇. 편의점의 어묵 그릇. 나무젓가락. 플라스틱 스푼과 포크. 빈 프링글스 통 두 개. 프링글스는 오늘 아침에 빵과 어묵, 컵라면에 물려서 식사 대신 먹었다.

"너한테 전화해서 주소를 물어본 건 정말 놀러 갈 생각이었기 때문이야. 너희 아버지가 칼에 찔린 건 참 안됐다고 해야 하나, 유감이지만 그렇다고 친구를 의심하면 안 되지. 우린 친구라고 생각했어. 아니, 세이코엔에 있을 때부터 친구였지?"

"그건, 그런데."

"공원에서 염소를 껴안았던 거 기억해?"

"그래, 기억해."

"어느새 염소가 다 도망쳤잖아. 화장실에서 손을 씻으면서 같이 웃었고. 그때 일을 종종 떠올리곤 해. 세이코엔을 나온 뒤로 매일같이 생각했어. 우리 친구였잖아. 그런데 어떻게 제일 먼저 날 의심할 수가 있어. 지금 너무 서운해."

우동은 작게 응, 하고 대답했다.

"그래…… 서운하겠지."

"서운해."

"미안해."

그렇게 말하고는 우동은 전화를 뚝 끊었다.

"갑자기 끊어버리네."

'우동'과 '통화 종료'라고 표시된 화면을 나는 맥없이 바라보았다.

지금 태도는 어떻게 해석해야 할까. 계속 나를 의심하고 있는 걸까. 미안하다는 말은 의심해서 미안하다는 건가. 그렇다면 왜 갑자기 전화를 끊은 거지. 어쩌면 이야기와는 전혀 상관없이, 장례식 준비며 뒤처리로 바쁘다는 사실이 떠올라서 갑자기 전화를 끊어버린 건지도 모른다. 우동이라면 충분히 그럴 법했다. 나는 바닥에 누워 천장을 올려보며 또 하나의 자신과 형식적으로 협의했다.

"뭐, 경찰에 이야기하지는 않겠지."

그로부터 십 분도 채 지나지 않아 그 낙관적인 예측은 큰 오산이었음이 밝혀졌다.

몸을 돌려 엎드린 자세로 어제 일어난 살인사건에 관련된 기사를 스마트폰으로 검색했다. 최신 수사 상황은 텔레비전 뉴스보다 인터넷에 더 빠르게 올라올 것이다. 오늘 아침에 일어나자마자 프링글스를 먹기 전에 검색을 해봤지만, 그런 사건이 일어났다는 정도로만 보도되었을 뿐이었다. 사이타마

시에 있는 아파트에서 흉기에 가슴을 찔려 사망한 남성의 시신이 발견되었으며, 피해자는 다고 요헤이 씨(51), 최초발견자는 귀가한 아들(20). 그 정도였다. 그리고 다시 검색을 해봐도 역시 마찬가지였다. 아, 우동은 벌써 스무 살이 됐구나. 그런 무의미한 감상이 솟아오르는 것까지 같았다. 피해자인 다고 요헤이가 과거에 살인사건을 저지른 전과자라는 사실 역시 어느 매체에서도 보도하지 않았다.

"아직 못 알아낸 건가."

아니면 언론은 이미 그 정보를 입수했지만, 다고 요헤이가 형기를 마쳤기 때문에 보도를 자제하는 걸까. 그건 마토무라 씨에게 물어보면 알 수 있을지도 모른다. 하지만 역시 위험하겠지. 바로 어제 사건이 발생했는데 오늘 그런 걸 물어보면 마토무라 씨한테까지 범인 취급을 받을지도 모른다.

어제 같은 살인사건은 대개 사회적으로 얼마나 주목받는 걸까. 궁금해서 야후에 접속했다. 사건의 뉴스가 헤드라인에 올랐는지 확인하려던 것이었다. 하지만 사건의 기사는 없었다.

"어?"

그 대신 내가 아는 이름 두 개가 나란히 표시되어 있었다.

마사다 히로아키와 가시이 아야.

일전에 마토무라 씨의 부탁으로 사진을 찍었던, 그 밀회에 관한 기사일까. 하지만 헤드라인에 적힌 말은 그와 달랐다. 나는 기사를 클릭해 읽어봤다. 그리고 내가 협조한 그 특종이 생각지도 못한 전개로 진행되고 있다는 사실을 알았다.

기사에는 마사다 히로아키의 '약물투약 의혹'에 관한 내용이 적혀 있었다.

다른 기사를 읽고 또 다른 기사를 읽어봤다. 아무래도 전부터 경찰은 마사다 히로아키의 각성제 사용을 의심하고 수사를 진행했던 모양이었다. 가시이 아야와의 밀회는 그 와중에 보도된 것이며, 그와 거의 동시에 다른 주간지가 약물투약 의혹 건을 터뜨렸다. 그 주간지는 마토무라 씨가 소속된《주간 소게이》의 라이벌지인《주간신보》였다. 그쪽은 그쪽대로 마사다 히로아키의 약물투약 정보를 입수했던 모양이다. 요컨대 같은 배우에 관한 두 가지 특종이 같은 시기에 보도되면서 요란하게 헤드라인을 장식하고 있는 것이었다. 스캔들과 약물투약 의혹. 지금 올라오는 기사에는 그 두 가지 사건이 뒤섞여 있었는데, 만일 마사다 히로아키의 각성제 사용이 사실이라면 가시이 아야도 약물투약 의혹을 피해갈 수 없으리라는 예측으로 끝나는 내용이었다. 마사다의 약물투약에 관한 진위 여부는 현재 밝혀지지 않았지만, 조만간 경찰이 증거를 수집해 마사다에게 임의동행을 요구할 것이라는 정보도

돌고 있었다. 그런 가운데 당사자인 마사다 히로아키는……

"어라."

행방불명 상태라고 했다.

두 기사가 지면에 실리기 이틀 전부터 촬영 현장에 나타나지 않았고, 다수의 관계자들이 연락을 취하려 애썼지만 어디에 있는지 알 수 없는 상황이라고 한다.

다른 기사를 클릭해보니, 그곳에는 마사다가 평소에 어떤 인물이었는지를 자세히 보도하고 있었다. 조금 관심이 가서 읽어봤다.

마사다 히로아키는 시가 현 오쓰 시에서 태어났고, 중학교 이학년 때부터 연기에 관심을 가졌다. 관심이 생기자마자 친구나 선후배들을 모아 연극부를 만들었다. 학교 축제 등에서 공연할 때에는 자신의 연기를 보러 오라고 여러 연예기획사에 연락을 했다. 당연히 아무도 상대해주지 않았다. 중학교를 졸업한 마사다는 부모의 돈을 훔쳐 도쿄로 상경했고, 전화번호부에서 연예기획사를 찾아 무턱대고 찾아갔다. 그중 한 회사의 로비에서 우연히 신인 발굴 담당부서의 책임자와 마주쳤다. 마사다는 그 자리에서 즉시 책임자에게 '강매하듯' 연기를 선보였다. 수학여행에서 반 친구들과 떨어져 길을 잃은 학생. 화장실을 쓰고 싶은 승려. 보호비를 뜯으러 온 야쿠자 말단 조직원 등. 글로 읽으면 연기라기보다는 콩트 같지만, 신인 발굴 담당부서의 책임자는 마사다의 '상식을 벗어난 열의'에 감복하여, 그의 부모에게 연락해 전속 계약을 맺었다. 그 연예기획사는 현재도 마사다가 소속된 중견 기획사다. 그로부터 마사다는 신인 같지 않은 당당한 연기로 점차 경력을 쌓아갔다. 일반적으로 스턴트맨에게 맡기는 위험한 연기도 본인이 직접 도전해 동료와 후배들에게는 존경을 받았고, 선배들에게는 사랑받았다. 이른바 연기파 배우로 통해서 주연을 많이 맡지는 못했지만, 지금까지 성공적인 배우의 길을 걸어왔다.

"그런데 그 배우 인생도 어쩌면 약물로 인해 막을 내릴지도 모른다."

기사는 그런 문장으로 끝맺었다.

어렵게 성공했는데 약물이며 불륜 같은 것으로 전부 망쳐버리다니, 아깝지도 않나. 그런 생각에 한숨을 쉬며 나는 브라우저를 닫으려 했다. 그때 화면 아래에 나타난 뉴스 링크가 눈에 들어왔다. '약물'과 관련된 기사라 표시된 걸까.

약국에 강도 침입 약을 훔쳐 도주

랩 가사 같은 제목을 클릭했다. 사건이 일어난 건 사흘 전

오후 두 시, 장소는 우리 집 바로 근처였다. 태어나서 지금까지, 적어도 기억하는 한 병원이라는 곳에 가본 적이 없었기에, 따라서 약국에 들어가본 적도 없어서 기사에 나온 약국의 위치가 바로 머릿속에 떠오르지는 않았지만, 동네 이름으로 봐서는 집에서 역 사이의 어딘가인 것 같았다. 걸어서 오 분 정도 되는 거리일까. 도난당한 약이 무엇인지는 나와 있지 않았다.

몸을 일으켜 바닥을 둘러봤다. 아무렇게나 널브러진 알약 빈 껍데기. 지난 며칠 동안 먹은 트리프타놀. 마토무라 씨가 이용하는 판매 사이트는 비교적 양심적인 가격에 판매했지만, 그렇다 해도 마구잡이로 먹으면 비용이 만만치 않았다. 나도 다음에 약국에 들어가 공짜로 구해야 하나. 그런 생각을 잠깐 했다. 정말 잠깐이었다. 그 위험성은 약값 정도와는 비교도 되지 않았으니까.

그나저나…….

스마트폰을 바닥에 내려놓고 다시 누워서 천장을 올려다봤다.

그나저나…….

"어떻게 해야 하지."

어제 집으로 돌아온 뒤로 그 생각만 했다.

그리고 그때마다 히카리 누나의 얼굴이 떠올랐다.

히카리 누나는 내가 여섯 살 때 세이코엔에 왔다. 하지만 그건 나중에 안 사실이었고, 누나가 입소했을 때의 일은 잘 기억나지 않는다. 어느새 나보다 세 살 많은 히카리 누나는 그곳에서 우리와 함께 살고 있었다.

피부는 빈혈 환자처럼 창백했고, 태어날 때부터 눈 밑이 퀭했기 때문에 실제보다 훨씬 나이 들어 보이는 그녀는 늘 놀이방 한구석에서 안경을 올리며 글자가 빼곡한 책을 읽고 있었다. 원내의 '기증도서'가 아니라 도서관에서 빌려 온 훨씬 어려운 책이었다.

그 무렵 세이코엔의 아이들 중에서 나를 숭배하지도, 칭찬하지도, 예뻐하지도 않은 건 히카리 누나뿐이었다. 하지만 고개를 돌려보면 읽던 책에서 눈을 떼고 나를 보고 있었다.

히카리 누나의 눈은 책을 볼 때나 나를 볼 때나, 마치 겉에다 반투명 셀로판테이프를 붙여놓은 것처럼 아무것도 들어 있지 않고 나오지도 않을 것 같은 눈이었다. 보통 사람들과 마찬가지로 흰자와 검은자가 확실하게 구분되어 있는데도, 내 머릿속에서는 그 경계도 모호해서, 늘 전체적으로 흐릿한 탁한 눈이었던 것처럼 떠오른다.

그런 히카리 누나의 존재가 언제부터 갑자기 신경 쓰이기 시작했다. 입안에 든 머리카락 한 올처럼, 짜증스러우면서도 늘 그 존재를 의식하게 되었다. 그 머리카락을 어떻게든 처리하고 싶어서, 참지 못하고 먼저 다가가 누나에게 말을 걸었던 건 내가 초등학교 오학년, 누나가 중학교 이학년 때였다.

히카리란 이름은 원래 한자로 쓴다.

하지만 보통 쓰는 '빛 광'자가 아니라 두 글자짜리 한자였다. 그것도 대개는 '히카리'라고 읽을 수 없는 이상한 조합이라 우리의 첫 대화는 그 이름에 관한 것이었다.

"자식한테 이런 이름을 붙이는 건 좀 특별한 부모들 같지?"

도서관 카드에 적힌 자신의 이름을 가리키며 히카리 누나는 웃었다. 웃으면 안경 안쪽의 두 눈이 가늘어졌지만, 단순히 눈꺼풀이 내려온 것뿐, 눈빛은 역시 달라지지 않았다.

"하지만 사실 지극히 평범한 부모가 붙이는 경우가 많대."

히카리 누나도 지극히 평범한 회사원 부모에게서 태어났다고 했다.

"자식한테 이런 이름을 붙이는 사람들은 자기들 인생이 너무 평범했으니까, 적어도 자기 자식만큼은 특별해졌으면 좋겠다는 마음이 있는 게 아닐까. 전에 읽은 책에 그런 말이 있었어. 자식을 자기 인생의 패자부활전처럼 여기는 게 아닐까 하고. 하지만 부모가 지극히 평범한 인생을 걸어왔다는 건, 그 자식도 유전적으로 특별한 게 없다는 뜻이야. 요컨대 대부분의 경우 자식은 부모의 기대에 부응하지 못한다는 거지. 때문에 부모는 자신의 기대와 현실의 격차에 충격을 받게 돼. 아침부터 밤까지. 매일같이. 그것을 계기로 자식을 학대하기 시작하는 경우가 있대."

그런 설명을 한 뒤에 히카리 누나는 자신이 세이코엔에 오게 된 경위를 이야기해주었다.

"우리 집도 그랬던 것 같아."

초등학교 삼학년 때부터 히카리 누나는 부모에게 심한 학대를 받았다. 실제로 무슨 짓을 당했는지는 말하지 않았지만, 누나의 몸에 생긴 멍 자국을 보고 학대 사실을 알아챈 담임 선생님이 부모에게 연락했다고 하니, 육체적인 학대였을 것 같다. 학대란 게 육체적인 수준에서 끝나는 건 아니니, 그런 상상을 해봤자 의미는 없지만.

담임 선생님이 부모에게 연락한 뒤에도 상황은 달라지지 않았다. 결국 학교에서 아동상담소에 신고했고, 히카리 누나는 부모의 집에서 나와 세이코엔에 오게 된 것이다.

"우리 부모님은 지금 어떻게 살 것 같아?"

그 물음에 나는 잠시 생각하다 대답했다.

"이혼했어?"

"결혼했어."

그렇게 말하며 히카리 누나는 아까와 같은 미소를 지었다.

"당연히 이혼은 했지. 날 여기 보내고 나서 각자 다른 사람하고 재혼했어."

히카리 누나를 이용해 도전한 패자부활전에 실패했으니, 둘 다 다른 형태로 재도전해야겠다고 생각한 걸까. 내가 그렇게 말하자 히카리 누나는 애매하게 고개를 저으며, 물어보지 않아서 모르겠다고 대답했다.

"어찌 되었든 아빠도, 엄마도 나를 키울 생각은 없대. 나도 여기 있을 거야. 가족 같은 건 필요 없어."

하지만 아마 그 말은 진심이 아니었을 것이다.

혹은 진심이었지만 나중에 바뀐 걸지도 모른다. 우리가 처음 대화를 나누고 나서 반년쯤 지났을 때, 히카리 누나는 위탁가정에 들어가겠느냐는 제안을 승낙했다.

가정위탁제도에서는 희망자가 일정 기간 아이를 데려가 함께 생활하거나 외출하며 서로 시간을 보낸다. 만일 그 과정에서 서로 가족이 되고 싶다는 마음이 바뀌지 않으면, 정식으로 입양 절차를 밟게 된다.

지금처럼 한겨울이었다. 히카리 누나가 떠나는 모습을 나는 마당 울타리 너머로 바라보았다. 오른손을 주머니에 넣고, 지금도 안에 넣어둔 그 열쇠를 만지작거리며. 이름도 모르는 앙상한 나무가 수많은 가지를 아래로 내려뜨리고 있었다. 그 가지가 마치 히카리 누나의 모습을 한 인형을 조종하는 것처럼 보였다. 누나의 위탁부모는 옆모습밖에 보지 못했지만, 사마귀와 거북이처럼 생긴 사람들이었다. 사마귀는 아무 말도 하지 않았고, 거북이는 느릿한 굵은 목소리로 히카리 누나에게 이것저것 말을 걸며, 이따금 남들 들으라는 듯 짐짓 웃음소리를 냈다. 이내 세 사람은 주차장으로 가서 빨간 승용차를 타고 사라졌다.

그로부터 한 달 동안 히카리 누나는 위탁부모와 함께 살았다. 그리고 한 달이 지나 그들과 함께 세이코엔으로 돌아왔다. 원장 선생님은 아이들을 그 비좁은 강당으로 불렀고, 히카리 누나는 우리에게 작별인사를 했다. 성은 잊어버렸지만, 사마귀와 거북이의 집에서 살게 되었다고 했다. 그 가느다란 목소리를 들으며 나는 읽을 수 없는 한자 이름 말고는 부모에게 받은 게 아무것도 없다고 중얼거렸던 히카리 누나의 말을 떠올렸다. 앞으로 히카리 누나는 많은 것을 누릴 수 있겠지. 그런 상상을 하자 온몸이 유치乳齒가 된 것처럼 흔들거리는 것 같았다.

하지만 히카리 누나의 새로운 생활은 오래 가지 않았다.

본인의 희망으로, 넉 달쯤 지나 히카리 누나는 세이코엔으로 돌아왔다. 누나가 없는 동안 나는 육학년, 누나는 중학교 삼학년이 되었다.

세이코엔으로 돌아온 날 밤, 히카리 누나는 나를 마당 구석에 있는 창고로 불러냈다. 나는 그때까지 몇 차례쯤 고등학생 원생 남녀 둘이 그곳에 드나드는 광경을 본 적이 있었다. 언젠가 내가 벌집을 떼어버린 그 창고, 우동과 얼싸안았던 그 창고였다.

사마귀가 집을 비울 때마다 거북이가 했던 짓을 히카리 누나는 나에게 털어놓았다. 누나는 물론 그들을 사마귀나 거북이라 부르지 않았지만, 그렇다고 엄마나 아빠, 양어머니나 양아버지 같은 호칭으로 부르지도 않았다. 그냥 '그 사람', '또 다른 사람'이라고 부르며, 그 호칭도 이야기 중간에 자꾸 뒤바뀌었기 때문에, 나는 누가 누구인지를 생각하며 이야기를 들어야만 했다.

거북이가 만진 부분을 히카리 누나는 손으로 가리켰다. 창고에는 전등이 없었지만, 작은 유리창으로 들어오는 가로등 불빛과 달빛으로 그녀의 얼굴이 흐릿하게 보였다. 지금까지 두 눈을 가리고 있던 반투명한 셀로판테이프 위에 접착제라도 바른 듯, 히카리 누나의 두 눈은 넉 달 전보다 더 하얗고 탁하게 보였다. 자신의 몸 두 곳을 가리킨 손은 이내 낡은 스커트 무릎으로 되돌아가, 죽은 동물처럼 그 자리에서 언제까지고 움직이지 않았다. 어둠 속에서 나는 온몸이 싸늘하게 식어가는 것을 느꼈다. 피부가 사라져, 바깥 공기가 곧바로 근육에 닿는 느낌이었다. 그 싸늘함은 이내 안쪽으로, 더욱 안쪽으로 스며들어서 싸늘함이 지나간 부분은 마비된 것처럼 감각이 사라졌고, 종국에는 가슴의 중심이 냉동된 것 같았다. 하지만 한편으로는 혈관에 무수한 장구벌레가 들끓는 것 같았다. 그 장구벌레는 아까의 싸늘함보다 더 빠르게 내 내면을 침공해 들어와, 냉동된 가슴 중심에 무리 지었다.

그 감각의 정체를, 이제는 안다.

누군가에게 내 것을 빼앗겼을 때 찾아오는 압도적인 불쾌감. 그것을 처음 느낀 것이 그날 밤이었다. 거북이가 만진 건 히카리 누나의 몸인데, 나는 그 손이 내 안으로 불쑥 들어와 소중히 여겼던 것을 우악스럽게 움켜쥐고 어딘가로 사라진 것처럼 느껴졌다.

그날 밤 나는 가방을 비스듬히 메고 혼자 세이코엔에서 빠져나왔다.

조금 떨어진 곳까지 가서, 전에 사람들이 하는 걸 본 대로 택시를 잡았다. 택시기사는 살짝 의심스러운 표정을 지었지만 병원에 있는 엄마가 집에 가서 돈을 가져오라고 심부름을 시켰다고 거짓말을 둘러대자 순순히 믿었다. 나는 동네 이름과 그 주변에 있는 커다란 공원 이름을 댔다. 세이코엔에 있던 지도를 보고 미리 조사해둔 곳이었다. 태어나서 처음 탄 택시가 삼십 분쯤 걸려 그곳에 도착했을 때, 미터기에는 육천칠백사십 엔이라는 요금이 표시되어 있었다. 물론 돈이 없었기 때문에 나는 문을 열고 도망치려 했다. 하지만 문이 열리지 않았다. 다시 오른쪽 문을 밀자 그쪽은 열렸다. 나는 택시에서 뛰쳐나와 도망쳤다. 운전기사는 재빨리 유턴해서 따라오다가 이내 급브레이크를 밟아 차를 세우고 내려서 쫓아오기 시작했다. 골목을 지그재그로, 그러다 같은 방향으로 틀어 도망치면서도 내 가슴에는 계속 장구벌레가 들끓고 있었다.

이내 택시기사의 추격을 따돌리고 공원 앞으로 돌아왔다. 인도에 주변 지도 표지판이 서 있었다. 가로등 불빛 속에서 그 지도를 머릿속에 넣은 뒤 나는 넓은 주택지 쪽으로 걸어 갔다. 그곳에 사마귀와 거북이의 집이 있다는 이야기를 히카리 누나에게 들어서 알고 있었다.

한 집 한 집 살피며 히카리 누나를 세이코엔에서 데려갔던 빨간 승용차를 찾았다. 한 시간 넘게 돌아다닌 뒤에야 문제의 집을 찾을 수 있었다. 주차장에 세워져 있던 건 분명 그날 보았던 빨간 승용차였다. 번호판 숫자도 그날 떠나는 차를 보며 심심풀이로 외웠던 것과 같았다. 대문을 열고 안마당 쪽으로 들어갔다. 툇마루에 눈사람처럼 뚱뚱한 쓰레기봉투가 아무렇게나 놓여 있었다.

가방에서 페트병을 꺼냈다. 안에는 창고에서 빼낸 기름이 들어 있었다. 겨울이 끝나고 더 이상 쓰지 않는 히터용 기름통을 하나씩 탈탈 털어서 모은 것이었다. 나는 쓰레기봉투를 툇마루 밑에 쑤셔넣고 기름을 마루 판자 사이로 부었다. 예전에 길에서 주운 라이터로 젖은 판자에 불을 붙이자, 희미한 파란 불꽃이 순식간에 퍼져나갔다. 그림물감 팔레트를 씻을 때 나오는 물처럼 조금 애매한 옅은 색이었기에 이걸로 되겠나 싶었지만, 불꽃은 금세 노란색을 띠며 솟아올랐다. 노란색에서 주홍색으로 변한 불꽃은 쓰레기봉투를 사정없이 태운 뒤, 내 가슴속에도 불을 질렀다. 경험해본 적 없는 쾌감이었다. 들끓던 장구벌레들이 일제히 불에 타 죽어가는 기분이었다. 무수히 많은 자잘한 사체가 핏속에 녹아들어 아랫배 쪽으로 흘러가는 것 같았다. 날이 밝아올 때까지 세이코엔으로 가는 길을 걸으며, 나는 노상방뇨를 했다. 그때까지 느껴본 적 없던 쾌감이 밀려들었다.

다음 날 교무실에서 신문을 가져다 읽어봤지만 화재 기사는 없었다. 하지만 그 이튿날 신문에 작게 기사가 났다. 기사에 따르면 사마귀와 거북이는 무사했지만, 집은 홀라당 다 타 버렸다고 했다.

밤이 오기를 기다렸다 히카리 누나를 창고로 불러서 내가 한 일을 이야기했다. 말없이 내 이야기를 듣고 있던 히카리 누나는 내 이야기가 끝난 뒤에도 한동안 말이 없었다. 창문으로 들어오는 달빛을 받은 누나의 피부는 탈피한 새우처럼 창백하고 불안정해 보였다. 한참 기다린 끝에 히카리 누나의 입술이 드디어 벌어졌다. 누나는 지금 한 이야기를 아무에게도 해서는 안 되며, 자기한테도 더 이상 하지 말라는 약속을 받아낸 뒤에 속삭이듯 말했다.

"고마워."

그때 히카리 누나는 고개를 숙이고 있었고, 머리카락이 얼굴을 가리고 있어서 표정은 보이지 않았다. 그때 대체 어떤 눈을 하고 있었을까. 지금도 가끔 그게 궁금하다.

그로부터 우리는 때때로 밤의 창고에서 만났다.

언제나 몰래 들어갔고, 낮에는 서로 말을 걸지 않았기 때문에 아무도 우리가 친하다는 걸 몰랐다.

창고 안에서 히카리 누나는 그때까지 읽은 책 이야기를 들려줬다. 책 이야기를 시작하면 다른 사람이 된 것처럼 말이 끊이지 않았다. 흥분해서 멈추지 못하는 게 아니라, 담담하게, 이따금 나는 잘 모르는 어려운 말을 섞어가며, 마치 적은 내용을 읽는 듯한 목소리로 더듬지도 않고 이야기했다. 내가 관심을 보이는 책을 누나는 다시 도서관에서 빌려다줬고, 나는 그 책을 읽었다. 히카리 누나의 말대로 재미있던 책도, 그렇지 않은 책도 있었지만 시시하고 지루한 책은 없었다. 그러다 나는 히카리 누나가 도서관에서 빌려 온 책 중에 읽지 않은 책을 가져다 읽게 되었다. 하지만 늘 소설책뿐이었고, 당시 누나가 관심을 가졌던 인간의 뇌와 심리에 대한 책은 애초부터 읽는 걸 포기했다. 지금 생각해보면, 만일 그때 그 책들을 읽었다면 나는 히카리 누나의 설명을 듣기 전에 내 정체를 알았을지도 모른다.

어느 날 히카리 누나는 창고 안에서 내 손을 잡았다. 살며시 손을 잡은 채 여느 때처럼 책 이야기를 했고, 이야기가 끝나자 갑자기 얼굴을 들이대며 입을 맞췄다. 누나의 입술은 처음에는 마치 두 손가락이 맞닿듯 평평하게 수평을 이루고 있었다. 한동안 그렇게 있다가 떨어지나 싶더니, 이번에는 다른 한쪽 손가락을 비틀듯 비스듬히 방향을 바꾸어 다시 닿았다. 키스를 하며 히카리 누나는 잡았던 손을 놓고 위로 올라와 내 오른손 손목을 잡았다. 마치 도망칠까 경계하는 것처럼, 그녀는 손목을 잡은 채 맞닿은 입술에 힘을 주었다 뺐다 했다.

나는 그 기분 좋은 감촉에 그저 눈을 감고 있었다. 그때 누나는 전부터 해온 생각을 확인하기 위해 실험을 했던 것일까. 아니면 키스할 때 우연히 내 손목을 잡았다 확인한 것일까. 물어보지 않았기 때문에 아직도 무엇이 진실인지는 모른다. 아무튼 그녀는 잠시 후 입술을 떼더니 내 손목을 잡은 채 말했다.

"너 같은 사람을 뭐라고 하는지 난 알아."

얼굴이 너무 가까워서인지 눈에 초점이 맞지 않았다. 코앞에 있는 히카리 누나의 얼굴이 둘로 보였다.

"너 같은 사람을."

살며시 어긋난 두 입술이 눈앞에서 동시에 움직였다.

"사이코패스라고 해."

어두운 창고 안에서 히카리 누나가 설명한 내용을 나는 세세한 부분까지 또렷하게 기억한다. 그로부터 몇 번이나 되새기며, 그 설명이 나에게 들어맞는다는 것을 인정하며 하루하루를 살아왔기 때문이다.

"그런 사람들의 특징은 말이야."

땀을 자주 흘리지 않는다. 심박수가 낮고, 긴장하거나 흥분했을 때에도 심박수의 증가가 거의 없다. 이 심박수와 반사회적인 행동의 관계성은 의학적으로, 이를테면 흡연과 폐암의 상관성보다 훨씬 높다고 한다. 일설에 따르면 인간은 저마다 최적의 각성도가 있는데, 심박수가 낮으면 그에 도달할 수 없기 때문에, 본인의 최적 수준까지 끌어올리기 위해 자극을 찾아 반사회적 행동을 취한다는 이야기였다.

"그런 사람들은 겉보기에 위험해 보이거나 분위기가 이상한 게 아냐. 하지만 남에게 공감하거나 공포를 느끼는 빈도가 선천적으로 낮아. 마음속에 공감이나 공포의 감정이 결여되어 있어. 자기 아닌 다른 사람들을 사물로 대하고, 도움이 될 것 같으면 이용하고, 거치적거릴 것 같으면 치워버리거나 없애버리지."

"결함 인간이라는 거야?"

하지만 누나는 고개를 저었다.

"그렇지 않아. 오히려 용기 있는 행동을 하거나 대담한 결단을 내릴 수 있어서 주변 사람들이 칭찬하는 경우도 많아."

실제로 역사적 위인이나, 대기업의 창업자 중에는 '사이코패스가 많다'고 했다. 심적인 고통에 무디기 때문에, 쓸데없는 감정을 개입시키지 않고 사안을 생각할 수 있다. 그래서 평범한 사람보다 손익 계산에 밝고, 자신에게 해가 되는 일을 하지 않을 수 있다. 역사상 인물이나 대기업 사장 외에도, 자신의 특징을 사회에 도움이 되는 방향으로 이용하는 사람들도 많아서, 예를 들면 폭발물 해체 전문가나 큰 수술을 성공한 의사 등도 심박수를 재어보면 무척 낮은 경우가 많다고 했다.

"왜 그렇게 되는 거야?"

그런 사람들은 어떻게 태어난 걸까.

"다양한 원인이 있대. 어머니가 임신 중에 담배를 피우거나 술을 마시면 태어나는 아이의 반사회성이나 공격성이 높아진다는 연구 결과도 있고, 흡연이나 음주뿐 아니라 임신한 여성이 납을 섭취했을 때에도 사이코패스가 태어날 가능성이 커진대."

"납?"

납이 들어 있는 건 납땜밖에 떠오르지 않아서, 나는 텔레비전을 분해해 기판을 씹어 먹는 임산부의 모습을 상상했다.

"납 중독으로 태아의 뇌가 변화해서 사이코패스가 되는 경우도 있나봐. 예를 들면 전에 읽은 책에 나온 로마 황제처럼."

과거 로마에서는 수도관도 납으로 만들었고, 식기나 조리 기구도 납이었으며, 와인에 단맛을 첨가하는 데도 납이 쓰였다고 했다. 황제와 가족들은 그 와인을 많이 마셨어. 그래서 로마 황제 중에는 사이코패스가 많대. 그렇게 말하며 히카리 누나는 내가 모르는 이름을 여러 개 들며 구체적인 사례를 이야기해주었다. 그 이름들을 나는 아직도 기억하고 있다. 잔혹한 살인을 반복해서 저지른 칼리굴라, 친족을 여럿 죽이며 기독교도들을 박해한 네로, 수백 명과 난교를 했던 콤모두스.

어머니에게 어떤 일이 일어났는지 원장 선생님이 알려준 건 작년 봄이었다. 창고에서 히카리 누나와 그 이야기를 했을 때에는 아무것도 몰랐다. 어머니가 시골 술집에서 임신한 몸으로 억지로 술을 마시고 담배를 피웠다는 것도, 다고 요헤이라는 남자의 산탄총에 맞아 몸에 납 총알이 파고들었다는 것도, 그 상태로 나를 낳았다는 것도.

하지만 지금은 이해가 간다.

말하자면 나는 태생적인 사이코패스였다.

임산부가 술을 마시고 담배를 피우는 경우는 아마 그리 드물지 않을 것이다. 하지만 몸에 납이 박히는 건 흔히 일어나는 일이 아니다. 분명 그것이 결정타가 되었으리라. 어머니의 몸에 박힌 납 총알이 탯줄을 타고 태아의 뇌에 독소를 흘려보냈을 것이다.

보육원에서 나온 나는 자신을 제어하기 위한 방법을 이것저것 생각했다. 그 편이 이득이기 때문이다. 히카리 누나의 말로는, 심박수가 낮은 게 제일 큰 문제인 듯해서 일단은 그를 개선하기 위한 방법을 알아봤다. 처음에 인터넷 기사에서 발견한 게 위장병에 처방되는 부스코판이라는 약이었다. 부스코판은 부교감신경의 작용을 억제함으로써 위의 통증을 완화시키지만, 항콜린작용이라는 부작용으로 심박수가 높아진다. 그 사실을 알아낸 나는 곧바로 부스코판을 사서 아파트를 나올 때는 늘 가지고 다녔다. 또 다른 내가 되도록 나오지 않도록. 그 뒤로 인터넷 정보를 보고, 트리프타놀이라는 항우울제가 더 심박수를 높이는 부작용이 있다는 사실을 알고서는 마토무라 씨에게 부탁해 그 약을 샀다. 오미야 역에서 우동과 만나기 전에도 혹시 몰라서 화장실에서 약을 먹었다. 대체 무슨 이야기를 하려는지 짐작도 가지 않았기 때문이다. 그 정도로 나는 조심해왔다. 늘 신경을 썼다. 그런데…….

에어컨이 한숨처럼 공기를 내뱉었다. 바닥에 널브러진 알약 상자와 껍데기를 다시 바라보았다. 왠지 히카리 누나에게 미안한 마음이 들었다. 하지만 우리가 잘못한 게 아니다. 이렇게 된 건 전부 다고 요헤이 탓이다. 그 남자가 어머니에게 납으로 만든 총을 쏘지 않았다면…….

현관에서 초인종 소리가 났다.

꿈쩍하지 않고 그 자리에 계속 누워 있었는데, 이내 다시 초인종이 울렸다.

일어나 방에서 나왔다. 손잡이를 돌려 방문을 꼭 닫은 뒤 현관의 도어스코프를 들여다보니 양복에 코트 차림의 남자 두 명이 서 있었다.

"누구세요?"

도어스코프에서 눈을 떼지 않은 채 물었다.

"사카키 조야 씨 되십니까?"

"그런데요."

"잠깐 좀……."

"네?"

설마.

"잠깐 문 좀 열어주시겠습니까?"

그 설마였다.

"니시아라이 경찰서에서 나왔습니다."

"무슨 일인데요?"

"일단 문 좀 열고 말씀하시죠."

말하는 건 둘 중 젊은 남자였다. 삼십대 후반쯤 되었을까. 마른 체격에 얼굴이 만질만질한 하얀 가지 같아서, 꼭 단소처럼 얇은 소리를 낼 것 같았지만, 아까부터 들려오는 실제 목소리는 딱딱한 저음이었다. 옆에 있는 나이 지긋한 남자는 주름이 많았고, 까무잡잡한 색소가 피부 속까지 스며든 듯한 얼굴이었다. 내가 말없이 도어스코프에 한쪽 눈을 대고 있으니 젊은 남자가 다시 뭐라고 말하려 했지만, 다른 남자가 그것을 제지하며 부드러운 목소리로 말했다.

"하자마 준페이 씨 아버님 일로 찾아뵀습니다."

일 초쯤 생각하다 잠금장치를 풀고 문손잡이를 돌렸다. 문을 열자 차가운 공기가 휘, 소리를 내며 들이닥쳤다.

젊은 형사는 다케나시, 나이 많은 형사는 다니오라고 했다.

"하자마 준페이 씨와 아는 사이시죠?"

다케나시 형사가 물었다. 거짓말할 생각은 말라는 압박 같은 걸 의도적으로 담은 투였다. 그렇다는 건 내가 거짓말을 할 가능성이 있다고 보는 거겠지.

"네, 그런데요."

"하자마 씨 아버지가……."

툭, 다니오 형사가 손등으로 다케나시 형사의 가슴을 가볍게 쳤다. 다케나시 형사는 말을 끊더니 얇은 눈썹을 다른 각도로 움직이며 상대의 얼굴을 힐끗 보았지만, 다니오 형사는 아랑곳하지 않은 채 생글거리며 나를 보았다. 비굴해 보일 정도로 목을 내밀고 등을 구부린 채, 배우처럼 중후한 목소리로 말했다.

"돌아가셨습니다. 하자마 준페이 씨의 아버님이."

"그래요?"

"그런데 그게 좀, 이를테면 병환이나 교통사고 같은 이유로 돌아가신 게 아니라, 저희가 나서게 되었습니다."

"살해됐나요?"

다니오 형사의 미소가 사진처럼 정지했다.

하지만 그도 순간에 지나지 않았다.

"왜 그렇게 생각하시죠?"

"들었거든요. 아까 하자마 준페이에게 전화가 와서, 아빠가 집에서 칼에 찔렸다고."

"아, 그랬군요. 본인이 전화를……"

"아뇨, 아들이요."

"네?"

"본인이 아니라 아들. 살해된 사람 말고 그 아들이 전화했다고요."

다니오 형사는 여봐란 듯 쓴웃음을 지었고, 그 옆의 다케나시 형사가 반걸음 다가섰다.

"형식적인 질문입니다만."

양복 안주머니에서 메모장을 꺼내 표지에 끼워놓은 볼펜을 오른손에 들었다.

"사카키 씨, 어제는 뭘 하셨습니까?"

"경찰수첩이 아니네요."

"네?"

"아니, 이럴 때는 경찰수첩을 꺼내 메모하는 줄 알았어요."

"경찰수첩에 메모 기능은 없습니다."

"그렇군요."

보통 백엔숍에서 삽니다. 다니오 형사가 옆에서 온화한 미소를 지었다.

"메모용으로 경시청에서 지급하는 집무수첩이라는 게 있습니다만 그걸 꺼내면 분위기가 얼어붙는다고 할까. 왠지 경계하는 분들이 많아서요."

"역시 수첩을 살 때는 세금계산서를 떼나요?"

"영수증만 제출하면 됩니다."

"뭘 하셨죠?"

다케나시 형사가 끼어들었다.

"오토바이를 타고 돌아다녔어요."

하는 수 없이 대답했다.

"어디를요?"

"그냥 여기저기요. 대충."

"몇 시부터 몇 시까지였습니까?"

"점심부터 저녁때까지였는데. 도중에 몇 번…… 두 번쯤 집에 들렀다 다시 나갔어요. 나갔다 들어왔다 했어요."

내 설명을 다케나시 형사는 모두 메모장에 적었다.

아까부터 일부러 딴소리를 하며 반응을 살펴보니, 나를 향한 두 형사의 의심은 이미 점토처럼 굳은 듯했다. 그 이유로 생각할 수 있는 건 하나뿐이었다. 우동이 나에 대해 형사들에게 이야기했겠지. 그저께 내가 전화해서 주소를 물어봤다고 했을 테고, 어쩌면 십구 년 전 사건에 대해서도 말했을지 모른다. 자기 아버지는 출소한 지 얼마 되지 않았는데, 교도소에 들어간 건 십구 년 전에 어떤 여자를 쏘았기 때문이며, 그 피해자는 사카키 조야의 어머니였다고.

아니, 경찰이라면 그런 것쯤은 금방 알아낼 수 있을 것이다. 그러면 우동이 말한 게 아니라 직접 십구 년 전 사건에 대해 조사해본 뒤에 나를 찾아왔을지도 모른다. 하지만 그렇다고 하기에는, 특히 다케나시 형사의 태도가 너무 경직되어 있다. 이 사람은 꼭 내가 다고 요헤이를 죽였다고 이미 단정 지은 것 같았다. 어쩌면 형사들이 세이코엔에 연락한 걸까. 도고시 선생님이 사카키 조야가 어제 불쑥 찾아와 하자마 준페이의 주소를 억지로 알아냈다고 말한 걸까. 애초에 경찰이 내 주소를 알아내기 위해서는 세이코엔에 연락했을 수밖에 없었을 텐데.

"왜 살해된 건가요?"

나는 떠보기로 했다.

"우동의 아버지가 누구에게 원한을 샀나요?"

다케나시 형사가 "우동?" 하고 미간을 찌푸렸다.

이 역시 메모장에 적는 다케나시 형사를 보고 나도 모르게 웃을 뻔했다.

"원한을 산 겁니까?"

다시 묻자, 다니오 형사와 다케나시 형사가 순서대로 대답했다.

"아직 수사 중인 사안이라 말씀드릴 수 없습니다."

"아직은."

"하지만 값어치 나가는 물건이 그대로 남아 있는 걸 보면, 그런 상황에서 원한이 원인이 아닌 경우는 거의 없습니다."

"이번 사건도 포함해서."

고개를 끄덕이고 있는데, 다케나시 형사가 보란 듯이 다시 볼펜을 들었다.

"하나 더 묻겠습니다. 사흘 전 오후에는 무엇을 하셨습니까?"

"사흘 전이요?"

뜻밖의 질문이라 되묻는 목소리에도 티가 났다. 우동과의 통화가 그저께였고, 다고 요헤이가 죽은 게 어제였다. 왜 사흘 전 일을 묻는 거지. 나는 평소 목소리로 대답했다.

"딱히 아무것도 안 했는데요."

실제로도 편의점 ATM에서 돈을 인출한 정도였고, 그거 말고는 계속 집에 있었다. 애초에 약을 너무 많이 먹었는지, 지난 며칠 동안 머리가 멍했던 적이 많아서 기억나지 않는 단시간의 외출이 한 번쯤 더 있었을지도 모르지만.

약 이야기는 하지 않고 나는 편의점에 다녀온 것만 말했다. 다케나시 형사는 "그렇군요"라고 중얼거리며 메모장에 뭐라고 적었고, 잠시 자기가 쓴 메모를 노려보더니 다니오 형사에게 힐끗 눈짓을 했다. 다니오 형사가 눈썹을 치켜뜨며 고개를 끄덕이자, 다시 나를 보며 이야기를 마무리하는 투로 말했다.

"앞으로 또 이것저것 이야기를 들어봐야 할지도 몰라서 그런데, 연락처를 알려주시겠습니까. 휴대전화 번호 같은 거요."

사실은 이미 알고 있을지도 모른다. 어찌 되었든 어차피 조사하면 금방 알아낼 테니 나는 순순히 알려줬다.

"혹시 나중에라도 뭔가 생각나시는 게 있으면 편하게 연락 주십시오. 여기 직통 번호입니다."

다니오 형사가 내민 명함을 나는 청바지 뒷주머니에 넣었다.

"아마 자리에 없을 때가 많겠지만, 그때는 전화 받는 사람에게 이름을 말씀하시면 다시 연락드리겠습니다."

다니오 형사는 명함지갑을, 다케나시 형사는 메모장과 펜을 양복 안주머니에 넣었다. 의외로 금방 끝났다. 지문을 채취하는 게 아닐까 예상했지만, 딱히 그러지도 않았다. 애초에 범행현장에서 범인의 지문은 하나도 나오지 않았을 테니, 내 지문을 채취한들 아무 소용도 없겠지만. 그런 생각을 하는데 다니오 형사의 목소리가 들렸다.

"머리카락을 한 올 받을 수 있겠습니까?"

나는 머리를 가리키며 표정으로 되물었다.

"네, 머리카락이요. 이것도 형식적인 절차의 일환입니다. 머리를 이렇게 털면 머리카락 한두 올은 떨어질 겁니다."

그 말대로 해보니 실제로 머리카락 두 올이 복도에 떨어졌다. 다케나시 형사는 그 머리카락을 주워 수첩을 넣은 반대편 주머니에서 미니 지퍼백을 꺼내 담았다. 지퍼를 채우고 다시 안주머니에 넣은 뒤, 주머니를 툭 치며 다니오 형사를 보았다.

보아하니 좀 위험한 상황인 것 같다.

"나중에 돌려주세요."

내 말을 무시하고 형사들은 고개를 꾸벅 숙인 뒤 동시에 몸을 돌려 바깥 계단 쪽으로 걸어갔다. 한 번도 뒤돌아보지 않는 그 뒷모습에서 만족감이 느껴져서, 그 모습을 보고 있으려니 머리카락이 방문의 목적이었던 게 아닌가 하는 생각이 들었다.

"휴……."

조용해진 현관에서 나는 팔짱을 낀 채 생각에 잠겼다.

아니, 생각한들 부질없다. 형사들이 내 머리카락을 가져갔다는 건 범행 현장에도 머리카락이나 다른, DNA를 채취할 수 있는 뭔가가 남아 있었다는 뜻이리라. 형사들은 내 머리카락에서 DNA를 채취해 비교해보려는 것이다. 현관에 서서 주머니에서 스마트폰을 꺼내 DNA에 대해 검색했다. 여러 사이트를 봤지만 유감스러운 내용뿐이었다. 이대로 가다간 아무래도 감정 결과가 나오자마자 지금까지 한없이 검은색에 가까웠던 회색이 단번에 새까맣게 변할 것이다. 경찰은 분명 이 집으로 달려오겠지. 다음번에는 경찰서로 동행을 요구할 테고, 그때는 이미 나에게 거부할 권리는 없을지도 모른다.

스마트폰 화면에서 눈을 떼고 두 형사가 사라진 바깥 계단을 잠시 의미도 없이 바라보았다.

"좀 위험한 상황이네."

나는 도망치기로 결심했다.

2

히카리 누나에게 행운이 찾아든 건, 누나가 고등학교 삼학년 때였다.

과거 사마귀와 거북이가 가져온 것 같은 가짜가 아니라, 진짜 행운이었다.

그 무렵, 이듬해에 있을 퇴소를 앞두고 히카리 누나는 고민에 빠져 있었다. 인간의 뇌와 심리에 대한 공부를 본격적으로 하고 싶어했지만, 대학에 진학할 돈이 없었다. 학비는 제쳐두고 살 집조차 없었다. 부모는 히카리 누나를 데려갈 생각이 없었고, 누나 역시 같이 살기를 원하지 않았다. 아무것도 없어서 어떻게 해야 할지 모르겠네. 밤의 창고에서 나와 어깨를 나란히 하고 앉아 숨소리만 내서 웃었다. 나는 어떻게든 돕고 싶어서 어딘가에서 돈을 가져올까 물어봤지만, 누나는 말없이 고개를 저었다. 창고 벽에 기댄 채 둘이서 눈앞의 어둠을 바라보고 있었기 때문에, 콘크리트 벽에 머리카락이 쓸리는 소리로 누나의 대답을 짐작했다.

오십대 중반의 부유한 미망인이 히카리 누나를 입양하고 싶다고 세이코엔을 찾아온 건 그런 어느 날이었다. 세상에는 그렇게, 현실에서는 절대 일어나지 않을 일이기에 매력적이라 생각하고 쓴 이야기 같은 일이 실제로 일어나기도 한다.

그야말로 신데렐라 스토리라 해야 할 사건이었다. 가메오카라는 이름의 그 미망인은 전부터 이소가키 원장님에게 아이를 입양하고 싶다는 이야기를 했다고 한다. 원장 선생님은 시간을 들여 우리 개개인의 내력과 성격을 가메오카 씨에게 설명했고, 그 아이들 중에서 조용하고 모범생이며, 진학하고 싶지만 돈이 없어서 곤경에 처한 히카리 누나를 선택했다. 아동상담소를 통해 입양이 진행되었고, 최종적으로 가메오카 씨는 히카리 누나의 정식 양어머니가 되었다. 가메오카 씨의 세련된 옷차림에서 막연히 뭔가를 느끼고, 그녀가 올 때마다 웃으며 어슬렁거리거나, 평소에는 손도 대지 않던 기증도서를 들춰보거나, 마당에 널린 놀이기구를 치우던 아이들은 모두 실패했다.

세이코엔을 나가기 전날 밤, 히카리 누나는 창고에서 나에게 쪽지를 건넸다. 작은 종이라 반으로만 접거나, 접지 않아도 될 텐데 굳이 두 번을 접었다. 쪽지에는 내일부터 살 집의 주소가 적혀 있었다. 그리고 우리는 키스를 했다. 두 번째 키스였다. 숨결에서 저녁을 먹은 뒤에 히카리 누나가 늘 마시던 분말 레몬차 향기가 느껴졌다. 세이코엔의 식당 구석에는 우리가 마시고 싶을 때 마셔도 되는 홍차나 녹차, 인스턴트커피가 비치되어 있었다. 모두 중학생쯤 되면 인스턴트커피를 마시기 시작했고 그것이 하나의 특권이 되어버렸지만, 히카리 누나는 쓴 맛을 싫어했기 때문에 늘 커다란 통에 든 립톤 레몬티를 타서 마셨다.

만일 힘든 일이 생기면 세이코엔을 통해 나에게 반드시 연락하겠다고, 그때 누나는 그렇게 약속했다. 그 후로 지금까지 한 번도 연락이 오지 않았다는 건 지금도 행복하게 살고 있다는 뜻일 테고, 실제로 그렇게 보였다.

"힘든 일은 없어?"

거실 소파에 앉아 일단 그렇게 물어봤다. 아일랜드 식탁에서 커피 원두를 갈던 히카리 누나는 고개를 들어 나를 보았다.

"괜찮아, 없어."

목소리도, 표정도, 왠지 모르게 미안해 보이는 건 왜일까. 그런 식으로 대답하면, 옛날에 거북이와 사마귀의 집에 불을 지른 일을 고마워하라고 강요하는 것 같잖아.

도망치려고 해도 딱히 갈 곳이 없었다. 그래서 나는 창고에서 히카리 누나가 준 쪽지를 꺼내서 여기까지 오토바이로 달려온 것이다. 나에게 일어난 일, 일어나고 있는 일을 털어놓을 사람이 필요했다. 혼자서는 어찌해야 할지 몰라서, 설령 틀려도 상관없으니 누군가의 의견을 듣고 싶었다.

쪽지에 적힌 사이타마 현 소카 시의 주소로 찾아가니 '가메오카'라는 문패가 달린 커다란 집이 나왔다. 초인종을 누르자 히카리 누나가 대답했고, 내가 이름을 대자마자 인터폰이 끊겼다. 거절당했나 싶었는데, 몇 초 지나지 않아 현관문이 힘차게 열렸다. 그때 누나의 놀란 얼굴이란, 정말 볼 만했다. 마치 만화처럼 두 눈이 휘둥그레져서, 안경 안쪽의 검은자가 똑바로 나를 보다가 옆으로 이동했고, 다시 나를 보다가 이동했다. 나를 보는 시간과 눈을 돌린 시간이 거의 같았다.

그때 이미 나는 알아챘다.

"눈빛이 달라졌네."

히카리 누나의 눈동자는 이제 그 반투명 셀로판테이프를 붙여놓은 듯한, 아무것도 들어오지도 나가지도 않는 눈이 아니었다. 누가 봐도 살아 있는 사람의, 똑똑히 초점이 맞춰진 눈이었다. 지금도 그 눈으로 나를 보며 그녀는 고개를 끄덕였다.

"나도 그렇게 생각해."

칙, 소리를 내며 전기 포트의 주둥이에서 가느다란 수증기가 피어올랐다. 히카리 누나는 그쪽을 힐끗 보더니 다시 나에게로 고개를 돌려 프로즌 아이라는 단어를 가르쳐주었다. 그 설명을 덧붙이는 누나의 말투가 과거 창고에서 자주 들었던 말투와 같아서 조금 마음이 안정됐다.

"많은 것들을 포기한 나머지 감정이 드러나지 않게 된 눈을 그렇게 부른대. 시설에는 그런 눈을 한 아이들이 많지. 나도 그랬고……."

히카리 누나는 거기서 말을 멈췄다.

너도 그랬다고 말하려던 건지도 모른다.

만일 그 말을 했다면, 분명 나는 지금도 내 눈이 그러냐고 물었겠지. 그 답을 듣고 싶지 않았기에 나는 모르는 척했다. 그러면서 옛날에 히카리 누나의 추천으로 읽었던 책을 떠올렸다. 얇은 번역소설이었는데, 당시의 나와 비슷한 또래인 중학생 소년이 주인공이었다. 가난하고 힘든 생활 속에서 언젠가 성공할 날을 꿈꾸는 소년에게 여관에서 만난 늙은 여행자가 손으로 그림자 그림을 만들어 보여준다. 여관 벽에 비친 그림자는 촛불에 일렁이며, 노인의 손이 촛불에 가까워질수록 커지고 멀어질수록 작아진다. 빛에 너무 가까이 가서는 안 된다고, 노인은 충고한다.

'네가 빛에 가까이 갈수록, 네 그림자도 커질 테니까.'

같은 시기에, 같은 시설에서 살았는데도 우리는 이미 너무 다른 길을 걷고 있었다. 나는 지금 히카리 누나가 만든 그림자 속에 앉아 있는 듯한 기분이 들었다.

집에 들어오자마자 나는 히카리 누나에게 자초지종을 털

어놓았다. 갑자기 우동에게 전화가 와서 만나서 할 얘기가 있다고 했다. 오미야의 패밀리 레스토랑에서 우동의 고백을 들었다. 십구 년 전, 우동의 아버지 다고 요헤이가 산탄총으로 한 여자를 쏘았고, 병원에서 사망한 그 여자가 바로 우리 어머니였다. 그날부터 오늘까지 일주일 동안에 나에게 일어난 일들까지. 물론 우동의 아버지 다고 요헤이가 살해되었다는 이야기도 했고, 한 시간 전쯤에 집으로 형사들이 찾아왔다는 이야기도 했다. 그리고 다고 요헤이 살인사건에 대해 형사들은 완전히 나를 의심하고 있다고도.

하지만 딱 하나, 거짓말을 했다.

"준페이의 아버지가 살해된 사건에 대해 물어봐도 돼?"

부엌에 선 히카리 누나가 물었다.

"정말 범인이 누군지 몰라?"

그것만은 말하지 않았다.

도저히 말할 수 없었다. 그걸 말하지 않으면 이곳을 찾아온 의미가 없잖아. 하지만 만일 말했으면, 당장 쫓아내고 휴대전화를 찾았을지도 몰라. 경찰에 전부 말할지도 모른다고. 그 시절과 눈빛이 다르니까. 살아 있는 사람의 눈빛이잖아. 처음에 현관에서 마주했을 때, 히카리 누나가 문을 열고 나왔을 때, 만일 그녀의 눈이 예전과 같았다면, 거북이와 사마귀의 집에 불을 지른 나에게 고맙다고 말했던 시절과 같은 눈이었다면, 분명 나는 말했을 것이다. 하지만 그녀의 눈은 이제 예전과 달랐다. 그 반투명한 셀로판테이프는 어딘가로 사라지고 없었다.

"사실이야."

그렇게 대답한 뒤에도 히카리 누나는 몇 초간 내 얼굴을 바라보았다. 하지만 이내 살짝 고개를 끄덕인 뒤 전기 포트를 들었다. 역삼각형의 하얀 자기 속에 조금씩 물을 붓자, 그 밑의 유리 포트에 갈색 물방울이 똑똑 떨어졌다.

"히카리 누나, 이제 커피 마셔?"

"지금도 좋아하지는 않지만, 엄마가 좋아하셔서 자주 끓여."

"학비를 내주니까?"

그녀는 되묻듯 머리를 비스듬히 기울였다. 옛날보다 짧아진 머리카락이 웃옷 어깨를 쓸며 흘러내렸다.

"커피를 끓이는 이유?"

"아니, 호칭 말이야. 지금 양어머니가 아니라 엄마라고 불렀잖아."

아, 히카리 누나는 대수롭지 않다는 표정으로 고개를 끄덕였다.

"이제 정식으로 양자가 되었으니까. 그러니까 진짜 엄마야."

농익은 과일을 힘껏 쥐는 듯한 기분으로 내뱉은 심술궂고 잔혹한 말은 상대에게 닿지도 않은 채 사라졌다.

히카리 누나는 커피 두 잔을 내려서 거실 테이블에 내려놓았다.

"어머니는 지금 안 계셔?"

물어보자 히카리 누나는 반대편 소파에 앉으며 고개를 끄덕였다.

"해외출장 가셨어. 하지만 평일에도 늘 밤늦게야 들어오셔. 돌아가신 남편분에게 물려받은 회사를 경영하고 계시거든. 가죽 제품을 수입해서 판매하는 사업이야."

"그렇구나."

세이코엔에 있던 무렵에는 가메오카 씨가 일을 하는지, 안 하는지, 한다면 무슨 일을 하는지 생각해본 적도 없었다. 부자에 종류가 있나, 다 똑같다고 생각했다.

"나는 학비를 지원받는 대신에 매일 집안일을 해. 딱히 처음부터 정한 건 아닌데, 자연스럽게 그렇게 됐어. 정말 좋은 관계라고 생각해. 출장이 없을 때면 밤에 엄마하고 이런저런 이야기를 나누는 것도 좋고."

"지금은 대학 사학년이야?"

"그래. 의대라 아직 이 년 더 다녀야 하지만."

"의대생이구나."

되묻자 그녀는 의아한 표정을 지었다.

"합격했을 때 원장 선생님한테 연락드렸는데, 못 들었어?"

나는 고개를 저었다.

"애들한테 일부러 말하지 않았겠지."

"왜?"

비좁고 지저분한 어항 속에 수많은 금붕어가 살고 있다. 그 어항에서 어느 날 금붕어 한 마리가 뜰채에 담겨 어딘가로 옮겨졌다. 사라진 금붕어가 어떻게 되었을지 생각할 때, 다른 금붕어들은 그가 도마 위에서 식칼에 난도질당하는 모습을 상상한다. 그런 주제에 다시 뜰채가 나타나면, 제 비늘과 지느러미를 곱게 단장하고 그 안에 담기려 한다. 자신이 뜰채에 낚일 때에만, 드넓은 호수나 강으로 옮겨질 것이라 생각하며.

"글쎄."

나는 고개를 갸웃했다.

"어차피 다들 관심이 없을 테니까?"

그 말이 거짓말이라는 걸 아마 그녀는 알아챘을 것이다.

"그렇겠지."

돌아온 목소리에는 희미하게 감사의 마음이 담겨 있는 것

128

같았다.

무슨 공부를 하느냐고 물었더니, 예전부터 관심이 있던 뇌과학과 심리학 공부를 그대로 계속하고 있다고 했다.

"엄마한테 의사가 되겠다고 했어. 설령 유전적으로 평범한 뇌를 가졌더라도, 재능 있는 사람들의 몇 배로 노력하면 분명 성공할 수 있을 거라고."

히카리 누나와 처음 대화를 나눴을 때 들었던, 이름 이야기를 떠올렸다. 아이에게 어떻게 읽는지 알려주지 않으면 도저히 읽을 수 없는 한자 이름을 지어주는 부모는 지극히 평범한 사람이 많다. 자기 인생이 너무 평범했기 때문에, 자식만큼은 특별한 사람이 되었으면 하는 바람에 그런 이름을 짓는다고 했다. 의대에는 히카리 누나 같은 이름을 가진 사람이 얼마나 있을까. 물어보고 싶었지만 어차피 명확한 답이 돌아오지 않을 것 같아서 입을 다물었다.

대화가 끊기자 실내는 갑자기 정적에 휩싸였다. 우리가 커피를 마시는 소리가 유독 크게 울려 퍼졌다. 맞은편에 앉은 히카리 누나는 아까 현관에서 그랬던 것처럼, 내 얼굴을 바라보다 다시 고개를 돌리고, 또다시 바라보았다.

"공부하던 중이었어?"

테이블에는 두꺼운 양장본이 펼쳐져 있었다. 책장 위쪽에는 하늘색 포스트잇이 잔뜩 붙어 있었는데 문진처럼 쓰는 듯한, 레몬티 플라스틱 병이 펼쳐진 페이지 위에 놓여 있었다.

"응, 하고 있었어."

"방해했나?"

"괜찮아."

히카리 누나가 병을 들어 뚜껑을 열었다. 테이블 위에서 책이 슬로모션처럼 덮이려 했다. 순간적으로 손을 뻗어 책을 붙잡자, 히카리 누나는 흠칫했다. 자신의 행동을 얼버무리듯 그녀는 머리카락을 만졌다.

"이게 뭐야?"

거기에 인쇄되어 있던 그림이 무엇인지 궁금했다.

 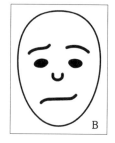

"아, 이건 뇌의 작용에 대해 설명하는 그림이야. 설명이라고 할까, 실험이라고 할까."

히카리 누나는 책을 돌려서 내 쪽으로 내밀었다.

"이 그림들은 경상이야. 좌우가 반전된 상."

경상, 거울상이라는 건가.

"이 그림이 뭘 설명하는데?"

"사람이 누군가의 표정을 읽을 때의 특징. 이 둘은 완전히 똑같은 얼굴인데, 각각의 그림을 순간적으로 보여주고 어느 쪽이 행복해 보이느냐고 물어보면 대부분의 사람들은 A라고 대답해."

분명 내 눈에도 그렇게 보였다.

"왜?"

"뇌의 우반구와 좌반구의 작용 때문이야. 들어본 적 있지? 뇌와 신체를 연결하는 신경은 도중에 교차되는데, 우뇌는 신체의 왼쪽, 좌뇌는 오른쪽을 관장한다고."

어디선가 들어본 적이 있었다.

"사람이 누군가의 얼굴을 볼 때, 가장 먼저 움직이는 게 우뇌야. 우뇌에는 왼쪽 눈이 본 정보가 들어오지. 즉 상대의 표정 중에서, 왼쪽 눈의 시야에 들어온 부분을 우선적으로 읽어내지. 그러니까 보는 사람 기준으로 왼쪽 얼굴이 웃고 있는 A쪽이 더 행복해 보이는 거야."

잠시 두 얼굴을 바라보다 히카리 누나는 책장을 넘겼다.

다음 장에는 나도 아는 그림이 실려 있었다.

"첫 번째 그림이 모나리자 원본이고, 두 번째 그림은 그 경상이야."

그렇군, 이 역시 두 번째 그림이 웃고 있는 것처럼 보인다.

"흥미롭지? 요컨대 왼쪽 시야만 인지하고, 오른쪽 시야는 무시하는 상황이 발생하는 거야. 슈드 니글렉트, 유사무시라고 부르는 현상인데, 한쪽만 인지하고 다른 한쪽은 보이는데도 보지 못하는 거지."

얼굴 오른쪽과 왼쪽은 제각기 공적인 얼굴, 사적인 얼굴이라 불린다고도 한다.

"예를 들어 남에게 좋은 인상을 주기 위해서는, 화장이나 머리스타일 같은 걸 오른쪽 얼굴, 상대 시선에서는 왼쪽에 신경 쓰는 게 좋대. 그렇잖아, 동물 그림이나 물고기 그림을 그릴 때면 오른손잡이든 왼손잡이든 대부분의 사람들은 얼굴이 왼쪽에 가게 그리잖아. 그것도 표정의 인지를 오른쪽 시야로 하는 버릇이 있어서, 무의식적으로 그렇게 그리는 거래."

나는 책에 손을 뻗어 한 페이지를 넘겼다.

단순한 선으로 그려진 그림을 다시 보았다. 두 그림은 완전히 똑같은 얼굴인데도 하나는 웃고 있었고, 하나는 슬픈 표정으로 이쪽을 바라보고 있다. 슬픈 표정을 지은 얼굴과 가만히 시선을 맞추고 있으려니 검은 잉크로 인쇄된 그 눈이 무언가를 호소하는 것처럼 느껴졌다. 존재했을지도 모르는 내 인생. 십구 년 전에 빼앗긴 또 하나의 인생.

"내가 누구인지……."

책에서 손을 떼자 아까처럼 다시 서서히 덮였다.

"예전에 알려줬던 거 기억해?"

히카리 누나는 잠시 뜸을 들이다 말문을 열었다.

"사이코패스 말이야?"

고개를 끄덕이며 그녀를 만나기 전부터 준비해뒀던 말을 꺼냈다.

"누나 생각을 듣고 싶어. 우동의 아빠가 쏜 산탄총 총알이 배 속의 아이를 이렇게 만들었다고 생각해? 엄마의 몸에 퍼진 납이 아이의 뇌에 영향을 끼쳤다고 생각해?"

정면에서 불어온 바람을 맞은 듯, 그녀는 안경알 너머의 눈을 내리깔았다.

"그건 모르겠어."

그렇게 대답하더니 병에 든 레몬티를 한 모금 마셨다.

"하지만 가능성이 없느냐고 묻는다면, 있을지도 몰라."

나에 대해 뭐든 단정적으로 말하던 히카리 누나의 목소리와 억양은 지금 신중하기 그지없었다. 대학에 들어가 공부를 많이 했기 때문일까. 아니면 두 눈을 덮고 있던 그 반투명 셀로판테이프가 벗겨졌기 때문일까. 화제가 바뀌기를 기다리듯, 그녀는 책을 들고 무릎 위에 올려놓은 뒤 늘어선 하늘색 포스트잇 부근을 바라보고 있었다. 설령 틀려도 상관없으니, 뭔가 확실한 말을 해주길 바랐는데. 나는 그래서 여기 찾아온 건데.

"그나저나."

오랫동안 침묵하고 있던 탓인지, 목구멍에 걸려 잠긴 목소리가 나왔다.

"그 사이코패스라는 것도 자식한테 유전돼?"

히카리 누나는 동작을 멈추고 힐끗 나를 보았다. 너무나도 직설적인 질문에 당혹스러워하는 것 같았다. 나는 허심탄회하게 말해달라는 제스처만 보였다.

"유전하는 케이스가 다수 보고되기는 했어."

"아, 그럼 역시……."

말뜻을 찾으려는 듯, 히카리 누나가 뚫어져라 얼굴을 바라보았다. 이십 초쯤, 그렇게 침묵의 시간이 이어졌지만 이내 히카리 누나는 그 침묵을 견디지 못하겠다는 듯 다시 말문을 열었다.

"사이코패스는 어느 정도 선천적이라, 성장 환경과 상관없이 교정이 어렵다는 게 현재 뇌과학계의 정설이야. 예전에 내가 조야에게 말했던, 태아 시기의 태내 환경도 그렇지만, 유전적인 요인도 상당히 크게 작용한다는 사실이 밝혀졌어. 지성이나 외모, 재능과 마찬가지로 반사회성이나 공격성도 부모에게서 자식으로 유전되는 케이스가 많아."

살인자의 자식이 살인자가 되는 경우도 많아서, 킬러 진_살_인 유전자이라고 불리는 유전자의 존재도 상정된다고 한다.

"그렇다는 건 태어났을 때 이미 인생이 결정된 거네."

예술가도, 과학자도…….

"우리 같은 사이코패스도."

하지만 히카리 누나는 애매하게 고개를 저었다.

"이를테면 음악적 재능 같은 건, 어떤 교육을 받아도 구십 퍼센트 이상의 높은 유전확률로 유전된다는 사실이 밝혀졌고, 수학이나 운동 재능도, 유전확률은 팔십 퍼센트 후반으로 꽤 높지. 하지만 사이코패스의 유전확률이 실제로 어떻게 되는지, 아직 정확한 데이터가 없어."

하지만 이런 조사결과가 있다고 한다.

"멕시코에서 실제로 있었던 일인데, 태어난 지 구 개월 만에 저마다 다른 부모에게로 입양된 일란성 쌍둥이가 있었어. 두 사람 중 한 명은 도시에서, 나머지 한 명은 사막지대에서 살았고, 각각 양부모의 성격이나 생활환경도 완전히 달랐지. 하지만 같은 유전자를 지닌 일란성 쌍둥이는 둘 다 사춘기가 되자 집을 나와서 거리를 배회하다, 범죄를 저질러 여러 차례 시설에 들어갔어. 그 밖에도 비슷한 케이스가 세계적으로 다수 발견되었고."

이야기하는 동안 히카리 누나에게서 잊힌 책은 누나의 손 위에서 절로 펼쳐졌다. 단순한 선으로 그려진 두 얼굴이 다시 나타났다. 이렇게 위아래를 거꾸로 해서 보니, 미소 짓고 있는 얼굴은 슬프게, 슬퍼 보이던 얼굴은 미소 짓는 것처럼 보였다. 하지만 아까의 기억이 머릿속에 남아 있기 때문일까. 두 얼굴 모두 비슷하게 보이기도 했다.

히카리 누나가 말을 마치자, 실내는 다시 정적에 휩싸였다.

그때 책을 받친 그녀의 손에 살짝 힘이 들어갔다. 책을 든 손끝이 아래로 내려와 표지를 문지르는 소리가 났다. 그 짧은 소리에 호응하듯, 벽 쪽에 놓인 서랍장 위에서 아날로그 시계의 초침 소리가 들리기 시작했다.

"솔직하게 말해도 돼?"

갑자기 히카리 누나가 박수를 치듯 책을 덮었다. 책 사이에서 일어난 바람이 그녀의 머리카락을 살며시 흔들었다. 마치 부적처럼 책을 끌어안고, 숨을 들이마시자 하얀 목덜미 한가운데의 얇은 피부가 움푹 들어갔다.

그리고 아까까지의 신중한 태도가 한순간에 사라진 목소리로 말했다.

"난 준페이의 아버지를 죽인 범인이 너라고 생각해."

그 순간…….

그때의 감각이 전혀 예상치 못한 타이밍에 나를 덮쳤다. 어두운 밤, 공원 화장실, 거울 속에서 나를 바라보던 두 눈동자. 얼어붙은 그 두 눈과 처음으로 눈을 맞췄을 때 나를 덮쳤던 감각. 두 다리가 잘려 나간 듯, 온몸 구석구석까지 흐르던 피가 일순간 찬물로 탈바꿈한 듯…… 내가 십구 년 동안 단 한 번도 느낀 적 없던 감각. 아마도 공포. 또 하나의 나를 향한 공포.

"왜……?"

하지만 되묻는 목소리는, 평정 그 자체였다. 떨리지도, 필요 이상으로 힘이 들어가지도 않았다. 그 사실이 내 몸을 한 층 싸늘하게 만들었다.

"직감이라고 하는 게 제일 맞는 것 같아."

"직감으로 사람을 살인자 취급하는 거야?"

히카리 누나는 대꾸하지 않았다.

나는 고개를 숙이고 그대로 눈을 감았다. 잘려 나간 두 다리가 되돌아오기를, 찬물로 바뀐 온몸의 피가 온도를 되찾기를 기다렸다. 서랍장 위에서 아날로그 시계의 초침이 움직이고 있다. 그 소리가 점점 흔들리기 시작하더니, 커졌다 작아졌다 하며 귓속에서 울려 퍼졌다. 마치 시계 자체가 내 머릿속에, 양쪽 귀 사이에 자리한 것 같은 기분이었다. 집 앞을 지나는 자동차의 엔진 소리가 들렸다. 앉아 있는 소파의 스프링이 삐거덕거렸다. 그 소리들에 섞여 뭔가 작은 막을 찢는 듯한 소리가 들리더니, 액체를 흡입하는 소리와 목으로 넘기는 소리가 이어졌다.

"그건 무슨 약이야?"

히카리 누나의 목소리에 나는 눈을 떴다.

무릎 위에 있는 건 알약 상자였다. 어느새 꺼낸 걸까.

"별거 아냐."

히카리 누나는 테이블 너머로 오른손을 내밀었다.

"좀 보여줘."

"왜?"

"보여줘. 왜 숨기는데?"

"안 숨겼어."

알약 상자를 가린 오른손을 그녀의 시선이 꿰뚫어 보고 있었다. 서랍장 위 시계의 초침 소리가 들린다. 머릿속에서 그 소리가 흔들리며 울려 퍼졌다.

"가봐야겠어."

그렇게 말하며 나는 이미 일어나 있었다. 하지만 대체 어디로 가면 좋단 말인가. 집으로 돌아갈 수는 없었다. 머리카락을 가져간 형사들이 언제 나를 잡으러 올지 모른다. 히카리 누나의 눈이 내 움직임을 좇았다. 나는 가방을 들고 집을 나오려다 걸음을 멈추고 누나를 돌아봤다. 키가 비슷해서 서로의 시선이 정면으로 부딪쳤다.

"이제 다시는 찾아오지 않을 거야."

현관 쪽으로 걸어갔다. 아까부터 두 다리의 감각이 없었다. 걸어가는데도 풍경이 소리도 없이 얼굴 양쪽으로 흘러가는 것처럼 보였다. 히카리 누나가 복도까지 좇아와 내 다운재킷 소매를 붙잡았다.

"잠깐만."

안경알 너머의 두 눈동자에는 처음 보는 강한 빛이 깃들어 있었다.

"잠깐 얘기 좀 해."

그때 청바지 주머니에서 전화벨이 울렸다.

스마트폰을 꺼내자 화면에 표시된 건 마토무라 씨의 이름이었다.

"회사 전화야."

히카리 누나는 뭐라고 더 말하려 했지만, 나는 아랑곳하지 않고 통화 버튼을 누르고 등을 돌린 채 현관으로 갔다. 스마트폰을 어깨와 귀 사이에 끼우며 부츠를 신었다. 이 집을 빨리 나가야 한다. 히카리 누나에게서 떨어져야 한다. 하지만 다음 순간, 귓가에서 마토무라 씨의 목소리가 들렸고…….

"조야 군."

내 의식은 순식간에 그쪽으로 쏠렸다.

"미안한데, 상황이 좋지 않아."

귀에 익은 목소리였다. 아니, 물론 마토무라 씨의 목소리가 그렇다는 게 아니라, 그 발성의 방식이 귀에 익었다. 육체적으로 심한 고통을 받은 인간이 안간힘을 써서 내는 소리.

"너도 위험할지 몰라."

"무슨 소리예요?"

문을 열고 현관을 나왔다.

"아는 기자가 죽었어.《주간신보》기자인데, 오늘 아침에 자택 근처에서 칼에 찔렸어. 아주 난도질을 한 모양인데…… 몸에만 그런 게 아니라 얼굴, 목, 사정없이 찔렀나봐."

"그런데 저는 왜 위험한데요?"

"죽은 기자가 그 약물복용 의혹을 기사로 낸 녀석이거든."

무슨 소리인지 도무지 이해가 가질 않았다.

"범인은 아직 안 잡혔어. 하지만 누군지 알겠어. 아까 나를 두들겨 팬 놈이야. 아까 누군가에게 붙잡혀서 골목으로 끌려가, 사정없이 맞았는데……."

아, 이제 알겠다.

"행방불명된 그 사람이었나요?"

마토무라 씨는 바로 대답하지 않았다. 축축한 무언가를 질질 끄는 듯한 숨소리만 귓가를 건드릴 뿐이었다. 현관을 돌아봤다. 히카리 누나가 두 손을 떨군 채 반쯤 열린 문을 여윈 어깨로 받힌 채 서 있었다. 나는 그쪽으로 돌아가 억지로 문을 닫았다. 누나의 불안한 얼굴은 집 안으로 사라졌다.

"맞아, 마사다 히로아키였어. 안경과 마스크로 얼굴을 가렸지만, 틀림없었어. 목소리와 체격이 본인이었어."

한마디로 이런 거다.

마사다 히로아키는 약물복용과 불륜 의혹, 두 스캔들로 인생을 망쳤다. 그렇기에 그것을 보도한 두 기자를 알아내 복수한 것이다. 그리고 나까지 위험하다는 건……

"제 얘기를 했군요."

"협박해서…… 오늘 아침에 《주간신보》 기자의 소식도 들었고……."

"그래서 말했군요."

"말했어."

"구체적으로 얼마나?"

이름과 주소, 전화번호라고 했다.

"많이도 알려줬네요."

"녀석이 스마트폰에 등록된 걸 봤어. 처음에는 전부 가짜로 알려줬는데, 녀석이 스마트폰을 뺏어서 찾아본 뒤에 내가 말한 가짜 이름이 등록되지 않은 걸 알고, 어쩔 수 없이……."

말했다는 건가.

"바로 경찰에 신고하면 괜찮을 줄 알았어. 그러면 경찰이 마사다를 체포할 테고, 너도 보호해줄 테니까."

"신고했어요?"

"지금 하려고. 먼저 조야 군에게 연락해서 무슨 일인지 설명해야 할 것 같아서 지금……."

"제 얘기는 하지 마세요."

경찰과 엮여서는 안 된다.

나는 경찰에게 다고 요헤이 살인사건의 중요 용의자다. 그런 상황에서 마사다 히로아키가 나를 노린다는 사실이 밝혀지면, 사태는 더욱 심각해져서 인원을 두세 배 더 투입할 수도 있다. 그렇게 되면 도주하기 어려워진다.

"물론 마토무라 씨가 마사다에게 당한 걸 경찰에 신고하는 걸 뭐라 하는 건 아니고요, 신고하는 게 좋을 것 같아요. 하지만 제 이름만은 거론하지 마세요."

"그래도……."

"괜찮아요. 집에 안 갈 거고, 만일 전화가 와도……."

거기까지 말하고 나서야 깨달았다. 휴대전화나 스마트폰 전원이 켜져 있으면, 경찰이 위치 추적을 할 수 있다는 이야기를 들은 적이 있다. 그리고 지금 나는 전원이 켜진 스마트폰으로 통화까지 하고 있었다.

"죄송한데 끊을게요."

서둘러 전화를 끊고 스마트폰 전원을 껐다. 이미 늦었나. 아니, 의외로 아직 괜찮을지도 모른다. DNA 감정에 시간이 얼마나 걸리는지는 모르지만, 적어도 다니오 형사와 다케나시 형사는 내 머리카락을 가지고 무슨 연구소 같은 데 가서 감정을 의뢰했을 것이다. 결과가 나온 뒤 우리 집으로 올 때까지도 시간이 걸릴 테고, 초인종을 누르고, 문을 두드리고, 사카키 씨하고 부르는 데도 시간이 걸리겠지. 괜찮아. 아직 내 스마트폰의 위치 추적을 하는 데까지는 일이 진행되지 않았을 것이다. 지금 당장 어딘가로 이동하면 된다. 이런 생각을 하는 한편, 온몸에 장구벌레가 들끓는 느낌이 다시 들었다. 집에 돌아갈 수 없다. 전화도 쓸 수 없다. 갈 곳도 없다. 원래 얼마 없었던 내 것들이 점점 사라져간다. 두 눈이 현관으로 향했다. 방금 전에 내가 억지로 닫은 문. 히카리 누나는 그때부터 나오지 않는다. 단념한 걸까. 이제 엮이지 않아야겠다고 생각한 걸까.

아니면.

'난 준페이의 아버지를 죽인 범인은 너라고 생각해.'

저 문 안쪽에서 히카리 누나는 이미 어떠한 행동을 시작한 게 아닐까. 경찰에 신고한 게 아닐까. 하지 않았어도, 해야 하나 고민하고 있는 건 아닐까. 피부 안쪽에서 장구벌레가 들끓었다. 거북이와 사마귀의 집에 불을 지르러 간 그날 밤보다 몇 배나 불어난 벌레가 몸속에 있었다. 어느새 이렇게 불어난 걸까. 스마트폰을 청바지 주머니에 넣었다. 두 다리가 멋대로 문쪽으로 움직였다. 히카리 누나는 뭘 하고 있을까. 문 안쪽에서 뭘 하고 있는 걸까. 오른손이 문손잡이를 돌리며 당겼다. 그 순간, 장구벌레가 일제히 목 안쪽을 기어 올라와 아래턱 안쪽부터 귓속을 지나 안구 뒤로 몰려들기 시작했다. 자리를 잡지 못한 녀석들이 눈썹 뒤에서 이마를 지나 머릿속으로, 뇌 속으로 밀어닥쳤다. 약을 먹어야 한다. 심박수를 올려서 벌레들을 없애야 한다. 하지만 이미 늦은 것 같다. 이미 늦었다.

나는 손잡이를 돌려 문을 열었다.

현관 디딤돌에 엉덩이를 대고, 청바지의 두 무릎에 매달리듯 손을 올린 자세로 히카리 누나는 앉아 있었다. 들어온 나를 보자마자 벌떡 일어났지만, 아마 여러 말이 목구멍에 걸려서 생각처럼 나오지 않는 것이리라. 하얗고 가느다란 목을 움찔거리며 입을 반쯤 벌릴 뿐이었다. 그대로 몇 초쯤 기다린 뒤에야 겨우 말이 흘러나왔다. 모든 말을 한꺼번에 뱉으려다가, 제일 위에 있던 말이 처음으로 목소리로 나온 것처럼.

"위험하다는 게, 무슨 소리야?"

히카리 누나는 다정한 사람이다.

"방금 통화하면서 그렇게 말했잖아, 그게 무슨 소리냐고."

"신경 쓰지 마."

나도 최대한 다정한 목소리로 말했다.

"그보다 괜찮아? 얼굴이 하얗게 질렸는데."

나는 한 발짝 다가갔다. 그녀는 그 자리에서 움직이지 않았다.

"있잖아, 한 번 더 말해줬으면 좋겠는데."

우리의 거리가 조금씩 좁혀졌다.

"왜 하자마 준페이의 아버지를 죽인 게 나라고 생각했어?"

"직감이라고 했잖아."

"정말 그뿐이야?"

히카리 누나는 고개를 끄덕였다.

두 눈이 똑바로 나를 바라보고 있었다.

그렇군, 아마 정말 직감이었을 것이다. 하지만 직감이란 결국 지식과 경험을 통해 도출된 답이다. 그 사람이 자신의 능력을 무의식적으로 이용하여 내놓은, 가장 정답에 가까운 해답이다. 아까 거실에서 말한 것처럼 직감으로 사람을 살인자 취급하다니 너무하다고 생각했지만, 훌륭히 정답을 맞혔으니 그 능력에 자신을 가져도 좋으리라. 그것이 구체적으로 어떤 능력인지는 모르겠다. 거짓말을 꿰뚫어 보는 힘일까. 누군가가 솔직하지 않다는 것을 읽어내는 능력일까. 히카리 누나는 평범한 회사원 가정에서 태어났다고 했지만, 아까 유전 이야기에 비추어보면 누나에게 이런 능력이 있다는 건 부모 역시 그런 재능이 있었을지도 모른다는 거겠지. 그 능력을 발휘할 기회가 없었던 것뿐, 불만이나 후회, 남을 향한 시기심이 배수구의 머리카락처럼 목구멍에 쌓이고 쌓여 숨을 쉴 수 없게 되어, 필사적으로 공기구멍을 뚫으려는 듯 몸도 마음도 약한 딸에게 손찌검을 하고 폭언을 던진 건지도 모른다.

"경찰에 연락하지 않았지?"

히카리 누나는 고개를 끄덕였다. 거짓말은 아닌 것 같았다.

"앞으로도 안 할 거지?"

하지만 이번에는 내 눈을 바라본 채 대답하지 않았다. 부정이 아니라 고민하고 있었다. 하지만 그것만으로도 충분했다. 지금 내가 도출한, 가장 정답에 가까운 해답에 따르기로 했다. 신발을 벗고 복도로 올라갔다. 히카리 누나는 두 손을 어중간하게 들어 경계했다. 그 옆을 지나쳐 집 안으로 들어가자, 조금 있다가 뒤따라왔다.

"아까 그 약 말인데."

뒤에서 나는 목소리에 귀를 기울이며 복도를 빠져나왔다. 히카리 누나가 원두를 갈아 맛있는 커피를 내려준 그 주방에. 싱크대 위 나무로 된 칼꽂이가 놓여 있었다. 대, 중, 소, 세 종류의 칼이 꽂혀 있었다. 칼꽂이 옆에는 네모난 구멍이 뚫려 있었는데, 마치 액자에 든 그림처럼 세 종류의 칼날이 나란히 늘어선 모습이 보였다. 가장 큰 칼은 칼날이 우둘투둘한 걸 보니 아마 빵용 칼이다. 중간 크기의 칼이 조리용 칼이고, 제일 작은 건 과도.

"왜 그 약을 먹는 거야? 그 약에는 심박수를 떨어뜨리는 부작용이……."

가운데 있던 조리용 칼을 쥐고 나는 몸을 돌려 단숨에 그녀의 가슴을 찔렀다. 웃옷에 칼자루 끝이 닿을 정도로 칼은 깊숙이 꽂혔다. 비슷한 키의 상대를 죽이는 건 무척 쉬운 일임을 나는 처음으로 알았다. 히카리 누나의 얼굴이 안쪽에서부터 무너졌다. 그녀는 짧게, 웃음을 터뜨리듯 떨리는 숨을 내뱉은 뒤, 옷걸이에서 떨어지는 옷처럼 거의 소리 없이 바닥에 주저앉았다. 꺾인 팔다리가 춤추듯 제각기 다른 방향으로 늘어졌고, 얼굴은 천장을 올려다보고 있었다. 그 자세로 히카리 누나의 움직임이 뚝 멎었다. 안경 안쪽의 두 눈은 천장에 고정된 채 한동안 흔들렸지만, 이내 작은 두 개의 호수가 되었다.

3
장

창구에 보험증을 내고 사인을 한 뒤 우체국에 도착한 봉투를 받았다. 봉투를 겨드랑이 밑에 끼고 고개를 숙인 채 우체국에서 나왔다. 앞머리 사이로 주변을 살펴봤지만 아무도 날 신경 쓰는 사람은 없었다.

이케부쿠로로 돌아오는 길에 참지 못하고 전철 안에서 봉투를 뜯었다. 안에는 '감정 결과'라 적힌 A4 사이즈의 서류 두 장이 들어 있었다. 서류를 읽어볼 것도 없이, 내가 궁금했던 사실은 첫 번째 장 위쪽에 똑똑히 적혀 있었다.

"역시나."

이케부쿠로 역을 나와 일부러 행인이 많은 길을 골라 모텔까지 걸었다.

만일 앞으로 언론에서 두 건의 살인사건 용의자의 얼굴이 보도되면 인적이 드문 길을 골라 다녀야 하거나, 혹은 변장하지 않고서는 바깥을 나다닐 수 없게 되겠지. 아니, 사카키 조야라는 이름이 보도되기만 해도, 언젠가 누군가가 찍은 사진이 인터넷에 돌지도 모른다. 하지만 나는 그다지 걱정하지는 않았다. 미성년자 용의자를 체포하기 전에 경찰이 이름과 사진을 공개하지는 않을 테니까.

지금 내가 향하는 곳은 어제 히카리 누나를 살해한 뒤 은신처로 삼은 곳이었다. 모텔이라는 데는 태어나서 처음 들어왔는데 생각보다 쾌적했고, 깨끗했으며, 샤워실과 안마기까지 설치되어 있었다. 그리고 무엇보다 사람과 마주칠 일 없이 드나들 수 있다는 게 좋았다. 로비에 아주머니가 있기는 했지만, 서로 얼굴을 볼 수도 없었고 혼자 나가도 의외로 아무 말도 하지 않았다. 연이어 숙박할 수 있으면 좋을 텐데, 그건 시스템 상 불가능하다고 한다. 그래서 어제는 다른 방에 체크인한 뒤 그대로 묵었고, 아침에 체크아웃 했다. 그리고 같은 모텔의 체크인 시간이 되기를 기다렸다 다시 투숙했다. 다소 번거로웠지만 한동안은 이 짓을 반복해야 할 것 같다. 일단 가진 돈이 떨어질 때까지.

모텔 밀집 지역으로 걸어가는 도중에 술집 옆에서 걸음을 멈췄다. 아직 날이 밝아서 유리창 너머로 보이는 가게 안에는 아무도 없었다. 테이블 위에 뒤집어 올려놓은 의자 앞 유리창에 비친 내 모습이 보였다. 이렇다 할 특징 없는 얼굴. 청바지. 소매가 찢어진 다운재킷. 우체국에 드나들어도, 전철을 타도, 거리를 걸어도, 이렇게 걸음을 멈춰도, 누구 하나 나를 돌아보지 않는다. 의외로 나 역시 이런 식으로 지금까지 모르는 동안 살인자와 스쳐 지나갔거나, 전철에서 옆자리에 앉았을지도 모른다.

등 뒤를 지나가는 누군가의 몸이 퍽, 내 몸을 쳤다. 나는 앞으로 허리를 숙이며 두 손으로 유리창을 짚었다. 그 유리창은 스마트폰을 얼굴에 들이댄 채 힐끗 이쪽을 보는, 나보다 조금 어린 남자의 모습을 비추고 있었다. 사과도 없이 다시 화면을 보며 남자는 걸음을 옮겼다.

돌아보려다가 그만뒀다.

차가운 유리창에 두 손을 댄 채 자세히 얼굴을 들여다봤다.

히카리 누나의 책에 있던 그 경상을 떠올리고, 입꼬리를 올려 웃었다. 유리창에 비친 나는 같은 쪽의 입꼬리를 올리고 있었다. 이번에는 오른쪽 입꼬리만 올렸다. 상대는 그쪽 뺨으로 웃었다. 어느 쪽 얼굴도 딱히 행복해 보이지는 않아서 얼굴 전체로 웃어도 봤지만, 역시 마찬가지였다. 히카리 누나의 이야

기로는 얼굴 좌우에 따라 남에게 주는 인상이 달라진다고 한
다. 하지만 거울은 좌우가 반대니, 생각해보면 지금까지 내가
거울로 봤던 내 얼굴은, 남이 봐온 얼굴과는 달랐다는 것이다.
그리고 거울을 보고 있는 한, 진정한 자신을 볼 수는 없다. 그
런 생각을 하며 나는 그대로 한동안 웃었다. 어릴 때부터 칭찬
을 들었던 가지런한 치아가 차가운 유리창 안에서 유독 도드
라져 보였다.

2

모텔에 돌아가기 전에 근처 편의점에서 어묵과 플라스틱 병
에 든 차를 두 개 샀다.

어묵은 바로 먹어치웠다. 사 온 차 중에 한 병을 가급적 천
천히 마시며 내가 아까부터 보고 있던 건, 아침부터 틀어놓은
텔레비전이었다. 스마트폰을 쓸 수가 없었고, 창문도 조금밖에
열리지 않았기 때문에 달리 볼 게 없었다.

텔레비전 화면의 와이드쇼에서는 히카리 누나의 사건을 보
도하고 있었다. 피해자인 '가메오카 히카리 씨'의 히카리 부분
은 물론 한자로 표기되었다. 오랜만에 그 문자를 실제로 봤다.

채널을 돌리니, 같은 사건이나 아니면 다고 요헤이 사건, 혹은 마사다 히로아키의 행방불명과 약물복용 의혹, 가시이 아야와의 불륜 의혹이 보도되고 있었다. 그 모든 사건에 내가 관련되어 있다고 생각하니 무척 기묘한 기분이었다.

"큰일이네."

몇 번째인지 모를 혼잣말을 중얼거리며 베개에 누웠다.

잠시 눈을 붙이는 게 좋을지도 모른다.

하지만 텔레비전 리모컨에 손을 뻗은 순간, 화면 속이 소란스러워졌다.

"양성반응, 양성반응이 나왔습니다!"

화면 오른쪽 하단에 네모난 박스가 뜨더니, 야외에 있는 리포터가 마이크를 한 손에 쥐고 떠들고 있었다.

"가시이 아야 씨에게서 약물 양성반응이 나왔습니다!"

스태프들의 목소리가 분주히 오가더니 메인 MC가 리포터와 대화를 나누었다. 그 양쪽에서 패널들이 심각한 표정을 짓거나, 팔짱을 끼고 입술을 움직이거나, 그럴 줄 알았다는 표정으로 고개를 끄덕이고 있었다.

"다들 난리가 났네."

하품을 하며 중얼거린 뒤, 머릿속에 떠오르는 건 역시 나에 관한 것이었다.

앞으로 나는 어떻게 할 것인지.

히카리 누나와 다고 요헤이가 살해당한 사건의 용의자인 내 이름이 언론에 유출되는 건 시간문제일지도 모른다. 다니오 형사과 다케나시 형사가 집으로 찾아왔을 때 내 머리카락을 채취해 가져갔다. 그 머리카락과 우동의 집에 남아 있던 머리카락인지 뭔지는 모르겠지만 DNA를 채취할 수 있는 유류품을 비교하여, 일치한다는 결론이 나왔다면 지금쯤 대규모로 수사원들을 투입해 나를 찾고 있을 게 틀림없다. 어느 정도 찾아도 발견되지 않는다면, 공개수사로 돌릴지도 모른다. 그렇게 되면 운신의 폭이 극단적으로 좁아지겠지. 지금은 모텔에서 지내고 있지만, 돈이 바닥나면 대체 어디로 가야 할까. 도둑질은 너무 위험하고 ATM에서 돈을 뽑는 것 역시 위험하다. 유일한 수입원인 마토무라 씨와는 연락이 닿지 않았다. 스마트폰 전원을 켜지 않는 한, 마토무라 씨의 전화번호는 알 수 없었고, 상대방도 나에게 연락을 취할 수 없었다. 무엇보다 연락이 닿는다고 해서 서로 새 일을 시작할 상황도 아니다. 마토무라 씨는 마사다에게 얻어맞아 입원, 나는 경찰에 쫓기고 있다.

거기까지 생각하다 알아챘다.

혹시 경찰은 이 두 사건의 용의자를 공표하지 않은 게 아니라, 용의자에 관한 보도를 규제하고 있는 게 아닐까. 언론은 이미 내 이름을 알고 있는 게 아닐까. 어쩌면 마토무라 씨 안에서 나는 이미 '살인자'가 된 게 아닐까.

그 사실을 어떻게 알아낼 수 없을까.

생각에 잠기며 몸을 뒤집어 침대에 배를 깔고 누웠다. 베갯맡에는 실내조명과 음향기기를 조작하는 패널이 있었다. 여기 처음 왔을 때는 신기해서 이것저것 건드려봤지만, 금방 질렸다. 패널 옆에는 힐끗 봐서는 전화인 줄 모를 스타일리시한 전화가 놓여 있었고, 0 버튼 옆에 붙은 작은 스티커에 '외선'이라는 글자가 인쇄되어 있었다.

뭐야, 이렇게 쉬운걸.

마토무라 씨에게 연락할 간단한 방법이 있었다.

수화기를 들고 0번에 이어 104를 눌렀다. 두 번쯤 통화 연결음이 들린 뒤, 교환원인 듯한 여성이 전화를 받았다. 이 서비스의 존재 자체는 알고 있었지만, 실제로 이용해본 건 처음이다.

"오래 기다리셨습니다. 104의 호소무라입니다."

"아마 신주쿠 구일 것 같은데, 소게이샤의 전화번호를 알려주세요."

"도쿄 도 신주쿠 구, 소게이샤 출판사 맞으십니까?"

"네. 혹시 《주간 소게이》의 번호를 알 수 있다면 그쪽을 알려주세요."

"《주간 소게이》의 번호는 등록되어 있지 않아서, 대표번호로 안내드리겠습니다만 괜찮으시겠습니까?"

"그럼 대표번호로 알려주세요."

"네. 도쿄 도 신주쿠 구 소게이샤의 대표번호를 안내해드리겠습니다. 이용해주셔서 감사합니다."

뚝 통화가 끊기더니 기계음이 번호를 읽기 시작했다. 나는 번호를 기억한 뒤에 일단 전화를 끊고, 다시 외선으로 그 번호에 걸었다.

"네, 소게이샤입니다."

아까와 같은 사람인가 싶을 정도로 똑같은 목소리였다.

"《주간 소게이》 기자인 마토무라 씨와 통화하고 싶은데요."

"《주간 소게이》의 마토무라 기자를 찾으시는군요. 전화하신 분의 성함을 알려주시겠습니까?"

"사카……."

무의식적으로 대답할 뻔했다.

"이니셜로 알려드려도 됩니까?"

"네, 상관없습니다."

괜찮다고?

"그럼…… JS라고 전해주세요."

"JS 님이시군요. 그럼 잠시 기다려주십시오.《주간 소게이》쪽에 연결하겠습니다."

통화 대기음이 흘러나왔다. 귀에 익은 아름다운 멜로디. 곡명은 모르지만 비쩍 마른 백인 여자 가수가 이 노래를 부르고, 비슷한 생김새의 남자가 키보드를 치는 장면을 세이코엔에 있는 텔레비전에서 본 적이 있다.

"전화 바꿨습니다.《주간 소게이》입니다."

젊은 남자가 전화를 받았다.

"저기, 마토무라 씨에게 연결해달라고 했는데요."

"마토무라 씨가 지금 자리……."

"그렇겠죠."

"네?"

"마토무라 씨는 지금 마사다 히로아키에게 맞아서 큰 부상을 입었을 텐데, 휴대전화 번호를 알려주실래요? 번호를 등록해둔 스마트폰을 지금 좀 쓸 수가 없어서요."

상대는 대답이 없었다.

꽤 오랫동안 침묵이 흘렀다.

"지금 확인해볼 테니 잠시 기다려주시겠습니까? 성함이……."

"JS라고 전해주세요."

"JS 씨, 잠시 기다려주십시오."

이번 통화 대기음은 초등학교에서 배운 〈에델바이스〉였다.

이 음악이 흘러나오는 동안 아마 다른 전화기나 휴대전화로 마토무라 씨에게 연락하고 있겠지. 노래가 끊기자, 다시 남자가 전화를 받아 마토무라 씨의 휴대전화 번호를 알려주었다.

그 번호로 걸자 바로 연결됐다.

"……조야 군?"

목소리를 들은 순간 정체 모를 감정이 솟아올랐다.

따뜻한 물 같은.

그 온기가 가슴에서 코 뒤쪽으로 확 북받쳐 오르는 것처럼.

"네, 고생 많으시죠?"

"역시 조야 군이구나! 연락이 돼서 다행이야. 괜찮아? 지금 어디야? 여러 번 전화했는데, 연결이 되지 않아서 얼마나 걱정했는데……. 마사다가 분명 널 찾고 있을 거야. 시킨 대로 경찰에 조야 군 얘기는 안 했는데, 역시 말하는 게 좋겠어."

마토무라 씨의 말을 들은 것만으로도 내 용건은 이미 끝난 것이나 마찬가지였다. 다고 요헤이와 히카리 누나, 두 사람이 살해당한 사건에 관해 경찰이 내 이름을 언론에 흘리지는 않은 모양이다.

"아뇨, 괜찮으니까 제 이름은 말하지 마세요."

"그래도……."

"마토무라 씨는 어때요?"

"나? 난 입원 중이야. 계속 병실에 누워 있지. 다섯 군데나 골절됐대. 날 이렇게 만든 건 마사다 히로아키가 틀림없다고 경찰에 진술했는데, 지금 상황이 어떻게 돌아가는지 모르겠어. 확실한 게 아니니까 제대로 수사나 해줄지 모르겠네. 아니, 수사는 하고 있을 것 같은데……. 어? 조야 군, 왜 그래? 무슨 일 있어?"

"딱히 없어요."

용건이 끝난 지금도 아직 내가 하고 싶었던 일을 하지 못한 기분이 들었다.

대체 무엇일까.

아무래도 그것은 아까부터 북받쳐 오르는 이 정체 모를 감정과 이어진 것 같았다. 딱히 마토무라 씨의 목소리를 이대로 계속 듣고 싶다는 게 아니라, 내가 하고 싶은 건 더욱 구체적인 무언가였다.

"아, 맞다."

드디어 떠오른 생각에 나는 수화기를 귀에 댄 채 몸을 일

으켜 가부좌를 틀었다. 베개 쪽 벽에 붙은 번쩍거리는 타일
을 바라보며 전하고 싶었던 말을 입에 담았다.

"작별 인사를 하려고요."

"뭐?"

"이제 못 만날 것 같아서요."

"그, 그건 곤란해. 무슨 소리야."

어차피 곧 알게 될 일이니 굳이 대답하지 않았다.

아주 오래 알고 지낸 사이는 아니지만 마토무라 씨는 늘
나에게 일을 주었고, 그 성과에 크게 기뻐했으며, 미성년자인
나 대신 인터넷에서 트리프타놀을 사줬다. 우동과의 약속 때
문에 거절했지만, 저번에는 같이 밥을 먹자고도 해줬다. 생각
해보면 그날까지는 그다지 나쁘지 않은 인생이었다. 부모가
없어도, 학력이 짧아도, 집이 낡았어도, 마토무라 씨가 주는
일을…… 나밖에 할 수 없는 일을 하며, 내가 나로서, 날 위해
살고 있다는 확신이 있었다. 하지만 지금은 그 확신이 어디론
가 사라졌다. 내가 누구인지, 무엇인지 모르겠다. 머릿속으로
그리는 자화상은 쉴 새 없이 좌우로 흔들려서 모든 선이 이중
으로 보였다.

"마토무라 씨, 사이코패스라고 알아요?"

왠지 물어보고 싶었다.

마토무라 씨는 "음?" 하고 되물었지만, 나는 대답하지 않았다.

"아는데…… 왜?"

"얼마나 알아요?"

"꽤 자세히? 전에 단행본 부서에 있을 때, 관련 교양서적을 편집한 적이 있거든."

그랬구나.

"꽤 많이 팔렸어. 교양서적치고는."

"그런 사람들은……."

궁금한 게 있었다.

히카리 누나의 집에 갔을 때 물어보면 좋았겠지만 그때는 생각해야 할 일이 너무 많았고, 마지막에 그렇게 되어버려서 묻지 못했다. 단순한 이 질문은 아주 오래전에 잃어버린 물건처럼 끝끝내 가슴속에 남아 있었다.

"다들 어떻게 살아가는 걸까요?"

"누구, 사이코패스? 저마다 다르겠지. 역사상의 인물이나 유명인 중에도 많다니까."

마토무라 씨는 히카리 누나와 같은 이야기를 했다.

"마더 테레사, 표토르 대제, 모택동, 세계적 규모의 회사를 설립한 스티브 잡스, 달에 착륙한 닐 암스트롱, 이런 사람들도 다 그쪽이라는 설도 있어. 사실인지 아닌지는 모르겠지만, 아까 말한 그 책을 편집할 때 그런 사람들의 사생활을 조사해봤더니 그럴지도 모른다는 생각이 들더라고."

크게 다쳐 입원했다는 사실을 잠시 잊을 정도로, 마토무라 씨는 평소처럼 특유의 화법으로 쉴 새 없이 말을 이었다.

"우리 주변에도 많을걸. 아닌 게 아니라 마사다 히로아키 그놈도 분명 사이코패스야. 데뷔 전의 경력을 지금 언론에서 보도하는데, 고생담처럼 포장했지만 잘 생각해보면 이상한 게 한두 가지가 아니지."

스마트폰으로 읽은 기사 내용은 나도 기억하고 있다. 중학생 때부터 여러 연예기획사에 자신의 연기를 평가해달라고 연락하거나, 무작정 상경해 연예기획사를 찾아가거나, 신인 발굴 담당자와 마주치자 눈앞에서 갑자기 연기를 선보이거나, 분명 보통 사람은 상상할 수 없는 행동들이었다.

"데뷔하고 나서도 신인 같지 않은 당당한 연기며, 스턴트맨을 쓰지 않는 액션 연기 하며, 사이코패스의 특징이 딱 나타나 있잖아. 그리고 이번 일을 봐. 그 인간 정상이 아냐. 완전히 사이코야, 사이코."

원한이 담긴 마토무라 씨의 목소리를 들으면서도 나는 왠지 마사다 히로아키에게 살짝 친근감을 느꼈다.

"그런 사람들은, 처음부터 그런 걸까요?"

"처음부터?"

"태어났을 때부터요."

히카리 누나는 그렇게 말했다.

하지만 뜻밖에도 돌아온 건 웃음소리였다.

"아니지 않을까? 아니, 실제로 그런 설도 있어. 유전이나 태내 환경이 영향을 끼친다고. 하지만 결국 살아가는 환경에 따라 어떻게든 바뀔 수 있어. 태어날 때부터 사이코패스가 될 가능성이 큰 사람들이라는 게, 과학적으로 봤을 때 분명히 존재하기는 하지만 절대적이라 할 수는 없지. 그 사람을 둘러싼 환경의 힘에 비하면 유전의 영향은 그리 크지 않아. 이를 테면 글쓰기 재능 같은 건 유전과 거의 상관없다고 하고. 그도 그럴 게, 그렇지 않으면 육아나 교육 같은 건 의미가 없어지잖아. 이를테면 미국의, 이영차."

누워 있다 몸을 돌렸는지, 목소리가 조금 바뀌었다.

"미국의 심리학자가 보고한 사례인데, 태어나자마자 헤어진 일란성 쌍둥이 자매가 있었어. 그중 한 사람은 음악교사의 집에 입양됐고, 다른 한 사람은 음악과는 아무 인연도 없는 집에 입양됐지. 이 자매가 커서 어떻게 됐냐면, 한 사람은 프로 피아니스트가 됐지만, 다른 한 사람은 음악에 아무 관심도 없어서, 성인이 되어서도 음표조차 제대로 읽지 못했어. 누가 어떤 집에서 자랐다고 생각해?"

"음악교사의 집에서 자란 사람이 프로 피아니스트가 됐겠죠?"

하지만 그 반대라고 했다.

"음악과는 아무 인연도 없는 집에 입양된 사람이 프로 피아니스트가 됐어. 음표도 읽지 못한 사람은 음악교사의 집에서 자란 쪽이고. 둘 다 음악적 재능이 있었지만, 한 사람은 부모가 음악을 강요한 나머지 싫어진 걸지도 모르지. 자세한 사정은 모르지만, 아무튼 이 이야기를 처음 들으면 재능은 환경과 상관없이 개화한다는 사례 같지? 프로 피아니스트가 된 사람은 음악과 인연이 없는 가정에서 자랐음에도 불구하고 훌륭하게 성공했으니까. 하지만 반대로 유전적인 소양 같은 건 환경에 따라 달라진다는 사례라고도 할 수 있지 않을까. 같은 재능을 가졌는데도 한쪽은 음표도 읽을 줄 모르잖아."

분명 그 말이 맞는지도 모른다.

"좀 이상하게 들릴 수도 있겠지만, 사이코패스가 되는 것도 일종의 재능이라면, 모두가 그 재능을 개화시키는 건 아냐. 진짜 사이코패스가 되는 건, 그 재능을 훌륭히 꽃피운 경우뿐이지."

그렇다면…….

분명 훌륭히 꽃피운 거겠지.

임신 중이던 어머니가 섭취한 니코틴, 알코올, 그리고 다고 요헤이가 쏜 총알에 포함되어 있던 납 성분. 그것들이 어머니의 탯줄을 타고 태아의 뇌에 침투해, 사이코패스의 재능을 가지고 태어났다. 그리고 구체적으로 인생의 어떠한 환경 요인이 작용했는지는 모르겠지만, 그 재능이 더없이 훌륭히 개화하여 이런 식으로 약간의 망설임도 없이, 그저 자신을 위해서만 살인을 저지를 수 있는 인간이 완성된 것이리라.

방금 전까지 코끝을 찡하게 했던 따뜻한 물 같은 것이 점점 식어갔다. 그와 동시에 압도적인 체념이 온몸으로 퍼지는 것을 나는 의식하고 있었다. 완전한 절망감이 몸 구석구석으로 퍼져나갔다.

"그나저나……."

그 체념 속에서 어느새 그런 물음이 튀어나왔다.

"마토무라 씨는 지금 어느 병원에 있어요?"

병원 이름을 들었다. 소게이샤에서 가까운, 신주쿠에 있는 병원이었다. 몇 번 오토바이를 타고 그 앞을 지나친 적이 있었다.

"삼층에 있어."

"삼층……."

무슨 일이 있으면 다시 전화하겠다고 말한 뒤 나는 수화기를 내려놓았다.

침대에서 내려와 바닥에 던져놓은 다운재킷을 들고 방을 나섰다. 엘리베이터를 타고 일층으로 이동한 뒤, 현관 앞에서 걸음을 멈추고 카운터 쪽으로 고개를 돌렸다. 그 아주머니는 객실 청소라도 하러 간 건지, 아니면 휴식 중인지 모르지만 아크릴 판 너머에는 아무도 없었다. 나는 가급적 발소리가 나지 않도록 카운터 앞을 지나 골목으로 나왔다.

오토바이는 근처에 있는 낡은 맨션 주차장에 세워두었다. 그곳에는 오토바이가 여러 대 있었는데, 언뜻 보기에도 제대로 관리되고 있는 것 같지 않아서 그 사이에 가져다놓았다.

주차장에 도착해서 오토바이를 밀고 맨션 현관으로 나왔다. 번호판을 접고 시트에 앉아 시동을 걸었다. 그만두는 게 좋아, 그만두는 게 좋아, 그만두는 게 좋다고 머릿속에서 목소리가 들렸다. 아까부터 계속 들려왔다. 하지만 그 목소리는 액셀을 돌려 차도로 달려 나간 순간에 멀어져 사라졌다.

자동차를 차례로 추월하며 최단거리로 병원으로 갔다. 도착할 때까지 이십 분도 걸리지 않았다. 병원 주차장에 오토바이를 세우지 않고, 일단 병원 앞을 지나쳤다. 이 앞에 유료 주차장이 있던 기억이 난다.

그때 문득 시야에 들어온 건, 병원 입구를 향해 걸어가는 실루엣이었다.

모자를 푹 눌러 쓰고 마스크를 낀, 장신의 남자.

그가 누구인지 알아챘을 때, 나는 이미 오십 미터쯤 지나친 상태였다. 서둘러 브레이크를 쥐어 차체를 왼쪽으로 돌리고 뒷바퀴를 누르며 오토바이를 세웠다.

인도에 있던 가로수 옆에 오토바이를 두고 병원 쪽으로 달려갔다.

아까의 실루엣은 이미 보이지 않았다.

정문으로 달려갔지만 거기에도 없었다. 마토무라 씨가 입원한 이 병원에 들어간 걸까. 아니면 내가 잘못 본 걸까. 헬멧을 옆구리에 낀 채 망설이다 병원 입구로 향하려던 순간…….

눈을 뜨니 남자의 옆모습이 보였다.

앞이 잘 보이지 않았다.

두 눈꺼풀이 어마어마하게 부어서 시야를 가리고 있었다.

그뿐 아니라 안구까지 다쳤는지, 초점이 잘 맞지 않았다.

내가 누워 있다는 사실. 눈앞의 남자가 앉아 있다는 사실. 지금 파악할 수 있는 건 그뿐이었다. 남자의 얼굴을 확인하기 위해 두 눈을 부릅뜨려 해도, 고장 난 카메라처럼 역시 초점이 맞지 않았다.

의식을 잃기 직전의 기억이 되돌아올 때까지 십 초쯤 걸렸다.

발인지 쇠파이프인지 각목인지는 모르겠지만, 갑자기 누군가에게 얼굴을 세게 얻어맞았고, 다음 순간 머리부터 아래가 사라진 것처럼 풍경이 확 돌면서 뒤통수가 길가의 아스팔트와 충돌했다. 이내 같은 충격이 연속해서 몇 번이고 안면을 강타했다. 그때까지만 해도 머리 아래가 사라진 감각은 계속되고 있었기에, 나를 공격한 누군가가 지면에 널브러진 머리를 열심히 내려치는 그런 기괴한 느낌이었다.

자, 여기는 어디일까.

실내인 건 분명한데, 다른 건 모르겠다. 혀에서 목구멍 입구까지 피 맛이 퍼져나갔다. 오른쪽 콧구멍에는 피가 찼는지, 아니면 퉁퉁 부어 있는 것인지 전혀 공기가 통하지 않았다. 왼쪽 콧구멍에서는 기름 냄새가 났다. 그나저나 아까부터 소리가 하나도 안 들리는 건, 고막이 터졌기 때문일까.

"조야."

고막은 멀쩡한 모양이다.

목구멍은 어떤가 해서, 시험 삼아 "아!" 하고 소리를 냈더니 목소리도 제대로 나왔다.

"난 알고 있었어."

무슨 소리야.

"우리 아빠를 죽인 거, 역시 네 짓이지?"

아, 그렇군.

거기 있는 게 누구인지 그제야 알 것 같았다.

"우동?"

상대는 다부진 턱을 끄덕였다.

조금씩 시야가 선명해졌다. 눈앞에 있는 건 하자마 준페이. 내 앞에 놓인 둥근 의자에 앉아 앞으로 몸을 숙인 채 두 팔을 무릎에 올리고 있었다. 나는 다고 요헤이를 죽였을 때 그 집에서 봤던 둘둘 말린 이불처럼 한쪽에 널브러져 있었다. 그야말로 물건처럼 벽에 붙어 늘어져 있었다.

피부의 감각이 서서히 돌아오는지 바닥과 벽의 싸늘한 감촉이 느껴졌다.

일단 일어나보려 했지만 두 손이 전혀 움직이지 않았다. 얻어맞았을 때 다친 게 아니라, 배 위에 놓인 두 손목이 밧줄로 묶여 있었기 때문이다. 다리는 어떤가. 아, 다리도 한데 묶여 있었다.

하자마 준페이의 이불처럼 넙대대한 얼굴 너머에는 철골이 드러난 지붕과 라면 그릇을 뒤집어놓은 듯한 모양의 조명여러 개가 있었다. 조명은 모두 켜져 있었고 기본적으로 실내를 비추고 있었지만, 벽 상단과 지붕 사이에 난 창문으로 바깥의 빛도 들어오고 있었다. 벌써 저녁이 되었는지 빛은 오렌지색이었다. 지붕은 꽤 높았고, 벽은 상당히 멀었다. 아무래도우리가 지금 있는 곳은 널찍한 광장인 모양이었다. 냄새와 분위기로 봐서 공장인가.

"너무하네, 갑자기 때리고 이런 데로 끌고 오다니."

아랫입술 오른쪽이 부어올랐는지, 찢어진 건지 턱을 움직일 때마다 그 부근이 아래쪽으로 당기는 느낌이 났다.

"네가 우리 아빠한테 한 짓에 비하면 아무것도 아니지."

분명 그럴지도 모른다고 생각하며, 시선을 돌려 내 상태를다시 확인했다. 다운재킷에도, 청바지에도 피가 튀어 있었다.나와 하자마 준페이의 거리는 아마도 이 미터 정도.

"날 어쩌려고?"

턱 관절도 나갔는지 입이 마음대로 벌어지지 않아서, 아래로 늘어진 입술만 움직여 간신히 말했다. 상대는 무척 굼뜬 동작으로 팔짱을 끼더니 나를 빤히 관찰하며 대답했다.

"네가 우리 아빠한테 한 짓을 되갚아주려고."

그렇다면 칼로 가슴을 찌르고, 칼날이 끝까지 박힌 상태에서 칼자루를 쥐고 이리저리 움직이려는 걸까.

"뭔가 착각하는 것 같은데, 난 살인을 저지르지 않았어."

안 될 걸 알면서도 한번 말해봤다. 아무래도 그대로 믿지는 않겠지. 아니, 조금은 믿을지도 모른다. 적어도 시간을 벌수는 있을지도. 상대의 반응을 기다리며 나는 목구멍을 쥐어짜 숨을 내쉬었지만, 돌아온 대답은 너무나도 예상과 달랐다.

"괜찮아, 죽였든 안 죽였든."

"뭐?"

"중요한 건 내 분을 푸는 거니까. 난 네가 우리 아빠를 죽였다고 생각해. 그렇게 생각하며 널 죽일 거야. 그러면 분이 풀리겠지. 그걸로 충분해."

아하.

역시 나처럼 순도 백 퍼센트의 사이코패스군.

머리는 나쁜 것 같지만, 기본적인 사고방식은 나와 흡사했다. 닮은꼴이니 앞으로의 행동도 예측할 수 있다. 지금 말한 행동을 거의 시간을 끌지 않고 주저 없이 실행에 옮기겠지. 이유는 사랑하는 아버지를 내 손에 잃었기 때문이 아니다. 우리에게는 그런 사고방식이 없다. 그런 감정을 느끼지 않는다. 하자마 준페이가 날 죽이려는 건 훨씬 단순한 이유에서다. 요컨대 모처럼 함께 살기 시작한 자기 아버지를 내가 빼앗아갔기 때문이다. 제 소유물을 빼앗겼기 때문이다.

그나저나 일이 번거롭게 됐다.

어떻게든 이 밧줄을 풀게 할 수는 없을까. 그게 어렵더라도, 최소한 조금이라도 시간을 벌 수 있으면 좋은데. 나는 그 방법을 궁리했다.

답은 금방 나왔다.

"넌 모르겠지만."

상대가 나와 같은 사고방식을 가진 인간이라면, 잘 먹힐 가능성은 한없이 작지만. 통할 가능성이 거의 없긴 하지만.

"우린 형제야."

상대는 굵은 눈썹 한쪽을 으쓱했다.

"너와 난 피를 나눈 형제라고."

이건 거짓이 아니었다.

제대로 확인도 했다.

오늘 낮에 우체국에서 찾아온 서류는 의뢰했던 DNA 감정 결과 보고서였다.

스마트폰에서 인터넷으로 DNA 감정 키트를 주문한 건 다고 요헤이를 죽이기 이틀 전이었다. 그런 서비스가 있다는 소리를 전에 들은 적이 있어서, 시험 삼아 검색해봤더니 주르륵 리스트가 나왔다. 그중에서 결과가 가장 빨리 나오는 곳을 선택해 주문했다. 인터넷의 설명에 따르면, 감정 의뢰 방법은 간단했다. 혈연관계를 알아보고 싶은 두 사람의 구강 점막을 면봉에 묻혀서 반송용 팩에 넣어 보내면 됐다. 주문한 키트가 아파트에 도착하기로 한 날, 나는 하자마 준페이의 집을 찾아가 다고 요헤이를 죽였다. 시체의 입을 열어 준비해 간 면봉을 넣어 구강 점막을 채취한 뒤에 랩에 싸서 집으로 가져왔더니, 마침 감정 키트가 택배로 배송됐다. 나는 다고 요헤이의 점막을 채취한 면봉과 내 점막을 채취한 면봉을 반송용 팩에 넣어 부쳤다. 감정 결과는 지정한 주소로 배달된다고 했지만, 금방 집을 떠나야 할 것은 예상하고 있었기에 받는 곳을 우체국으로 지정해서 오늘 낮에 찾아왔다.

결과는 그 둘에게 들은 대로, 나와 다고 요헤이는 틀림없이 친자관계였다. 그냥 궁금해서 확인해보았던 것뿐이라, 아, 그렇구나, 하는 생각 말고 딱히 특별한 감정은 들지 않았지만.

"십구 년 전에 사이타마에서 일어난 사건은 단순 강도 사건이 아니었어. 당시 보도된 뉴스는 거의 거짓이었지."

시간을 벌기 위해 나는 되도록 천천히 말했다. 애초에 빨리 말하라고 해도 지금 상태로는 불가능했지만.

"우리 엄마는 아동보호시설을 나온 뒤에 요릿집에서 일했고, 그 집이 망해서 실직했던 시기에 너희 아버지와 만났어."

전부 그 두 사람에게 들은 이야기였다.

"너희 아버지는 그때 자기 아버지와 부인, 태어난 지 얼마 안 된 너하고 살고 있었어. 뭐, 말하자면 불륜이지. 그런 낯짝으로 불륜이라니 웃기지도 않지만."

아, 말실수했다.

"물론 난 너희 아버지와 만난 적도 없지만. 기사로 얼굴을 본 적이 있을 뿐이야. 뭐, 우리 엄마도 부모님이 자살해서 혼자는 외로웠으니까 누구라도 좋았던 게 아닐까."

하자마 준페이는 그저 입을 내민 채 내 이야기를 듣고 있었다. 무슨 생각을 하는지 모를 인간을 상대하는 건 여간 어려운 일이 아니다.

"우리 엄마는 너희 아버지의 아이를 임신했어. 하지만 이내 너희 아버지가 폭력을 휘두르기 시작하자 도망쳤어. 배 속 아이도 걱정됐고, 폭력을 휘두르는 인간은 인간 말종이니까."

도망친 어머니를 다고 요헤이는 눈에 불을 켜고 찾아다녔다.

그리고 '프란체스카'라는 술집에서 일한다는 이야기를 누군가에게서 들었다.

"그래서 너희 아버지는 산탄총을 들고 술집에 들이닥친 거야. 우리 어머니와 배 속 아이를 되찾기 위해서."

되찾은 뒤에 어떻게 할지, 분명 아무 생각도 없었을 것이다. 그저 본인이 그러고 싶으니까 그렇게 했겠지. 자기 것이 자기 것이 아니게 되었을 때 찾아오는 압도적인 불쾌감은 나도 잘 알고 있었다.

"하지만 어머니는 순순히 따르지 않았어."

그래서 다고 요헤이는 산탄총의 방아쇠를 당겼다.

아마 그때 다고 요헤이는 숨 하나 흐트러뜨리지 않고, 땀한 방울 흘리지 않고, 심장도 느리게 뛰고 있었으리라.

"그리고 경찰에 붙잡혔대."

내가 말을 마치고 나서, 넉넉히 일 분 정도 하자마 준페이는 멍하니 있었다.

"그 얘기……."

도저히 지금부터 살인을 저지르려는 사람처럼은 보이지 않는 난감한 표정으로 그는 목을 만지며 미간을 찌푸렸다.

"누구한테 들었어?"

"그건 비밀이야."

비밀이라. 하자마 준페이는 중얼거리며 고개를 갸웃했다.

우리가 형제라는 사실을 알고도 놀란 기색조차 보이지 않는
걸 보니 불길한 예감이 들었다.

"그런데."

예감은 적중했다.

"그래서 어쨌다는 거야? 너하고 내가 형제라고 해서 네가
우리 아빠를 죽였다는 사실이 달라져?"

아무 의문도 없이 하자마 준페이는 그렇게 말하는 것 같았
다. 아니, 실제로 아무 의문도 느끼지 않는 것이리라. 내 머릿
속 나사가 몇 개쯤 빠져 있다면, 하자마 준페이도 같은 나사
가 빠져 있는 것이리라. 나도 친아버지라는 사실을 알면서도
다고 요헤이를 죽였을 때, 아무 감정도 들지 않았다.

"뭐, 하나는 알겠네."

"뭘?"

"세이코엔에서 너하고 만난 뒤로 늘 같이 다녔잖아. 자
동차, 오토바이 얘기도 하고, 밤중에 염소를 끌어안기도 하
고. 그게 늘 신기했어. 원래는 누구하고 같이 있는 걸 싫어하
는데, 넌 그렇게 싫지 않았거든. 지금 생각해보니 피가 섞였
기 때문이었네. 얼굴도, 체격도 전혀 다른데, 뭔가 냄새 같은
게…… 잘은 모르겠지만 어딘가 닮았던 걸지도 모르지."

"그렇구나. 그래서 친해진 거구나."

나는 한숨 섞인 목소리로 따스한 척 말했다. 방금 하자마 준페이가 이해한 사실이 우리 둘에게 무척 큰 의미를 가진다는 뉘앙스를 담아.

하지만 돌아온 대답은 이번에도 예상 밖이었다.

"딱히 친하지는 않았지만."

하자마 준페이는 뺨을 긁적이며 말했다.

"주변 사람들이 너하고 내가 친한 줄 알도록 굴었던 거야. 이것저것 떠벌이거나, 밤중에 같이 빠져나가는 둥 네가 날 좋아하게 만들어서. 넌 시설에서 위험인물이었잖아. 다들 피해 다니는 부스럼 같은 존재였지. 그런 녀석과 친하게 지내면 다들 날 좋게 보니까. 쟤는 남을 도울 줄 아는 착한 녀석이네, 하고."

오호, 남을 도울 줄 아는 녀석이라.

"그래서 같이 다닌 거야?"

"그래. 실제로 내 생각대로 흘러갔고. 애들이 날 의지하고 선생님들도 예뻐해서, 거기 생활이 나쁘지 않았거든."

"도움이 돼서 다행이야."

"하지만 결국 세이코엔에서만 통했어. 거길 나오니 더는 도움이 되지 않았어. 나오자마자 완전히 까먹었거든."

"뭘?"

"널."

자신에게 도움이 되지 않는 건 떠올리지도 않는다는 뜻이다.

"지금 회사에도 멍청한 놈이 하나 있어. 나보다 훨씬 멍청한 놈. 자주 같이 다녀. 이것저것 돌봐주기도 하고. 그 덕에 내 평판도 꽤 좋아졌어, 사내에서. 녀석 참 괜찮다고. 그래서 선배들이 가끔 내 영업을 도와주기도 해서 실적도 좋아. 대기업만큼은 아니지만 영업 실적에 따라 수당이 나와서, 조금 더 있으면 내 차도 살 수 있을 것 같아. 오늘 타고 온 차는 회사 차지만."

"생각보다 머리 좋네."

솔직한 감상을 말하자, 하자마 준페이는 다부진 턱을 구기며 쑥스러운 듯 웃었다.

"그래?"

나는 숨을 들이마시며 말을 이었다.

"하지만……"

시간을 벌기 위해서, 그리고 단순한 호기심에서 묻고 싶은 게 있었다.

"저번에 갑자기 연락해서 패밀리 레스토랑에서 만났을 때, 일부러 네 아버지가 죽인 상대가 사카키 이쓰미라는 걸 말했잖아. 일부러 주간지 기사까지 준비해서. 그건 왜 그런 거야?"

"그건, 왜였지……."

하자마 준페이는 잠시 허공을 올려다보며 생각에 잠겼다. 그리고 복수인가, 하고 중얼거리더니 고개를 끄덕이며 다시 나를 내려다봤다.

"맞아, 보복이야."

"보복?"

"처음에 세이코엔에 들어가서 얼마 안 됐을 때, 네가 나한테 화상 입혔잖아. 군고구마 파티에서, 불 속에서 금방 꺼낸 군고구마를 내 얼굴에 들이댔지? 그때 야, 이거 미친놈 아냐, 생각하면서도 친한 척하면 도움이 되겠다 싶었어. 그래서 그냥 당한 채로 그렇게 같이 다녔던 건데, 그 때문에 보복을 못하게 됐잖아. 언젠가 좋은 기회가 오기를 기다리는 동안에 졸업해서 나오게 된 뒤로는 잊고 살았지. 취직해서 일하고, 아빠가 출소해서 같이 살기 시작하면서 군고구마 건은 하나도 떠오르지 않았는데, 아빠한테 그 사건 얘기를 듣고 오랜만에 네 생각을 했는데 화가 솟아오르는 거야."

하자마 준페이는 말을 끊더니, 이제 알겠느냐는 표정을 지었다.

"그래서?"

"복수한 거지."

답답하다는 듯 하자마 준페이는 설명을 덧붙였다.

"너 날 좋아했잖아. 그런 내 아빠가 너희 엄마를 죽인 범인이라는 걸 알면 분명 충격을 받을 거 아냐. 아마 다시 일어나지 못할 정도로 충격을 받을 것 같아서."

"아……."

그리고 그 시도는 보란 듯이 성공했다.

그나저나 상상을 초월하는 집념이라고 할까, 초지일관이라고 할까, 여러모로 번거로운 놈이다. 보아하니 말로는 이 녀석에게서 빠져나가기 힘들 것 같다. 역시 지금은 최대한 시간을 버는 수밖에 없다. 만일 내가 그 이야기를 하면 살해당하지 않을 가능성은 무척 커지겠지만, 가급적 하고 싶지 않았다.

"하지만 설마 그 때문에 네가 우리 아빠를 죽이다니. 상상도 못 했어. 내가 아는 너는 그렇게까지 미친놈은 아니었으니까. 사람이 바뀌긴 하나봐."

뭐, 아무튼……. 그렇게 중얼거리며 하자마 준페이는 굼뜨게 일어났다. 허리를 쭉 펴며 작게 신음하더니 손목시계를 보았다. 생각보다 시간이 많이 지났는지 조금 놀란 표정이었다. 들리지 않게 뭐라고 중얼거리더니, 옆에 놓아둔 스포츠가방을 열었다.

"오늘 사 온 게 있는데."

하자마 준페이는 가방을 뒤지며 갑자기 자랑스러워하는 목소리로 말했다. 대체 뭘 꺼내려는 건지는 모르겠지만, 그 덕에 시간을 조금 더 벌 수 있을지도 모른다고 기대했다.

하지만 그 기대는 금방 무너졌다.

"이거, 완전히 똑같은 거야. 네가 우리 아빠를 죽일 때 썼던 거랑. 그건 경찰이 돌려주지 않아서, 같은 가게에서 같은 물건을 샀지. 처음 자취를 시작했을 때 근처 슈퍼에서 산 칼인데, 포장에 인쇄된 토마토 사진이 유독 빨개서 기억에 남았거든."

식칼은 네모난 투명 포장에 들어 있었다.

분명 저 포장에서 칼을 꺼내자마자 하자마 준페이는 내 가슴을 찌를 것이다. 어떻게 해야 할지 머리가 복잡해진 그때, 하나로 묶인 손목 밑으로 뭔가 딱딱한 감촉이 느껴졌다. 다운재킷 주머니에 뭔가 들어 있었다.

아, 이게 있었지.

"테이프가 오래됐나."

하자마 준페이는 쭈그리고 앉아 포장에 붙은 테이프를 뜯겠다고 어설프게 손을 움직이고 있었다.

"뭐, 식칼은 많이 팔리는 물건은 아니니까. 오랫동안 진열

되어 있었나보지."

나는 그렇게 말하며 오른손에 힘을 주었다. 꽉 묶어놔서인
지, 아니면 머리를 얻어맞아서인지, 감각이 거의 느껴지지 않
았지만 손가락을 조금은 움직일 수 있었다.

"하긴, 식칼은 유통기한도 없으니까."

감각 없는 오른손을 다운재킷 주머니에 넣었다. 검지와 중
지 끝이 아마 그것을 잡고 있는 것 같았다. 어깨를 으쓱해서
팔을 당기자, 두 손가락 사이에 끼인 스마트폰 끝이 모습을
드러냈다.

"그 식칼, 슈퍼에서 진열대에 걸어놓고 팔던 거지? 처음 샀
을 때 제일 뒤에 걸려 있던 칼일지도 몰라. 지금까지 아무도
사지 않아서 남아 있던 거지. 그런 가능성도 있지 않을까?"

하자마 준페이는 아직도 테이프를 벗겨내려 고군분투하고
있었다.

"그럴 수도 있겠네."

스마트폰 전원을 켰다. 화면이 뜰 때까지 십 초쯤 걸렸고,
그 사이에 하자마 준페이는 테이프를 벗겨냈다. 하지만 식칼
은 칼집에 든 상태로 은색 철사로 두꺼운 종이에 고정되어 있
었다. 철사는 칼자루와 칼집 끝을 한 부분씩 묶고 있었다. 칼
자루 쪽을 벗기면 칼집 쪽은 굳이 벗기지 않아도 될 것 같았

다. 나는 눈알을 움직여 배 쪽을 보았다. 스마트폰 화면에 비밀번호 입력화면이 표시되어 있었다. 생일을 입력해 해제한 뒤에 착신이력을 띄우자, 제일 위에 '마토무라 씨 휴대전화'가 표시됐다. 히카리 누나의 집을 나올 때 걸려 온 전화겠지. 나는 그 번호를 터치한 뒤에 스마트폰을 주머니에 넣었다. 그리고 새어 나오는 희미한 통화 연결음을 숨기기 위해 콜록, 하고 헛기침을 했다.

"괜찮아?"

하자마 준페이가 입을 반쯤 벌리고 내 쪽을 보았다. 아마 평범한 사람들은 이런 말을 들으면 '마음이 바뀌어서 날 죽이지 않으려나?' 하고 생각하겠지. 하지만 그런 게 아니다. 지금부터 자신이 하려는 일과 아무 상관없이, 그저 상대의 컨디션이 좋지 않아 보이니 물어본 것뿐, 내가 히카리 누나의 집으로 돌아갔을 때, 그녀의 안색을 살폈던 것과 마찬가지다.

"응, 괜찮아."

아마 마토무라 씨는 전화를 받을 것이다. 그리고 이 스마트폰은 통화 상태로 전환되겠지. 응답할 상대의 목소리가 새어 나오지 않도록 나는 다시 한 번 일부러 콜록거렸다. 이번에는 아까보다 길게. 하자마 준페이는 다시 같은 표정으로 나를 보았지만, 더는 아무 말도 하지 않았다. 그때 주머니 속에서 희미하게 목소리가 흘러나왔다. 전화가 연결된 모양이다.

"그나저나 이런 데서 살해돼서 인생이 끝날 줄이야, 생각
도 못 했네."

나는 하자마 준페이에게 말을 걸었다.

"여기가 어디야?"

"우리 회사 수리공장. 오늘 마침 쉬는 날이라."

"자동차 수리공장이군. 이름이 뭐야?"

하자마 준페이는 미간을 찌푸리며 나를 보았다.

물기라고는 느껴지지 않는, 바싹 메마른 눈이었다.

"그건 왜?"

"그냥 궁금해서. 쓱 봐도 엄청 넓잖아. 내가 들어본 적 있
는 공장인가 해서."

"아, 그냥 회사 이름에 영어를 붙인 거야."

그렇게 말하며 하자마 준페이는 공장의 이름을 댔다. 그리
고 내가 아는 이름인지 확인하듯 반응을 기다렸다. 물론 알
턱이 없었고 애초에 넓기는 했지만 바닥에 쓰레기나 나사, 더
러운 수건이 너저분하게 흩어진 꼴을 보면, 유명한 공장일 리
없었다.

"아, 들어본 적 있어. 이 근처에서 유명하지?"

"글쎄, 사이타마에는 자동차 수리공장이 많으니까."

칼자루를 고정하고 있던 철사가 떨어져 나왔다. 하자마 준페이는 그대로 칼자루를 잡아당겼다. 새 칼날이 칼집에서 미끄러지듯 빠져나왔다.

칼집만 고정된 종이를 그는 잠시 고민하다 바닥에 버렸다. 더 시간을 벌어야 한다. 이 스마트폰은 어쩌지. 통화 상태라는 사실을 알아채면 그 순간 나를 찌를 텐데. 지금처럼 다운 재킷 주머니에서 꺼내지 않는 한 알아채지는 못할 것 같지만, 수화기 너머에서 마토무라 씨가 언제 소리를 내서 하자마 준페이의 귀에 들어갈지 모른다. 하자마 준페이의 얼굴이 내 쪽으로 향하기 직전에 나는 통화종료 버튼을 누르며 오른손을 주머니에서 뺐다.

하자마 준페이가 다가온다.

마치 외출하기 전에 창문을 닫으려는 것처럼, 지극히 자연스러운 몸놀림이었다. 오른손에 식칼이 들려 있는 게 기묘해 보일 정도로.

"날 죽이고 시체는 어떻게 하게? 그런 것도 잘 생각해놨어?"

"연휴니까 내일 생각하려고. 쉬는 날에도 영업 차량을 마음대로 써도 된다고 했으니까."

칼날이 아래로 향하도록 칼을 쥐더니, 하자마 준페이는 내

가슴 언저리를 골똘히 내려다봤다.

어쩔 수 없지.

"하나 확인할 게 있는데."

이제 이 이야기를 하는 수밖에.

"사카키 조야가 네 아버지를 죽였기 때문에, 넌 그 사카키 조야에게 똑같이 복수하려는 거지?"

하자마 준페이는 두 손을 떨군 채 멍청이처럼 서서 반문하듯 눈썹을 치켜떴다.

"넌 세이코엔에서 함께 자랐고, 일전에 패밀리 레스토랑에서 오랜만에 만난 사카키 조야를 죽이려는 거지?"

"아까부터 그렇게 말했잖아."

"확인한 거야. 오인해서 다른 사람을 죽이면 큰일이잖아."

"그야 그렇지."

"그럼 다행이고."

하자마 준페이는 고개를 갸웃거리며 내 표정을 읽으려 했다.

"왜?"

"난 사카키 조야가 아니니까."

바닥에 드러누운 채 가르쳐줬다.

"우리, 오늘 처음 만난 사이야."

4

병실 미닫이문에 기댄 채 숨을 죽였다.

마토무라 씨의 목소리와 또 하나의 목소리가 안에서 새어 나왔다.

길가에 오토바이를 내던진 뒤 나는 병원 입구로 달려갔지만 그 남자는 아무 데도 없었다. 모자를 깊게 눌러 쓰고 마스크를 낀 장신의 남자. 하지만 입구를 지나 병원 부지로 들어가려던 때, 저녁 햇살을 받은 현관 유리문 너머로 그 뒷모습이 보였다. 헬멧을 옆에 낀 채 서둘러 로비로 들어가자, 남자는 접수창구에서 호리호리한 몸을 굽혀 직원과 뭔가 대화를 나누는 것 같았다. 마스크로 얼굴 절반을 가리고 있는데도, 그 옆모습은 지극히 상냥해 보였다. 응대하는 직원도 그를 따라 미소를 지었다.

이내 남자는 직원에게 꾸벅 인사한 뒤 엘리베이터 쪽으로 향했다. 나는 조금 떨어진 곳에서 그의 움직임을 지켜봤다. 남자가 엘리베이터에 올라탄 뒤에 닫힌 문 앞으로 달려가 층수를 확인했다. 램프가 멈춘 건 마토무라 씨의 병실이 있는 삼층이었다. 나는 곧바로 계단을 뛰어 올라갔다. 삼층 벽에 층별 안내도가 붙어 있었는데, H 형태의 복도 좌우로 병실이 배치되어 있었다. 종종걸음으로 복도를 지나며 병실의 명패를 하나씩 확인한 끝에, H의 오른쪽 상단에 있는 병실에서 마토무라 씨의 이름을 찾았다. 그리고 문을 열려던 순간 안에서 목소리가 들렸다.

텔레비전에서 많이 들어본 낮은 톤의 목소리.

틀림없이 마사다 히로아키의 목소리였다.

귀를 기울였다. 대화 내용까지는 알 수 없었지만, 억양으로 보아 아까부터 마사다는 뭔가를 알아내려는 것 같았다. 그리고 마토무라 씨는 그 질문에 대답하지 못한 채 횡설수설하는 것 같았다.

마사다가 캐묻는 건 아마 나에 대한 것이겠지. 사카키 조야는 대체 어디 있냐. 내가 가시이 아야의 집에 들어가는 장면을 촬영한 놈은 어딜 가야 잡을 수 있느냐.

두 사람의 대화가 멎었다.

나는 미닫이문 끝에 귀를 가져다 댔다.

병실에서 전화 진동벨 소리가 났다. 누군가의 주머니 속에서 들려오는 희미한 소리가 아니었다. 진동하고 있는 건 아마도 테이블처럼 딱딱한 것 위에 놓인 스마트폰이다. 마토무라 씨의 전화일까. 귀에 온 신경을 집중하고 있는데, 옆 병실로 들어가려던 환자복 차림의 할아버지가 멈춰서 나를 보았다.

문 안쪽에서는 진동벨 소리가 계속 울려 퍼졌다. 마사다가 뭐라고 내뱉었다. 비커가 어쩌고 하는 것처럼 들렸다. 복도 끝에서 할아버지가 의아한 낯으로 나를 살피고 있었다. 전화기 진동벨이 멎었다. 작게 목소리가 들렸다. 마토무라 씨도, 마사다의 것도 아닌 목소리. 내가 아는 목소리. 아까 마사다가 한 말은 비커가 아니라 스피커였던 모양이다. 걸려 온 전화를 스피커폰으로 받으라는 말이었겠지. 환자복 차림의 할아버지는 보란 듯 고개를 갸웃거리며 자신의 병실로 들어갔다. 문 안에서는 스피커폰에서 흘러나오는 목소리가 여전히 울려 퍼지고 있었다. 무슨 내용인지 알 수 없는 목소리 두 개. 하나가 아니라 두 사람의 목소리였다. 그중 하나는 우동의 목소리였다. 왜 저 두 사람이 같이 있지? 왜 마토무라 씨에게 전화를 건 거지?

스피커에서 흘러나오던 목소리가 뚝 끊겼다.

속삭이는 듯한 마사다의 목소리. 마토무라 씨는 겁먹은 목소리로 대꾸했다. 발소리가 문 안쪽에서 다가왔다. 마사다가 병실에서 나오려는 것이다. 나는 그 자리에서 벗어나 아까 할아버지가 들어간 병실 문을 열고 재빨리 안으로 들어갔다. 할아버지는 담요를 걷으며 침대에 무릎 한쪽을 올린 자세로 날 돌아보며 굳었다.

"금방 나갈게요."

나는 문을 닫았다.

"잠깐이면 되니까 조금만 참아주세요."

할아버지는 입을 반쯤 벌린 채 작게 고개를 끄덕였다.

복도에서 들리는 발소리가 커졌다, 더욱 커졌다, 멀어져 사라졌다.

약속대로 바로 할아버지의 병실에서 나오자, 복도에는 마사다의 모습이 보이지 않았다.

옆 병실로 가서 문을 열었다. 마토무라 씨는 침대에 누워 오른손으로 얼굴을 가리고 있었지만, 문소리에 고개를 들더니 옆 병실 할아버지처럼 굳었다.

"어, 조야 군?"

두 눈을 부릅뜬 채 고작 몇 초 동안에 표정이 차츰 바뀌었다. 하지만 이내 마토무라 씨는 다 알겠다는 양 몸에서 힘을 뺐다. 이불 위로 떨어지는 오른손을 따라 베갯맡에 놓아둔 일안 레플리카 카메라의 까만 스트랩도 침대 옆으로 힘없이 떨어졌다.

"우와, 나까지 속았네."

무슨 소리지?

"뭐야, 조야 군. 마사다가 여기 올 줄 알고 병원에서 그 전화를 건 거야? 마사다를 속이려고? 같이 있던 사람은 누구였어?"

무슨 소리인지 전혀 모르겠다.

"아, 일단 문 닫아. 녀석이 다시 돌아올지도 모르니까."

나는 문을 닫고 침대로 다가갔다. 마토무라 씨의 부상은 상상했던 대로 심각했다. 오른쪽 다리 무릎 밑으로 깁스를 했고, 환자복 단추는 맨 위와 아래만 잠갔다. 갈비뼈가 부러졌는지 환자복 사이로 두꺼운 보호대가 보였다. 얼굴에는 피가 밴 거즈가 모두 네 군데나 붙어 있었고, 거즈가 없는 부분도 결코 성하지는 않았다. 아랫입술의 거의 대부분은 피딱지가 뒤덮고 있었고, 오른쪽 눈 흰자가 터졌는지 그림물감을 칠해놓은 것처럼 새빨간 상태였다. 왼쪽 눈꺼풀은 무대화장을 한 듯 보라색이었다. 침대 옆에는 목발 두 개가 놓여 있는데, 그걸 짚는다 해도 얼마 걷지 못할 것 같았다.

"녀석은 인간이 아냐."

내 시선을 알아챘는지 마토무라 씨는 쓴웃음을 지었다.

"물건을 부수는 것처럼 사람을 패더라고."

"마사다는 여기 왜 온 거래요? 어디로 갔어요?"

"어디로 갔냐니…… 조야 군이 유도한 곳 아닐까?"

내가 유도한 곳…….

"거기에 뭐가 있어? 혹시 경찰이 기다리나? 아니면 아까 말한 수리공장은 실제로 없는 곳이야?"

"설명해주세요. 제 번호로 전화가 온 거예요?"

"그래, 그러니까 마사다가 스피커폰으로 받으라고 한 거지. 화면에 네 이름이 표시된 걸 보고."

"그래서 내가 뭐라고 했는데요?"

모르는 외국어를 들은 듯 마토무라 씨는 멍하니 입을 벌렸다.

"그러니까…… 지금 살해당할 거라고 했어. 그리고 그 범인 역의 사람에게 지금 있는 사이타마의 공장 이름을 말하게 하고……."

"카 동키 공장이요?"

우동이 일하는 중고차 판매회사의 이름을 댔다.

"맞아, 카 동키…… 뭐더라, 리페어 팩토리였나?"

그제야 나는 무슨 일이 일어났는지 파악했다.

우동은 역시 아버지를 죽인 범인이 나라고 생각했던 거다. 보복하기 위해 '나'를 끌고 가서 죽이려는 것이다.

히카리 누나가 그렇게 된 뒤, 내가 경찰의 눈을 피하기 위한 장소로 그 호텔 밀집가를 고른 건, 우동에게 들은 이야기를 떠올렸기 때문이다. 우동과 패밀리 레스토랑에서 만났을 때, 살 곳이 없던 우동의 아버지가 과거 이케부쿠로의 저렴한 모텔을 숙소로 이용했다는 이야기가 기억났기 때문이다. 아마 우동도 그 이야기를 했던 걸 기억하고 있었겠지. 나를 찾으러 그곳으로 갔고, 나를 찾아냈다.

"뭐야? 지금 전화 조야 군이 건 거 아냐? 목소리도, 번호도 분명 조야 군이었는데?"

"아니에요."

우동이 공장으로 끌고 간 사람도.

방금 마토무라 씨에게 전화한 사람도.

"그럼 누군데?"

다고 요헤이를 죽인 사람도, 히카리 누나를 죽인 사람도.

"언젠가 말할게요."

몸을 돌려 침대에서 멀어진 나는 마토무라 씨가 부르는 소리를 들으며 병실을 뛰쳐나왔다.

내가 이 병원까지 달려온 건, 마토무라 씨와 만날 기회는 지금밖에 없다고 생각했기 때문이다. 밖으로 나오면 경찰에게 잡힐지도 모르지만, 그래도 마토무라 씨를 만나고 싶었다. 어떻게 해야 할지 도무지 모르겠어서…… 히카리 누나도 그렇게 되고, 어떻게 할지 모르겠어서. 무서워서, 무서워서, 진심으로 무서워서, 누군가에게 전부 털어놓고 싶었다. 그런데 결국 아무 이야기도 하지 않은 채 나는 지금 병원을 뒤로했다. 복도와 계단을 빠져나와 유리문을 지나 찬바람 속으로 뛰어들었다. 분명 이제 마토무라 씨와 만날 일은 두 번 다시 없겠지. 모든 것이 파괴되고 있다. 또 하나의 내가 모조리 파괴하고 있다. 되돌아갈 수 없는 곳으로 나를 몰아간다. 아무도 녀석을 보지 못한다. 히카리 누나가 설명해준 유사무시처럼, 보이는데 보이지 않는다.

병원 입구를 빠져나와 오토바이가 있는 곳까지 달려갔다. 쓰러진 오토바이 옆에 하얀 가운 차림에 비닐봉지를 든 중년 남자가 서 있었다. 내 쪽을 보고 손을 올리는 걸 보고 나에게 아는 척을 하는 줄 알았는데, 오른쪽에서 경찰차가 나타나 나를 추월했다. 하얀 가운의 남자는 의기양양한 얼굴로 경찰차를 향해 인사를 건넸다. 길가에 방치된 오토바이를 경찰에 신고한 건지도 모른다. 나는 옆구리에 낀 헬멧을 쓰고 전속력으로 달렸다. 하얀 가운의 남자는 눈을 부릅뜨는 동시에 입을 벌리며 뒤로 펄쩍 뛰었다. 길가에 선 경찰차의 조수석에서 제복을 입은 경찰이 뛰어나왔다. 나는 오토바이의 핸들을 들고 차체를 일으키며 시트에 앉아 시동을 걸었다. 뛰어나온 경찰이 뭐라고 외쳤지만, 오토바이의 엔진 소리에 묻혀 사라졌다. 기어를 아래에 놓고 액셀을 열었다. 인도에서 빠져나오는 도중에 헬멧홀더에 걸어놓은 예비 헬멧이 가로수에 부딪혀 차체가 흔들렸다. 지면을 박차 균형을 잡은 뒤에 기어를 중단으로 올리며 액셀을 더 열고 일직선으로 인도를 빠져나왔다. 가드레일 사이로 차도로 튀어나와 일방통행 도로를 역주했다. 전방에서 승합차가 이쪽을 향해 달려왔다. 아슬아슬하게 옆으로 비껴 빠져나왔을 때, 뒤에서 경찰차의 사이렌 소리가 비명처럼 울려 퍼졌다.

"조야 맞지?"

그날 밤.

우동과 패밀리 레스토랑에서 만난 날 밤.

집 근처 공원에서 나는 또 하나의 나와 만났다. 화장실에서 트리프타놀을 잔뜩 털어 넣고 고개를 든 순간, 거울 속에 그 눈과 마주쳤다. 그때까지 거울 속에서 셀 수 없이 보아온 내 눈과 꼭 닮았지만, 명백히 다른 눈. 누구의 얼굴에서도 본 적 없는 눈. 얼어붙은 눈동자.

"집으로 찾아갔는데 없더라고."

거울에 비친 또 하나의 나는 한겨울인데도 겉옷을 입고 있지 않았다. 청바지에 후드티. 새파란 색깔의 후드티를 천장의 형광등이 선명하게 비추고 있었다. 거울 너머로 그 모습을 바라본 채 나는 꿈쩍도 할 수 없었다. 목소리조차 나오지 않왔다.

"그래서 이 공원에서 계속 기다렸어."

이 녀석은 누구지.

"여기서 너희 집 창문이 보이거든."

왜 나하고 얼굴이 똑같지.

시선조차 돌리지 못하는 나를 보고, 거울에 비친 얼굴에 미소가 돌더니 얼음 같은 두 눈이 커졌다. 상대가 내 뒤로 한 걸음 다가왔다. 순식간에 체온을 빼앗긴 듯한 느낌이 들었다.

"역시 닮긴 닮았네."

이 녀석은 누구지. 누구지. 누구지. 가슴에 수없이 떠오른 그 의문이 이내 목구멍에서 목으로 솟아올라 쉰 목소리가 되었다.

상대는 눈 하나 깜짝하지 않고 그 의문에 답했다.

"우린 함께 태어났어."

그리고 청바지 주머니에 손을 넣어 뭔가를 꺼냈다.

"이거, 너도 갖고 있지?"

주머니 안에서 나온 건 오래된 구리 열쇠였다. 긴 기둥 끝에 블록으로 만든 성의 옆모습 같은 톱니가 달린 열쇠.

"자기가 죽은 뒤에 아이들한테 주라고 부탁했대."

십구 년 전, 갓 태어난 나와 함께 영아원에 맡겨진 열쇠.

"너와 내 어머니가."

5

"다시 말해봐."

칼을 쥔 오른손을 떨군 채, 하자마 준페이는 허리를 굽혀 내 얼굴을 들여다보았다.

"그러니까 나하고 조야는 한날한시에 태어났다니까."

나는 여전히 손발이 묶인 채 바닥에 누워 있었다.

"쉽게 말해 쌍둥이야. 내가 형이고. 일란성 쌍둥이라고 들어봤어?"

하자마 준페이는 애매하게 고개를 끄덕이더니, 내 쪽으로 얼굴을 들이댔다.

"그래서 넌?"

"겐토鍵人. 열쇠 건에 사람 인 자를 써서 겐토. 건반 할 때 건 자야. 조야鍵也와 함께 록 앤드 키, 멋지지? 우리가 배 속에 있을 때부터 어머니가 지어놓은 이름이래."

어째서인지는 나도 모르지만.

"요컨대 네가 조야를 찾아 어슬렁거리다 발견한 건 조야가 아니었던 거지. 난 조야가 아냐. 네가 기절시켜 납치한, 지금 여기 있는 나는 네 복수 상대가 아니라는 거야."

"쌍둥이 형제가 있다는 얘긴, 너…… 조야…… 녀석은 그런 얘기 한마디도……"

"안 했지? 몰랐으니까. 나도 얼마 전까지 몰랐거든."

가르쳐준 건 그 두 사람, 나를 키워준 부모님이다.

원래대로라면 지금쯤 우리 가족은 홋카이도에 있어야 했다. 아빠가 전부터 계획했던 가족여행 중이었겠지. 나는 겨울방학이었고, 아빠도 장기 휴가를 냈다. 엄마도 여행 기간에 신문을 넣지 말라고 연락하고, 한동안 집을 비운다는 이야기를 이웃 사람들에게 전하는 등 꼼꼼하게 준비했다. 우리 세 식구는 한겨울의 홋카이도에서 북방여우를 구경하거나, 수북이 쌓인 눈을 보고 놀라거나, 신선한 회와 따끈한 전골 요리를 먹고 있을 터였다. 그런데 출발 전날, 부모님은 나를 거실로 불러 그 이야기를 시작했다. 지금까지 둘이서 숨겨왔던 사실을 난데없이 고백했다.

아니, 부모님에게는 난데없는 이야기가 아니었겠지. 아빠의 말로는 애당초 여행 자체가 고백과 한 세트였다고 한다. 내 인생에 관한 중요한 비밀을 밝힌 뒤에, 홋카이도의 대자연 속에서 찬찬히 그 사실을 곱씹어보라는 뜻이었다나.

하지만 결국 그 이야기 때문에 여행은 엎어졌다.

"너는 우리 친자식이 아니다."

그렇게 말문을 열었다. 내가 '친자식'이라는 말의 뜻을 이해했을 즈음에는 이미 아빠는 준비해둔 원고를 읽어나가듯 이야기를 시작하고 있었다. 나는 아빠의 입술을 보며 그 이야기를 들었다. 입술은 열렸다 닫혔다, 때로는 움직임을 멈추며 늘 상하좌우로 흔들리는 것처럼 보였다.

부모님이 결혼한 지 십 년쯤 지났을 무렵, 엄마에게 문제가 있어서 아이를 가질 수 없다는 이야기를 의사에게 들었다고 한다. 하지만 부모님은 꼭 자식을 갖고 싶었다. 그래서 가정위탁제도를 알아보기 위해 수많은 아동보호시설을 찾았다. 그리고 마지막에 찾은 곳이 사이타마 현의 세이코엔이라는, 설립된 지 얼마 되지 않은 시설이었다.

아빠와 엄마는 그곳에서 쌍둥이 남자아이와 만났다.

"세이코엔에 있던 아이는 그 쌍둥이뿐이었단다. 직원도 없이, 이소가키라는 원장님이 혼자 운영하고 있었지."

쌍둥이는 당시 삼십 개월이었다.

아빠와 엄마는 원장에게 쌍둥이가 세이코엔에 오게 된 경위를 들었다. 교외의 술집에서 일어난 총기 난사 사건. 그 피해자의 배 속에 있던 쌍둥이. 모친이 숨을 거두기 전에 병원에서 태어났다는 이야기. 영아원에 맡겨졌던 쌍둥이는 그로부터 이 년 뒤, 피해자와 막역한 사이였던 이소가키 원장이 세이코엔을 설립하면서 데려왔다는 이야기.

총기 난사 사건은 아빠와 엄마도 뉴스에서 보고 어렴풋이 기억하고 있던 모양이지만, 그 피해자가 죽기 전에 쌍둥이를 낳았다는 사실까지는 보도되지 않아서 몰랐다고 한다.

"그때 이소가키 원장님에게 아이들의 아버지에 대해 물어봤다. 어디서 뭘 하고 있는지."

원장은 오랫동안 망설이다 아빠와 엄마에게 사실을 알려줬다.

그때 들은 이야기를 두 사람은 거실에서 나에게 들려줬다.

6

그날 밤, 공원 화장실에 나타난 겐토를 나는 집으로 데려왔다.

처음에는 떨림이 멎지 않아서, 제대로 말도 못 할 정도였다. 하지만 신기하게도 자신과 똑같은 얼굴을 바라보고, 똑같은 목소리를 들으며 이야기하는 동안 점점 마음이 차분해졌다.

그래, 차분해졌다. 생이별한 형과 만난 기쁨이 점점 몸에 배어서, 막연한 안심 같은 것이 가슴 밑바닥에 퍼져나갔다.

그 형이 어떤 인간인지, 그때는 전혀 몰랐으니까.

겐토에게 모든 사실을 들었다. 십구 년 전, 어머니가 낳은 건 나 혼자가 아니라 쌍둥이 형제였다는 사실. 세이코엔에 들어온 첫 아이는 나 혼자가 아니었다는 사실.

그리고.

"산탄총을 난사한 다고 요헤이라는 인물이 우리 친아버지래."

겐토를 키워준 부부에게 이소가키 원장님은 그렇게 설명했다고 한다.

"우리 친어머니가 죽기 전에 병원에서 원장님한테만 털어놨나봐. 술집에서 일어난 사건은 강도사건이 아니라고. 일하던 요릿집이 망해서 어머니가 길바닥에 나앉았을 때, 다고 요헤이와 만났고……."

쌍둥이를 임신했다.

하지만 다고 요헤이의 폭력으로 생명의 위협을 느끼고 도망쳤다.

그 뒤에 술집 '프란체스카'에서 일하기 시작했지만, 다고 요헤이가 어머니를 찾아냈다.

"다고 요헤이는 산탄총을 들고 찾아가, 우리 어머니와 배 속의 우리를 되찾으려 했던 거야."

하지만 어머니는 거부했어.

"그래서 다고 요헤이는 어머니를 쏜 거야."

다고 요헤이가 우동의 아버지라는 사실을 나는 그날 알았다. 그것만으로도 큰 충격이었는데, 엎친 데 덮친 격으로 그 다고 요헤이가 내 친아버지라는 사실까지 알았다. 아니, 우리의 친아버지라는 사실을 알았다.

"다고 요헤이라는 사람, 좀 이상하지."

겐토는 그 얼음 같은 눈동자로 천장을 올려다보며, 마치 자신과 아무 상관없는 가십을 이야기하듯, 내내 입가에 미소가 번져 있었다.

"유부남이면서 다른 여자를 임신시키고, 그 여자가 도망치니까 쫓아가서 자기 말을 안 듣는다고 산탄총으로 쏘다니. 제정신이 아냐."

너무 많은 사실을 한 번에 알게 되어서, 나는 다시 말문이 막혔다. 그래도 안간힘을 다해 냉정을 유지하려 했다. 그렇게 하지 않으면, 어떻게 되어버릴지 알 수 없었다. 알고 싶은 건 두 가지였다. 하나는 왜 이소가키 원장님은 나에게 친아버지가 다고 요헤이라는 사실을 숨긴 걸까. 나머지 하나는, 왜 우리 형제는 생이별한 뒤로 지금까지 서로의 존재조차 모르고 살아온 걸까.

움직이지 않는 턱을 억지로 움직여 간신히 그 의문을 입 밖으로 냈다.

그리고 겐토의 설명을 듣고 이 두 의문의 답이 일치한다는 사실을 알았다.

7

내 안색을 살피며 아빠는 거실에서 말을 이었다.

"이소가키 원장님에게 이야기를 듣고, 아빠와 엄마는 진심으로 어떻게든 돕고 싶다고 생각했다. 비극적인 사건의 피해자가 남긴 가엾은 아이들을 돕고 싶었지. 그래서……."

우리를 키워야겠다고 결심했다.

아니, 말은 바로 해야지.

정확히는 우리 중 한 아이를 키우겠다고 결심했다.

"물론 둘 다 키우고 싶었던 게 솔직한 심정이었다. 하지만 아이를 키워본 적 없는 우리가 과연 두 아이를 잘 키울 수 있을지 자신이 없었어. 고민 끝에 아빠와 엄마는 이소가키 원장님과 상의했어. 겐토와 조야, 쌍둥이 형제 중에 한 명만 데려갈 수 있겠냐고. 원장님은 일단 생각해보겠다고 했지만, 며칠 뒤에 연락이 와서 셋이 다시 이야기를 했지. 몇 번에 걸쳐 상의한 끝에 원장님도 쌍둥이 중 한 아이만을 보내는 데 동의했어."

"원장님은 아이가 가정에서 자라는 걸 우선시한 거야. 만일 쌍둥이를 동시에 입양해야 한다는 조건을 걸면, 어쩌면 입양 희망자가 나타나지 않아서 결국 둘 다 시설에서 자라야 할지도 모른다고."

하지만 사실은 다른 이유도 있던 게 아닐까. 나는 그렇게 생각했다.

이소가키 원장은 우리 둘 중 누구도 보내고 싶지 않았던 게 아닐까. 오랜 꿈이 이루어져, 어렵게 세운 아동보호시설이 다시 텅 비는 게 싫었던 게 아닐까. 게다가 우리 어머니와 원장은 원래 같은 시설에서 자란 사이였고, 그렇기 때문에 우리가 세이코엔의 첫 아이가 되었다고 들었다. 가엾은 소꿉친구가 남긴 아이들을 조금만 더 자기 손으로 키우고 싶다는 이기적인 소망을 원장은 품었던 게 아닐까.

"아빠와 엄마는 너희 둘 중 누구를 입양할지, 원장님과 상의했다. 그때…… 세이코엔에서 원장님과 이야기할 때, 조야는 감기에서 진행된 가벼운 폐렴으로 치료받던 중이었어."

그래서 아빠와 엄마는 나를 택했다.

"강아지처럼?"

내가 그렇게 말하자, 부모님은 동시에 눈을 부릅떴다.

믿기지 않는 말을 들었다는 표정이었다. 믿기지 않는 이야기를 하는 건 자기들이면서. 하지만 부모님이 놀라는 것도 이해는 갔다. 어릴 때부터 얌전하고, 뭐든 시키는 대로 하고, 학교에서는 계속 좋은 성적을 거두고, 최고 명문대에 현역으로 합격해, 누구에게나 자랑할 수 있는 아들이 처음으로 그런 말을 입에 담았으니까.

"죄송해요, 말씀하세요."

나는 턱을 들어 이야기를 재촉했다.

하지만 그때 이미 깨달았다. 돌이킬 수 없는 변화가 내 안에서 일어나기 시작했다는 걸. 아니, 변화라고 할 수 없지. 히카리 누나와 조야의 이야기를 들은 지금이라면 알 수 있다. 나는 그날 밤, 거실 소파에 앉아 아빠의 이야기를 들으며 겨우 진짜 내가 되었다.

"아빠와 엄마는 위탁아동으로 너를 데려와 같이 살기 시작했단다. 이 집을 짓기 전에, 맨션에 살던 무렵이지. 네가 유치원 때까지 살던 집이니 기억하지?"

"기억나. 사진도 봤어."

가족 앨범에 담긴 수많은 사진에는 장난감에 둘러싸이거나 곤충채집함에 손을 집어넣으며 웃는 나와, 그 모습을 보고 웃는 아빠나 엄마가 찍혀 있었다.

"널 데려와 같이 살기 시작한 지 한참 지났을 때였어. 아이를 잘 키울 수 있을 것 같았지. 그래서 아빠와 엄마는 이소가키 원장님과 다시 상의했어."

그때 나는 정식으로 입양됐다.

나는 사카키 겐토에서 기지마 겐토가 되었다.

"널 입양하기로 정해졌을 때, 세이코엔 원장에게 받은 게 있다."

그렇게 말하며 아빠가 테이블에 올려놓은 게 그 열쇠였다. 무엇에 쓰는 물건인지는 지금도 모르겠지만.

"너희 친어머니가 병원에서 숨을 거두기 전에, 만일 본인이 깨어나지 못하면 태어날 아이들에게 하나씩 주라고 부탁한 모양이야."

8

내가 느낀 두 가지 의문.

이소가키 원장님은 왜 내 친아버지가 다고 요헤이라는 사실을 숨긴 걸까. 왜 나와 겐토는 서로의 존재를 모른 채 열아홉 살까지 살아온 걸까.

"날 입양할 때 부모님이 원장 선생님에게 약속을 받았대."

겐토의 이야기가 나에게 그 답을 주었다.

"두 아이가 다 클 때까지, 친아버지의 존재나 쌍둥이 형제가 있다는 사실을 조야에게 말하지 말아 달라고. 부모님도 내가 성인이 될 때까지 말하지 않을 작정이라고."

원장 선생님은 그 약속을 지켰다.

"우리 부모님이 언젠가 나에게 전부 털어놓으면, 그때는 바로 원장님에게 연락하겠다. 그러면 원장님도 조야에게 말하겠다. 그렇게 약속한 모양이야."

일 년 구 개월 전, 세이코엔을 나오기 직전, 주차장에서 오토바이 시트에 테이프를 붙이고 있던 나에게 원장 선생님이 다가왔다. 그때 선생님은 나에게 친어머니 이야기를 했다. 내 어머니와 원장 선생님이 같은 아동보호시설에서 자랐다는 사실과, 어머니가 산탄총을 맞고 사망했다는 사실을. 사실 그때 선생님은 곧 졸업하는 나에게 모든 사실을 털어놓으려 했던 건 아닐까. 친아버지에 대해서도, 쌍둥이 형이 있다는 것도. 하지만 기지마 부부와의 약속 때문에 그러지 못했다.

"왜······?"

절로 그런 물음이 나왔다.

"아버지가 어머니를 죽였다는 사실을 비밀에 부치려는 거라면 이해가 가. 우리가 성인이 될 때까지 이야기하지 않을 수 있지. 하지만 왜 쌍둥이 형제가 있다는 사실까지 감추려 했던 거야?"

"글쎄. 왜일까."

나와 마주 앉은 겐토는 고개를 갸웃하며 벽 쪽의 빈 공간으로 시선을 돌렸다. 그리고 더 이상 아무 말도 하지 않았다. 부릅뜬 두 눈의 온도는 더욱 내려가, 새어 나오는 한기가 바닥을 따라 내 몸까지 스며드는 것 같았다. 그때 겐토는 대체 무슨 생각을 했던 걸까. 지금도 나는 모르겠다. 하지만 아무것도 없는 곳을 바라보는 겐토의 얼어붙은 두 눈에서 감정다운 것을 느낀 건, 그때가 처음이자 마지막이었다.

9

"왜?"

조야와 같은 질문을 나도 아빠에게 했다.

왜 쌍둥이 형제가 있다는 사실까지 비밀로 하라고 원장님에게 부탁했는지.

생각해보면 그때 아빠가 했던 대답이 아마 모든 일의 발단이었다. 이렇게 되어버린 계기였다.

그 질문을 받은 아빠는 당황한 기색이 역력했다. 하지만 그것을 감추려는 듯, 여느 때보다 침착한 목소리로 말문을 열었다. 고무마스크처럼 변한 얼굴의 윗입술 끝과 뺨이 추하게 일그러져 있었다.

"입양되었다는 사실 자체를 네가 성인이 될 때까지 이야기하지 않을 작정이었다."

분명, 쌍둥이 형제의 존재를 밝히는 건 내가 입양되었다는 사실을 털어놓는 것과 마찬가지였다.

"피가 섞인 혈육이 있다는 사실을 알면, 그 혈육에게 겐토가…… 네가…… 아빠와 엄마보다 더 애정을 쏟을까봐. 지금 생각해보면 너무나도 이기적인 생각이었다. 인정하마. 너한테는 정말 미안해. 하지만 우리는 너와 진짜 부모자식관계가 되고 싶었어. 자신이 양자라는 사실도, 친부모가 있다는 사실도, 너에게 알리고 싶지 않았다."

그 말을 들으며 나는 생각했다. 어쩌면 애초에 쌍둥이 중 한 명만 입양하기로 한 것도, 두 사람을 동시에 키울 자신이 없었기 때문이 아니라, 부모자식의 사랑보다 굳건한 형제간의 우애를, 서류로 이어진 부자관계보다 강한 핏줄의 유대를 가까이서 지켜보기가 두려웠던 게 아닐까.

다고 요헤이가 저지른 짓과 대체 뭐가 다른 거지.

그 남자는 술집에서 산탄총을 난사해 우리에게서 어머니를 빼앗아갔다. 한편, 키워준 부모님과 세이코엔의 원장은 나와 조야를 거짓말로 속이고 우리에게서 형제를 빼앗아갔다.

아빠의 대답을 들은 뒤, 나는 아무 말도 하지 않았다. 다음 날 아침 홋카이도 여행에 가져가려고 벽에 늘어놓은 짐이 있는 거실에서 우리 셋은 한동안 입을 다물고 있었다. 아빠는 눈을 내리깐 채, 맞은편에 앉은 내 무릎 언저리를 바라보았고, 엄마는 마치 뭔가를 뭉개듯 두 손을 빈틈없이 꽉 맞잡고 있었다.

"그만 잘게요."

소파에서 일어나자 아빠와 엄마는 어색하게 고개를 끄덕였다.

이층으로 올라가는 내 뒷모습에 두 사람의 시선이 쏠린 걸 알 수 있었다.

이튿날 아침, 나는 홋카이도의 호텔에 전화해서 숙박 예약을 취소했다. 그리고 생이별한 쌍둥이 동생 사카키 조야를 만나기 위해 집을 나섰다. 짐은 집에 있던 현금과 지갑, 스마트폰, 그리고 그 작은 열쇠뿐이었다. 겉옷을 걸치는 것조차 잊은 채 밖으로 나왔는데, 어찌된 영문인지 하나도 춥지 않았다.

처음 향한 곳은 세이코엔이었다.

내가 입양된 뒤 과연 조야에게도 양부모가 생겼을까, 생기지 않았을까. 어느 쪽이든 아이가 아동보호시설에서 지낼 수 있는 건 기본적으로 열여덟 살 때까지니까, 조야가 이미 그곳에 없다는 건 알고 있었다. 내가 세이코엔에 간 건, 조야가 지금 사는 곳을 알아내기 위해서였다.

스마트폰 내비게이션을 따라 집에서 두 시간 거리의 세이코엔에 도착했다.

"어머, 조야 아니니."

마당을 가로질러 건물 쪽으로 향하려는데 누군가가 부르는 소리가 났다.

나를 보며 미소 짓는 건 앞치마를 두른 중년의 여성이었다. 그녀가 도고시 선생님이라는 사실을 안 건, 나중에 조야와 만나 세이코엔에서의 생활에 대한 이야기를 듣고 나서였다.

상대가 나를 조야라고 생각하는 것 같아서, 시험 삼아 걸음을 멈추고 웃으며 대답했다.

"안녕하세요."

"안녕."

상대는 나를 정면에서 보고도 아무 의심도 하지 않는 것 같았다.

"퇴소한 이후로 처음 보는 거지. 반갑다."

오호, '퇴소'라는 걸 보니 아무래도 조야는 입양되지 않고 계속 이 세이코엔에서 살았던 모양이다.

이곳에서 동생은 대체 어떻게 살았을까. 역시 착한 아이였을까. 공부도 잘했을까. 하지만 아무리 공부를 잘해도 아동보호시설에 있는 한, 나처럼 학원에 다니거나 사립 초등학교며 중학교, 고등학교에 다니지는 못했을 것이다. 하물며 대학 진학은 말할 것도 없겠지. 수업 참관일에 울지는 않았을까. 학교 친구들과 여름방학을 어떻게 보낼지 이야기할 때면, 허세를 부리며 거짓말을 하지는 않았을까. 그런 상상을 하는 건, 마치 또 하나의 내 인생을 그려보는 것 같아서 조금 즐거웠다.

"잘 지냈니?"

"잘 지내요."

어쩌면 이대로 조야인 척하는 게 주소를 알아내는 데 유리할지도 모른다. 조야에게 쌍둥이 형이 있다는 사실은 본인도 모르고 있으니, 직원들도 원장에게 아무것도 듣지 못했을 가능성이 크다. 그 형제가 갑자기 나타나 조야의 주소를 묻는다는 건, 꽤 큰일이다.

그런 사정을 고려해 나는 내 주소를 확인하기로 했다.

"저기, 좀 확인하고 싶은 게 있는데요."

방법은 금방 떠올랐다.

"올해 정월에 연하장을 보내셨죠?"

"보냈을 거야, 원장 선생님이. 졸업생들에게는 모두 보내니까."

잘 풀릴 것 같았다.

"그게 다른 집 우편함에 들어 있었어요. 바로 근처 건물인데, 받는 사람에 그쪽 주소가 적혀 있더라고요. 아마 잘못된 주소를 갖고 계신 것 같아요. 올해도 연하장을 보낼 때가 돼서 확인해두는 게 좋을 것 같아서요."

"어머, 그럼 바로 확인해야겠다."

손쉽게 성공한 줄 알았는데…….

"지금 원장 선생님을 불러올게."

일이 복잡해졌다.

"원장 선생님."

도고시 선생님이 부르자, 보육원 창문 너머로 안경을 쓴 남성이 고개를 돌렸다. 나를 보고 어, 하고 입을 벌리더니 바로 밖으로 나와 마당으로 왔다.

"조야잖아, 어떻게 왔어."

도고시 선생님과 마찬가지로 원장 선생님도 전혀 의심하지 않는 것 같았다. 마지막으로 조야와 만난 날부터 오랜 시간이 지났을 뿐더러, 십칠 년 전에 입양된 쌍둥이 형제가 갑자기 나타날 것을 예상하지 못했을 테고, 무엇보다 나와 조야의 얼굴이 정말 꼭 닮았기 때문이리라.

아니, 나중에 생각해보니 우리는 얼굴 생김새보다 눈이 더 닮았는지도 모른다. 공원 화장실에서 조야와 처음 만났을 때, 거울에 비친 조야의 눈이 얼음처럼 싸늘한 걸 보고 놀라기도 했지만, 그 바로 옆에 비친 내 눈도 똑같다는 사실을 깨닫고 더욱 놀랐다. 둘 다 정상은 아니었다. 조금이라도 정상적인 부분이 남아 있다고 하면, 그건 조야 쪽이겠지.

"오랜만이에요."

쓸데없는 소리는 하지 않고 아까 했던 연하장 이야기를 원장 선생님에게 다시 했다.

"다른 집으로 갔다고? 그럴 리가 없는데…… 아무튼 알았다. 잠깐 기다리렴."

원장 선생님은 건물 안으로 되돌아가 주소 하나가 인쇄된 A4 용지를 가져왔다. 아마 주소록 데이터에서 출력한 것이리라. 나는 그 종이를 보고 어, 맞네요, 하고 고개를 갸웃거린 뒤 주소를 암기했다. 그리고 잊어버리기 전에 서둘러 세이코엔을 떠났다.

열차를 갈아타고 조야의 집에 도착했을 무렵에는 이미 주변은 어두컴컴했다.

집에 아무도 없는 것 같아서 근처 공원으로 갔다. 벤치에 앉아 공동주택의 창문을 올려다보며 가만히 조야가 돌아오기를 기다렸다. 하지만 그 창문에 불이 켜지기 전에 공원 입구에 오토바이 한 대가 섰다. 운전자가 헬멧을 벗자 그 안에서 나와 똑같은 얼굴이 나타났다. 어둠 속에서 그 얼굴을 멍하니 바라보고 있는데, 상대가 두 다리를 질질 끌며 내 옆을 지나쳐 공중 화장실로 들어갔다.

나는 일어나 동생과 첫 대면을 하기 위해 네모나게 빛나는 화장실로 향했다.

10

태어나서 처음 나눈 형제의 대화는 그 뒤로도 밤새 이어졌다.

떨어져서 살았던 십칠 년 동안의 이야기를 우리는 서로 공유했다.

기지마 부부에게 입양된 겐토는 나와 전혀 다른 세상에서 살았다. 사립 명문 초등학교, 중학교, 고등학교, 그리고 나도 아는 도쿄에서 가장 똑똑한 사람들이 다닌다는 국립대학. 같은 얼굴과 같은 체격, 같은 유전자를 가지고 있을 텐데도 우리는 너무나도 달랐다.

어째서 겐토였을까. 어째서 내가 아니었을까. 기지마 부부가 쌍둥이 형제 중 한 사람을 세이코엔에서 데려갔을 때, 내가 감기가 심해져 폐렴을 앓고 있었다는 이유만으로 우리의 인생은 크게 달라졌다.

"하지만 네가 나보다 정상이라고 생각해."

웃으며 그렇게 말한 겐토의 말을, 그때는 제대로 이해하지 못했다.

우동에게 들은 이야기를 털어놓은 건, 새벽 세 시가 지났을 때였다. 세이코엔에서 함께 자란 하자마 준페이라는 친구의 아버지가 최근에 출소해서 부자가 같이 살게 되었는데, 그 아버지란 사람이 아까 겐토가 우리의 친아버지라고 말해준다고 요헤이라고.

그때까지 말하지 못하고 고민했다. 우동에게 어머니를 죽인 사람이 자기 아버지라는 이야기를 들었을 때, 하마터면 나

자신을 억제하지 못할 뻔했으니까. 겐토도 같은 상황에 처할지도 모른다고 생각했다. 하지만 내가 우동과 만나 이야기를 들었을 때는, 아직 다고 요헤이가 내 아버지인 줄 모르는 상태였다. 그 사실을 안 지금, 다고 요헤이에 대한 원망과 분노는 조금 형태를 바꾸었고 제어할 수 있을 것 같았다. 그래서 겐토에게 이야기해도 괜찮겠다고 판단했다.

"오늘 들은 이야기인데……."

나는 예전에 마토무라 씨가 준 주간지 기사를 꺼내 보여주며, 오미야의 패밀리 레스토랑에서 우동에게 들은 이야기를 전했다.

"얄궂은 운명이네."

돌아온 말은 그뿐이었다.

내 이야기를 듣는 동안에도, 듣고 나서도 겐토는 표정 하나 변하지 않았다.

그때 새삼 통감한 것은, 나와 겐토의 처지가 너무나도 다르다는 사실이었다. 다고 요헤이라는 남자는 나에게서, 존재했을지도 모를 또 하나의 인생을 앗아갔다. 그것이 다고 요헤이를 향한 원망과 분노의 이유였다. 하지만 겐토는 달랐다. 빼앗긴 것 대신, 겐토는 행복하고 유복한 인생과 부모님을 얻었다. 분명 다고 요헤이를 향한 감정도 나와는 많이 다르겠지. 그렇게 생각했다. 생각해버렸다.

　나와 겐토는 그날부터 우리 집에서 같이 살기 시작했다. 서로 외출은 거의 하지 않았고, 한다고 해도 근처에 잠깐 나갔다 오는 정도였다. 겉옷을 가져오지 않은 겐토는 밖에 나갈때 내가 입던 다운재킷, 소매가 찢어진 그 다운재킷을 걸쳤고 어느샌가 겐토의 옷이 되었다. 집에 있을 때 우리는 드문드문 이야기를 하거나, 잠을 자거나, 같이 텔레비전을 보거나, 둘이 갖고 있는 그 열쇠를 바닥에 놓고 관찰했다. 우리의 열쇠는 똑같은 모양으로, 무엇을 여는 열쇠인지는 역시 둘 다 몰랐다.

　"부모님하고 좀 다퉜어."

　집에 돌아가지 않는 이유를 겐토는 그렇게 설명했다.

　나는 되도록 겐토가 부모님과 화해하지 않기를 바랐다. 처음 가진 가족과의 시간이었으니까. 이대로 겐토와, 가능하다면, 아니, 사실은 앞으로도 계속 같이 살고 싶었으니까. 우리 둘이 얼마나 다른 삶을 살아왔는지를 생각하며, 가슴속이 새하얘지는 감각에 휩싸인 적도 종종 있었다. 하지만 트리프타놀을 한 움큼씩 먹으면 잊을 수 있었다. 아마 원래 우울증 치료약으로 쓰는 약이어서겠지. 이걸 계속 복용하면 괜찮을 테고, 언젠가는 약이 필요 없어질지도 모른다. 그렇게 생각했다.

　어느 날, 겐토가 오전에 집을 나가서 돌아오지 않았다.

전화를 걸어도 받지 않아서, 나는 겐토가 마음을 바꿔 부모님에게 돌아간 게 아닐까 불안해졌다. 견디기 힘들어서 집을 나와 오토바이를 타고 겐토를 찾아 시내로 돌아다니다 다시 집으로 돌아왔다. 또다시 여러 군데를 돌았지만 겐토는 보이지 않았다.

저녁이 되어서야 겐토는 훌쩍 돌아왔다.

"다고 요헤이한테 갔었어."

내가 준 다운재킷을 벗으며 그렇게 말했다.

"너인 척하고 세이코엔에 가서 하자마 준페이의 주소를 도고시 선생님한테 물어봤어. 그 선생님, 말로는 웃으면서 또 놀러 왔냐고 하는데, 내가 가까이 가니까 얼굴이 인형처럼 굳어서 얼마나 웃겼는데."

"왜 다고 요헤이를……."

내 말을 못 들은 것처럼 겐토는 말을 이었다.

"세이코엔에 가기 전에, 처음에는 네 스마트폰으로 하자마 준페이에게 전화해서 직접 주소를 물어보려고 했는데 날 경계하는지 안 가르쳐주더라고. 그래서 번거롭게 세이코엔까지 찾아간 거야. 네 스마트폰, 비밀번호를 생일로 해놨더라. 혹시나 해서 내 생일을 눌러봤더니 잠금 해제되더라고. 어이가 없어서 웃음이 나더라."

실제로 키득거리며 웃는 겐토의 정면에 섰다.

"다고 요헤이한테 가서…… 뭘 했어?"

"죽였어."

마치 거리에서 보고 들은 대수롭지 않은 이야기를 하듯, 겐토는 그렇게 대답했다.

"왜……"

친아버지라는 걸 알면서.

"왜냐니?"

"왜 그런 짓을……"

겐토에 대한 공포가 깊숙이 가슴에 각인된 건 그 대답을 들었을 때였다. 하지만 공포와 함께 겐토를 향한 강한 일체감 같은 것이 각인된 것도 바로 그 순간이었다.

"존재했을지도 모를 내 인생을 빼앗겼으니까."

가슴속에 오랫동안 울려 퍼졌던 것과 똑같은 말이었다. 세이코엔을 나올 때, 원장 선생님에게 사건의 이야기를 들은 뒤로 계속 가슴속에 웅크리고 있었던 그 말, 바로 그것이었다.

다고 요헤이가 살해된 사건은 이튿날 아침 뉴스에 보도되었다.

아침 대신 프링글스를 한 통씩 먹으며 우리는 나란히 텔레비전 화면을 보았다. 겐토가 경찰에 체포되는 게 아닐까, 아니, 어쩌면 내가 겐토로 오인되어 체포되는 게 아닐까. 그런 걱정보다 오래도록 꿈꿔온 대업을 드디어 끝마쳤다는 감정이 더 강했다. 분명 그것은 전날 들은 겐토의 말 때문이었으리라. 우리는 다고 요헤이라는 남자에게 같은 감정을 느꼈고, 같은 말을 가슴에 품었다. 그 말에 순순히 따른 사람이 겐토였던 것뿐이다. 나는 어느샌가 충만한 기분이 되어 뉴스를 보고 있었다. 뉴스가 질리면 겐토와 함께 마리오카트를 했고, 게임에 질리면 다시 뉴스를 봤다.

오후에 우동에게 전화가 왔다. 우동은 사건 전날에 걸려 온 내 전화와 살인 사건을 관련지어, 내가 아버지를 죽인 게 아니냐고 캐물었다.

나는 솔직하게 아니라고 대답했다.

"뭐, 경찰에 이야기하지는 않겠지."

겐토는 그렇게 말했지만, 아마 우동은 경찰에 내가 전화했다고 말했을 것이다. 이내 형사들이 집으로 찾아왔다. 나는 중문을 꼭 닫아 겐토의 모습을 숨긴 뒤에 현관문을 열었다. 다니오 형사와 다케나시 형사가 어제는 뭘 했느냐고 물어서, 오토바이를 타고 여기저기 다녔다고 사실대로 말했다. 형사들은 내 머리카락을 작은 비닐에 담아 가지고 돌아갔다. 나는 현관에 서서 스마트폰으로 DNA에 대해 검색했다. 그리고 일란성 쌍둥이의 DNA는 완전히 똑같다는 사실을 알았다. 생활환경이나 습관에 따라 다소의 변화가 생길 수는 있지만, 그것을 구분하기 위해서는 다수의 샘플이 필요한 모양이었다. 그런 기사를 읽다 보니, 왠지 나와 겐토 중 누가 다고 요헤이를 죽였는지도 헷갈리기 시작했다.

형사들이 사라진 쪽을 멍하니 바라보고 있는데 겐토가 방에서 나와 옆으로 왔다.

"좀 위험한 상황이네."

그 말을 한 게 누구인지도, 이제는 기억나지 않는다.

"네가 조야가 아니라는 건 알겠는데."

하자마 준페이는 여전히 칼을 든 채 미간을 찌푸리며 나를 내려다보고 있었다.

공장 밖에서는 해가 저물었는지, 천장 근처에 난 창이 벌써 어두웠다.

"우리 아빠는 누가 죽였어?"

"조야가. 처음에 너에게 전화해서 주소를 알아내려 했는데, 안 가르쳐주니까 세이코엔까지 찾아가서 알아냈대. 그날, 조야가 갑자기 없어져서, 집에서 걱정하면서 기다렸거든. 저녁에 돌아와서 너희 아버지를 죽이고 왔다며 우쭐하더라고."

말이 뇌에 전달될 때까지 조금 시간이 걸리는 타입일지도 모른다. 하자마 준페이는 몇 초간 멍하니 있더니, 갑자기 얼굴 전체에 힘을 주었다.

"조야가 어디 있는지 말해."

"알고 싶으면 이걸 풀어."

손발을 묶은 밧줄은 모두 매듭을 앞으로 단단하게 묶어놓았다.

"난 네 아버지를 죽이지 않았으니까."

12

간신히 사이렌 소리를 따돌리고 큰길을 따라 오미야 방면으로 질주했다. 하늘은 이미 어두웠다. 경찰차와 경찰 오토바이의 추적을 피하는 동안 불가피하게 경로를 대폭 변경할 수밖에 없었고, 목적지와의 거리는 줄어들지 않은 채 시간만 흘러갔다. 뿐만 아니라 뭔가 이상했다. 예전에는 망설이지 않

고 돌진해 빠져나왔던, 차와 가드레일 틈새나 경찰차와 중앙
분리대 사이로 도저히 뛰어들 수가 없었다. 사고라도 나면 우
동에게 납치된 겐토를 도우러 갈 수 없기 때문일까. 냉정해진
증거일까.

아니, 사실은 알고 있다.

나는 이제 예전의 내가 아니다. 겐토가 나에게 심어놓은,
그때까지 몰랐던 공포라는 감정이 나를 이상하게 만들었다.

골목으로 들어가 오토바이를 세운 뒤 다운재킷 주머니에
서 스마트폰을 꺼냈다. 우동이 겐토를 감금해놓은 공장의 위
치를 정확히 파악해야만 했다. 스마트폰은 내 것이 아니라 겐
토의 것이었다. 둘이 이케부쿠로의 모텔에 은둔해 있는 동안
내 스마트폰 발신 전파는 경찰이 감시하고 있을 테니, 전원을
끈 상태로 내내 다운재킷 주머니에 넣어두었다. 그 재킷을 오
늘 겐토가 입고 갔다. 나는 마토무라 씨의 병원으로 가는 길
에 그 사실을 알았다. 소파에 벗어놓은 다운재킷을 집어 들었
을 때, 왼쪽 소매가 찢겨졌다는 사실을 알아챘다. 마사다 히
로아키의 차량을 미행할 때, 트럭 짐칸에 걸려 소매가 찢겨졌
다. 방에 남겨진 다운재킷 주머니에는 겐토의 스마트폰이 들
어 있었다.

오토바이에 앉은 채 스마트폰에 생일을 입력하여 잠금을

해제했다. 내비게이션 애플리케이션을 켜자 세이코엔, 우리 집, 그리고 사이타마 현 사이타마 시의 어느 곳으로 간 이력이 남아 있었다. 마지막 주소는 다고 요헤이를 살해하러 갔을 때 입력한 우동의 주소가 틀림없었다.

마토무라 씨가 수화기 너머로 들은 '카 동키 리페어 팩토리'라는 회사 이름을 검색했다. 하지만 애플리케이션에는 뜨지 않아서, 브라우저를 열어 공장 이름을 입력했다. 우동이 일하는 '카 동키'의 홈페이지가 표시됐다. 수리공장 주소가 사이트 하단에 적혀 있었다. 그 주소를 복사해 내비게이션 애플리케이션에 붙이자 경로가 떴다. 그 경로를 머리에 입력한 뒤 출발하기 위해 스마트폰을 다운재킷 주머니에 넣었을 때, 작은 상자가 손끝에 닿았다. 꺼내 보니 알약 상자였다.

히카리 누나의 집에서 겐토가 이 약을 먹던 게 기억이 났다.

"난 준페이의 아버지를 죽인 범인은 너라고 생각해."

그녀가 겐토를 똑바로 바라보며 그렇게 말했을 때였다. 옆에 앉은 겐토에게 느끼는 공포가 노골적으로 전해져서, 나는 눈을 질끈 감고 가만히 아날로그 시계의 소리를 들었다. 이내 눈을 뜨자 이미 겐토는 이 알약을 커피와 함께 삼킨 뒤였다. 그 직후, 나는 겐토를 히카리 누나에게서 떼어내기 위해 그 집을 떠나려 했고, 그러는 동안 마토무라 씨에게 전화가 왔다.

통화하는 사이에 겐토가 히카리 누나를 해치고 나서, 지금까지 이 약의 존재를 잊고 있었다.

대체 무슨 약일까. 오른손을 앞으로 뻗어 헤드라이트 옆에 상자를 가져다 댔다. 상자에 적힌 설명은 영어여서 해석할 수 없었지만, 약의 이름은 Propranolol인 것 같았다. 일 초라도 빨리 겐토를 구하러 가고 싶은 마음을 억누르며 스마트폰 브라우저에 Propranolol을 검색했다. 검색 결과에 따르면 '프로프라놀롤'은 협심증 약이었다. 그 설명서에 있는 '심박수를 떨어뜨린다'는 문장에 시선이 고정되어 떨어지지 않았다. 내가 마토무라 씨에게 받아 복용하는 트라프타놀과 이름은 유사했지만 완전히 반대 작용을 하는 약 같았다.

대체 겐토는 왜 이런 약을 먹는 걸까.

겐토와 같이 살기 시작했을 무렵, 내가 트리프타놀을 복용하는 걸 보고 무슨 약이냐고 물어본 적이 있다. 그때 나는 과거 히카리 누나가 알려준, 우리 같은 사람의 특징, 심박수가 낮은 특징과 그것이 원인이 되어 반사회적인 행동을 저지르기 쉽다는 설을 이야기한 뒤, 때문에 가급적 자신을 억제하기 위해 약을 복용한다고 설명했다.

"그렇구나."

겐토는 그저 그렇게 말하며 고개를 끄덕였다.

228

13

"믿을 수 있는 사람이야."

그렇게 말하며 조야가 날 데려간 건, 세이코엔에서 함께 자랐다는 히카리 누나의 집이었다. 나는 조야가 건넨 예비 헬멧을 쓰고 오토바이 뒷좌석에 앉았다.

이윽고 '가메오카'라는 명패가 달린 큰 집에 도착했다.

조야가 인터폰을 누르며 이름을 대자, 히카리 누나는 곧바로 문을 열어주었다. 그녀는 우리의 얼굴을 보자마자 만화에 나오는 사람처럼 두 눈을 휘둥그레 뜨고, 먼저 조야를 보더니 나를 보고, 조야를 보고, 다시 나를 보았다. 오랫동안 만나지 못했던 추억 속 소년이 갑자기 집으로 찾아온 것도 놀라운데, 두 사람이 되어 나타났으니 그도 그럴 법했다.

히카리 누나는 나와 조야를 거실로 안내했다. 소파에 나란히 앉아 조야는 자신에게 일어난 일을 모두 히카리 누나에게 설명했다. 졸업 직전, 원장 선생님께 친어머니 이야기를 들었다는 것. 하자마 준페이에게 갑작스레 걸려 온 전화. 오미야의 패밀리 레스토랑에서 만난 이야기. 하자마 준페이는 친어머니를 쏜 다고 요헤이의 아들이었다는 사실. 돌아오는 길에 공원 화장실에서 나와 만난 일. 그리고 나에게 들은 이야기.

다고 요헤이가 우리의 친아버지라는 사실. 세이코엔에 맡겨진 쌍둥이 형제. 기지마 부부에게 입양된 나. 보육원에 남겨진 조야. 그리고 어제 하자마 준페이의 아버지가 살해되었다는 이야기. 경찰은 완전히 자신을 의심하고 있다는 사실까지.

하지만.

"준페이의 아버지가 살해된 사건에 대해 물어봐도 돼?"

그때 조야는 딱 한 번 거짓말을 했다.

"정말 범인이 누군지 몰라?"

아마 히카리 누나가 생각했던 것보다 정상이었기 때문이리라. 전부 털어놓으면, 금방 경찰에 자수하라고 우리를 설득하든지, 혹은 우리를 돌려보낸 뒤에 신고할지도 모른다고 생각했겠지. 히카리 누나와는 처음 만난 사이였지만, 솔직히 나도 그렇게 생각했다. 그녀의 인상은 조야에게 들은 것과는 너무나도 달랐다.

깔끔하게 정리된 부엌에서 히카리 누나는 우리에게 커피를 대접했다. 자신은 커피를 못 마신다며 두 잔만 내렸다. 그리고 반대편 소파에 앉아 플라스틱 병에 든 레몬티를 마시며 우리에게 경상 이야기를 들려줬다.

그녀가 읽고 있던 두꺼운 책에 인쇄된, 단순한 선으로 이루어진 두 얼굴. 그 얼굴을 바라보며 나는 우리 형제에 대해 생각했다. 아마 옆에 앉은 조야도 같은 생각을 했으리라.

완벽히 똑같은 유전자를 가지고 있는데도 우리는 다르다. 생김새의 미세한 차이 같은 게 아니라, 조야가 오토바이 면허를 가지고 있는데 나는 없다든지, 조야는 공동주택에 사는데 나는 단독주택에 살았다든지 그런 게 아니라, 훨씬 결정적인 뭔가가 달랐다. 세이코엔에서 자라며 싫어하는 선생님에게 화상을 입히거나, 히카리 누나의 위탁부모 집에 불을 지르는 등 종종 본능을 해방시켜온 조야. 한편 정상적인 가정에 입양되어, 부모님에게 엄격한 교육을 받으며 모범생으로 살아온 나.

"엄마의 몸에 퍼진 납이 아이의 뇌에 영향을 끼쳤다고 생각해?"

그때 조야는 히카리 누나에게 그렇게 물었다. 우리의 비정상, 아니, 분명 조야는 특히 내 비정상적인 부분을 염두에 두었으리라. 떨어져 살아온 십칠 년간의 이야기를 들어보면 조야도 그다지 정상은 아니었던 것 같지만, 나처럼 아무 망설임도 없이 살인을 저지를 수 있는 인간으로 자라지는 않았다.

조야의 질문에 히카리 누나는 이렇게 대답했다.

"하지만 가능성이 없느냐고 묻는다면, 있을지도 몰라."

내가 처음 대화에 끼어든 건 그때였다.

"그나저나."

오랫동안 침묵하고 있던 탓인지, 목구멍에 걸려 잠긴 목소리가 나왔다. 헛기침을 한 번 하고 나서 나는 계속 궁금했던 점을 물었다.

"그 사이코패스라는 것도 자식한테 유전돼?"

히카리 누나는 동작을 멈추고 힐끗 조야를 보았다. 내가 갑자기 끼어들어서 당황한 모양이었다. 대답해달라는 조야의 제스처에 그녀는 내 질문에 답을 했다.

"유전하는 케이스가 다수 보고되기는 했어."

"아, 그럼 역시……"

다고 요헤이의 아들로 태어난 우리는 어머니의 태내에 잉태된 순간부터 이미 이렇게 될 소질을 지니고 있던 것이리라.

"사이코패스는 어느 정도 선천적이라, 성장 환경과 상관없이 교정이 어렵다는 게 현재 뇌과학계의 정설이야."

히카리 누나의 설명에 따르면, 지성이나 외모, 재능과 마찬가지로 반사회성이나 공격성도 부모에게서 자식으로 유전되는 케이스가 많다고 했다. 나는 이해하며 반문했다.

"그렇다는 건 태어났을 때 이미 인생이 결정된 거네."

예술가도, 과학자도…….

"우리 같은 사이코패스도."

그로부터 히카리 누나가 멕시코에서 태어난 쌍둥이 이야

232

기를 꺼낸 건, 나를 고발하기 위한 전초작업이었을까. 다른 곳에서 각자 다른 가정에서 태어난 쌍둥이가 지극히 흡사한 인생을 살아왔다는 그 이야기. 조야의 비정상적인 부분에 대해서는 이미 오래전부터 알고 있었다. 그러니 그 옆에 얌전히 앉아 있는 나 역시, 정상적인 가정에서 자랐다고 해도 정상적인 인간일 리 없다고 말하고 싶었던 걸까.

"솔직하게 말해도 돼?"

이내 그녀는 내 눈을 똑바로 바라보며 말했다.

"난 준페이의 아버지를 죽인 범인이 너라고 생각해."

"왜?"

"직감이라고 하는 게 제일 맞는 것 같아."

히카리 누나는 내 마음을 들여다본 게 아니다. 조야의 마음을 들여다본 것이다. 조야가 대체 무엇을 말하지 못하고 있는지. 무엇을 감추고 있는지. 무엇에 겁을 먹은 것인지.

그녀의 직감, 지식과 경험이 무의식적으로 도출한 해답은 훌륭히 진실을 꿰뚫었다.

이 여자를 죽여야겠다고 결심했다.

언제 죽이지. 어떻게 죽이지. 조야가 옆에 있으면 좀 어려울 것 같은데. 이것저것 궁리하며 다운재킷 주머니에서 프로프라놀롤 상자를 꺼내 여러 알을 커피와 함께 삼켰다. 조야의 집과 역 사이에 작은 약국이 있다. 백엔숍에서 산 복면을 쓰고 그곳에 들어가 약사를 칼로 위협해 손에 넣은 약이다. 조야가 심박수를 올리는 약을 복용함으로써 자신을 억제한다는 사실을 알았을 때, 나는 반대로 더욱 자신을 각성시키고 싶다고 생각했다. 진정한 나에 더 가까워지고 싶었다. 그래서 트리프타놀과 반대 작용을 하는 약을 스마트폰으로 검색했다. 약국에 침입한 건 우리가 조야의 집에서 함께 살기 시작한 지 며칠이 지났을 때, 조야가 편의점에 돈을 찾으러 간다며 집을 비웠을 때였다. 하자마 준페이의 집에서 다고 요헤이를 죽였을 때도 나는 그 약을 먹었다. 집에 있을 때에도 조야의 눈을 피해 과자처럼 입에 넣었다. 심장 고동이 느려질 때마다 온몸의 감각이 변화하는 게 느껴졌다. 비유하자면 혈관에 수많은 장구벌레가 들끓는 느낌이었는데, 나는 그 감각에 중독됐다. 샤워를 하고 개운해지기 위해 일부러 온몸에 땀을 내는 것처럼, 히카리 누나의 집에서 프로프라놀롤을 먹은 그때도 곧 찾아올 불쾌감과 그 뒤에 이어질 쾌감에 가슴이 설렜다.

"그건 무슨 약이야?"

약 상자를 보고 히카리 누나의 표정이 더욱 굳었다.

"별거 아냐."

"좀 보여줘."

"왜?"

우리가 테이블을 사이에 두고 실랑이하는 동안 조야가 벌떡 일어났다.

"가야겠어."

내가 히카리 누나를 해치려는 걸 알아챈 것까지는 아니겠지만, 불길한 예감 같은 걸 느낀 거겠지.

"이제 다시는 찾아오지 않을 거야."

조야는 나에게 눈짓하며 소파에서 떨어졌다. 나는 조금 망설였지만 일어나 함께 복도로 나갔다. 히카리 누나가 쫓아와 조야의 다운재킷을 붙잡았다.

"잠깐 얘기 좀 해."

조야의 스마트폰이 울린 건 그때였다.

"회사 전화야."

우리는 현관을 나왔다. 조야는 통화에 집중한 나머지 내 쪽을 보고 있지 않았다. 기회는 허무할 정도로 쉽게 찾아왔다. 조야가 통화하는 동안 나는 살며시 현관으로 들어갔다. 히카리 누나는 현관 디딤돌에 엉덩이를 대고, 청바지의 두 무릎에 매달리듯 손을 올린 자세로 앉아 있었다.

"위험하다는 게…… 무슨 소리야?"

일어난 그녀가 다급히 물었다.

"방금 통화하면서 그렇게 말했잖아. 그게 무슨 소리냐고?"

"왜 그 약을 먹는 거야? 그 약에는 심박수를 떨어뜨리는 부작용이……."

부엌에 들어가 칼을 쥐고 단숨에 히카리 누나의 가슴을 찔렀다. 통화를 마친 조야가 다시 들어온 건, 내가 커피 잔 두 개를 깨끗이 씻어 건조대에 올려놓았을 때였다.

14

주방에 돌아왔을 때 놀라서 말이 나오지 않았다.

히카리 누나의 가슴에 수직으로 박힌 칼자루와, 안경 안쪽에서 굳은 채 천장을 올려다보는 두 눈.

"나중에 경찰에 신고할 것 같아서."

겐토의 설명은 지극히 간결했다.

"커피 잔에 묻은 지문은 닦았으니까 걱정 마. 이제 칼자루나 문, 테이블을 잘 닦으면 아무 문제없을 거야."

도망칠 수 없다.

갓 깨달은 공포라는 감정이 또다시 내 온몸을 쥐어짰다.

"아니……."

목구멍에서 목소리를 밀어올린 건, 이미 그 힘뿐이었다.

"사람을 둘이나 죽여놓고 도망칠 수 없어."

"둘이 아냐."

그때에도 나는 깨닫지 못했다.

우리가 처음 만난 그날, 겐토는 이렇게 말했다. 기지마 부부와 이소가키 원장 선생님은 십칠 년 전에 약속을 했다고. 언젠가 기지마 부부가 겐토에게 아버지와 쌍둥이의 존재를 고백한다. 그때는 바로 원장 선생님에게 연락해, 원장 선생님도 나에게 같은 이야기를 한다. 그런 약속을 나눴다고 했다. 하지만 기지마 부부가 겐토에게 모든 사실을 털어놓고 나서 벌써 일주일이 넘게 지났는데, 나에게는 아직 연락이 오지 않았다. 스마트폰도 그때까지는 켜놓고 있었는데. 그때까지는 그 점을 이상하게 여긴 적도 없었다.

"넷이야."

히카리 누나의 시체 옆에서 겐토는 웃으며 말했다. 그리고 나는 이미 경험했다고 생각한 공포라는 감정이 아직 진짜가 아니라는 사실을 뼈저리게 느꼈다.

"아빠랑 엄마도 죽였거든."

15

그날 밤, 나는 처음으로 내가 되었다.

홋카이도 여행 전날, 거실에서 아빠에게 이야기를 들은 뒤 나는 이층 내 방으로 올라갔다. 계단을 올라가는 내내 온몸을 도는 혈관 속 내용물이 그때까지와는 다른 무언가로 바뀌어가는 감각을 느끼고 있었다. 아마 그때 내 혈관에는 십칠 년 동안 보이지 않는 곳에서 차츰 불어난 엄청난 양의 장구벌레가 한꺼번에 흘러들어온 것이리라. 어찌나 많은지, 피는 모두 사라지고 분명 온몸 구석구석까지 장구벌레로 가득 차 있었다. 조야는 지난 십칠 년 동안 때때로 이 벌레들을 제거해왔다. 하지만 나는 가슴 한구석에 있는 수조에 벌레들을 꽉꽉 눌러 담은 채 외면해왔다. 언제나 부모님의 이상적인 아들 노릇을 하려고 했다. 그래야 한다고, 부모님의 말과 태도를 보고 배워왔다. 하지만 그날 밤, 드디어 그 수조가 산산조각 났다. 벌레가 드글거리는 물이 단숨에 흘러넘쳐 내 온몸에 돌기 시작했다.

슈드 니글렉트라는 현상을 설명하던 히카리 누나의 말이 떠오른다.

"왼쪽 시야만 인지하고, 오른쪽 시야는 무시하는 상황이 발생하는 거야."

나도 사실은 알고 있었을지도 모른다. 지금 보이는 내가 아니라, 진짜 내가 따로 있다는 사실을.

"한쪽만 인지하고 다른 한쪽은 보이는데도 보지 못하는 거지."

다음에 정신을 차렸을 때 이미 나는 커터 칼을 든 채 거실에 있었다. 아빠와 엄마는 소파에 기댄 채 고개를 들고 있었는데, 둘 다 목 한가운데가 벌어져 있었다. 마치 꼭두각시 인형처럼. 지금도 두 사람은 그곳에 같은 자세로 앉아 있겠지.

커터 칼을 쥐며 내가 부모님을 그렇게 만들었다는 사실을 실감했다. 인생의 어떤 순간보다 끝내주는 기분이었다. 다고 요헤이를 죽였을 때도, 히카리 누나를 죽였을 때도, 역시 끝내주는 기분이었지만, 처음 그 순간의, 심장이 투명한 물에 떠 있는 듯한, 치아가 모두 흔들리는 듯한, 온몸이 발가벗겨진 이상으로 발가벗겨진 기분에는 아직 도달하지 못했다. 어쩌면 그 기분을 다시 맛보기 위해서는 또다시 십구 년 동안 정상적으로 살아야 하는 건가. 아니면 벌써 익숙해져버린 걸까. 다시 한 번 만족감을 느끼기 위해서는 나쁜 사람들이 쓰는 각성제처럼 점점 양을 늘려가는 수밖에 없는 걸까.

"밧줄은 풀어줄 수 없어."

아까부터 곰곰이 생각에 잠겨 있던 하자마 준페이가 갑자기 고개를 들고 그렇게 말했다.

힘없이 떨군 오른손에는 여전히 번쩍거리는 칼이 들려 있었다.

"널 풀어줄 순 없어."

"왜?"

나는 바닥에 누운 채 사정했다.

"난 상관없잖아. 너희 아버지를 죽인 건 내가 아니라 조야인데."

"거짓말일 수도 있잖아."

아둔해 보이는 얼굴과는 달리 하자마 준페이는 내 거짓말을 믿어주지 않았다. 뭔가 말을 잘못한 건가.

그런 줄 알았는데.

"네 이야기, 전부 거짓말일지도 모르잖아. 네가 조야가 아니라는 둥, 쌍둥이 형이라는 둥, 전부."

그 전제를 의심하면 어쩔 도리가 없지.

나는 사지를 결박당한 자세로 벽 쪽에 누워 어떻게 해야 할지 궁리했다. 시간을 벌 수 있는 데까지 벌고 싶지만, 앞으로 어떻게 될까. 다양한 가능성을 상상해봤다. 아까 건 전화를 받고, 어쩌면 마토무라 씨가 지금 이곳으로 오고 있을지도 모르고, 어쩌면 경찰이 오고 있을지도 모른다. 마토무라 씨는 큰 부상을 입었다니, 와봤자 눈 깜짝할 사이에 하자마 준페이에게 죽겠지. 경찰의 경우는 논외로 치자.

어쩌면 마토무라 씨와 조야가 연락을 취해서, 조야가 지금 이곳으로 오고 있을 가능성도 있지 않을까. 하지만 조야는 아마 하자마 준페이에게 이기지 못할 것이다. 녀석은 사람을 죽이지 못한다. 죽이지 않는 한, 분명 하자마 준페이는 포기하지 않는다. 애당초 조야가 나타나면, 분명 하자마 준페이는 자기 아버지를 죽인 게 너냐고 확인하려 들겠지. 조야는 물론 부정할 테고. 내 거짓말이 탄로 날 것이다. 하자마 준페이는 망설임 없이 나를 죽이겠지. 혹은 조야가 나타나면, 아까부터 내가 했던 이야기를 전부 믿어버린 하자마 준페이가 아, 이 녀석들 진짜 쌍둥이였네, 우리 아빠를 죽인 건 지금 바닥에 누워 있는 녀석이 아니라 지금 나타난 조야라고 생각하고 갑자기 조야를 찔러 죽일지도 모른다. 그러면 나는 목격자가 되어버리니, 결국 이대로 묶인 채 살해당하겠지.

"그럼 날 어떻게 하게?"

음, 하자마 준페이는 고민하는 표정으로 목을 꺾더니, 오래 생각할 것 없이 거대한 머리를 끄덕였다.

"지금 이야기는 전부 안 들은 걸로 하고, 일단 널 죽일 거야. 그 뒤에 어디선가 조야를 만나서, 네 이야기가 사실이라는 게 밝혀지면 조야도 죽일 거고. 그걸로 됐지?"

"되긴 뭐가 돼."

멀리서 소리가 들렸다.

드르르르르륵! 요란한 소리였다.

커다란 셔터를 들어 올리는 듯한. 아니, 바로 그 소리였다. 이어서 들려온 건 누군가의 발소리였다. 이쪽으로 다가오고 있다. 마토무라 씨인가, 경찰인가, 조야인가. 하자마 준페이는 바보처럼 입을 벌린 채 고개를 돌려 발소리가 나는 쪽을 보았다. 누군가의 발소리는 망설이지 않고 점점 이쪽으로 다가왔다. 하자마 준페이가 보고 있는 쪽에 큰 기계가 있어서 내가 있는 위치에서는 그 너머가 보이지 않았다. 하지만 지금 그곳에 상대가 나타난 모양이었다. 발소리가 멎자, 하자마 준페이는 입을 벌린 채 그쪽으로 고개를 내밀었다.

"당신 누구야?"

얼빠진 질문에 대답하지 않고 상대는 다시 걸음을 옮겼다. 발소리가 다가온다. 하자마 준페이는 멍하니 그쪽으로 고개를 돌린 채였다. 이내 커다란 기계 너머에서 남자가 모습을 드러냈다.

그 모습에 나 역시 입을 떡 벌렸다.

모르는 남자였다.

물론 조야는 아니었고, 경찰인 것 같지도 않았다.

혹시 저 남자가 마토무라 씨인가? 아니, 조야의 말로는 원한을 품은 마사다 히로아키에게 반죽음을 당했다고 했다. 하지만 나타난 장신의 남자는 지극히 멀쩡해 보였다.

아, 그렇구나.

마사다 히로아키다.

마스크와 모자를 쓰고 있지만, 그렇게 생각하고 보니 텔레비전에서 자주 본 얼굴이었다. 어떻게 이곳을 알아낸 거지.

"그게 사카키 조야냐?"

마사다는 코트 주머니에 손을 넣은 채 눈을 돌려 나를 보았다. 하자마 준페이는 한동안 일시 정지한 듯 꿈적도 하지 않았지만, 이내 나를 보고 나서 다시 남자를 보았다.

"모르겠어."

마사다의 얼굴이 마치 조명이 바뀐 것처럼 인상을 바꾸었다. 표정은 같은데, 순간 딴사람이 된 것처럼 보였다. 그 얼굴을 이쪽으로 돌리더니 이번에는 나에게 직접 물었다.

"네가 사카키 조야냐?"

"난 조야의 형이야."

솔직하게 대답했다.

"우린 쌍둥이거든."

하자마 준페이가 칼을 든 손을 휘두르며 상대를 위협하는 시늉을 했다.

"누군지 모르지만 지금 얘기 중이거든."

하지만 이 상황을 들킨 이상, 이대로 쫓아버리면 위험하다는 걸 알아챘는지 그 동작은 도중부터 애매해졌다. 그러는 동안 마사다가 걸음을 옮겼다. 하자마 준페이는 칼을 허공에 휘두르다 말고 상대의 움직임을 좇았다. 마사다는 코트 주머니에서 손을 빼서, 아까까지 하자마 준페이가 앉아 있던 둥근 의자를 들어 올리더니 먼저 몸을 오른쪽으로 틀었다. 그리고 다음 순간 온몸을 돌리며 의자를 휘둘렀다. 측면에서 얼굴을 강타당한 하자마 준페이는 바닥에 나뒹굴었다. 마사다는 의자를 다시 수직으로 들어 장작을 패듯 체중을 실어 내리쳤다. 시트의 모서리 부분이 하자마 준페이의 얼굴에 비스듬히 내리꽂히자, 늘어졌던 팔다리가 움찔 경련하듯 튀어 올랐다가 다시 바닥에 떨어졌다.

마사다는 나를 등지고 하자마 준페이 옆에 무릎을 꿇었다. 나는 살며시 상체를 일으켜 두 손을 다리 쪽으로 뻗었다. 두 다리를 묶은 밧줄 매듭에 집게손가락이 닿았다. 하지만 어찌나 꽉 묶었는지 파고들 틈이 없어서, 새끼손가락을 세워뼈가 부러질 정도로 힘을 주어 매듭 사이로 쑤셔 넣었다.

"저게 사카키 조야인가?"

마사다는 하자마 준페이에게 물었다. 나는 새끼손가락을 갈고리처럼 구부려 상체의 힘으로 밧줄의 매듭을 잡아당겼다. 반복해서 잡아당기다 보니 매듭이 조금씩 헐거워졌다. 바닥에 대자로 뻗은 하자마 준페이는 미동조차 없었다. 마사다는 의자를 옆에 내팽개치더니, 마치 망치를 내려치듯이 오른손으로 상대의 관자놀이를 내려찍었다. 하자마 준페이의 폐에서 탁한 공기가 뿜어져 나온 순간, 내 다리를 묶은 매듭이 풀어졌다.

밧줄에서 다리를 빼내고 운동화까지 벗었다. 마사다는 하자마 준페이의 얼굴과 몸을 주먹으로 내리치는 데 집중한 나머지 내 움직임을 알아채지 못한 듯했다.

주변을 쓱 둘러봤다. 아까 셔터가 열린, 공장 출입구 쪽으로 가면 마사다의 시야에 들어가게 된다. 반대편을 보았다. 안쪽 벽에 기계 여러 대가 놓여 있었다. 그중 한 대는 거대한 미싱 같은 형태였는데, 바늘이 달려야 할 곳에 직경 사십 센티미터쯤 되는 톱날이 박혀 있었다. 나는 그쪽을 향해 재빨리 움직였다. 기계가 있는 곳에 도착했을 때, 말이 섞이지 않은 성난 목소리가 등 뒤에서 터져 나왔다. 아무래도 마사다가 내 움직임을 알아챈 모양이었다. 묶여 있는 두 손을 톱날 아래로 갖다 대고 도움닫기를 하듯 힘차게 허리를 내리며 팔을 당겼다. 톱날이 밧줄을 파고들었지만 동시에 피부도 같이 찢어졌다. 다시 한 번 두 손을 들이밀고 혼신의 힘을 다해 당겼다. 하지만 밧줄은 완전히 끊어지지 않았다. 손목에서 흘러내리는 피 때문에 밧줄 상태를 자세히 확인할 수 없었다. 돌아보니 라텍스 마스크처럼 기괴한 마사다의 얼굴이 이미 눈앞까지 들이닥쳐 있었다.

마사다의 얼굴을 본 순간 엄지손가락으로 그의 두 눈을 찌르려 했지만, 갑자기 상대의 얼굴이 사라졌다. 뒤에서 하자마 준페이가 몸통박치기를 해서 바닥에 쓰러뜨린 것이다. 앞으로 고꾸라진 마사다의 얼굴이 콘크리트 바닥과 충돌했고, 하자마 준페이는 그 위에 올라탔다. 얼굴 한가운데가 움푹 내려앉아 피투성이였다. 하자마 준페이는 오른손에 든 칼을 휘둘러 사납게 마사다의 등을 찔렀다. 그것으로 끝날 줄 알았는데, 긴 포효를 내지르며 두 손을 쉬지 않고 휘둘러 찰흙 공예 작품을 흔적도 없이 부수듯 마사다의 뒤통수와 등을 때리고, 때리고, 또 때렸다. 두 눈까지 시뻘건 걸 보면, 앞이 잘 보이지 않는 것 같아서 나는 공장 출입구 쪽으로 내달렸다. 그제야 공장의 전체 구조를 파악할 수 있었다. 증설을 반복했는

246

지, 건물은 커다란 사각형 세 개가 마구잡이로 연결된 구조였고, 우리는 가장 안쪽에 있었다. 다른 두 곳에는 불이 켜져 있지 않았고, 한가운데에는 대형 기계들이 빼곡하게 설치되어 있는 것 같았다. 나는 그곳을 지그재그로 달렸다. 어두워서 몇 번이나 기계에 부딪혔다. 전방에 보이는 벽의 일부에 네모난 입구가 있었고, 달빛이 새어 들어오고 있었다. 아까 마사다가 들어온 출입구였다. 그 앞까지 달려가자 밤의 내음이 나는 바깥 공기가 불어와 얼굴을 어루만졌다.

펄쩍 뛰어서 여전히 묶여 있는 두 손으로 셔터 밑단을 잡았다. 착지하며 힘껏 셔터를 내렸다. 큰 소리와 함께 출입구가 폐쇄되었다. 셔터 한가운데에는 잠금장치가 달려 있었는데, 열쇠가 꽂혀 있었다. 나는 열쇠를 돌려 문을 잠근 뒤에 빼서 주머니에 넣었다. 허리를 굽히고 두 손목에 감긴 밧줄을 이로 당기며 이동했다. 아까 빠져나온, 기계가 여러 대 늘어선 곳까지 돌아와, 피 맛이 나는 밧줄을 몇 번이나 물어뜯었다. 이내 두 손을 결박한 힘이 조금씩 헐거워지더니 팟, 하는 소리와 함께 밧줄이 바닥에 떨어졌다.

천천히 코로 숨을 들이마셨다. 기름 냄새와 피 냄새가 났다.

귀를 기울였다.

육중한 발소리가 불규칙적으로 들렸다. 그 소리에 섞여 온몸에서 미세한 존재들이 일제히 술렁거리는 소리가 들렸다. 장구벌레들이 한시라도 빨리 풀어달라고 날뛰는 소리.

이게 히카리 누나가 말한 살인 유전자일까.

조야도 이 소리를 들은 적이 있을까.

16

내비게이션이 표시한 곳은 밭 한가운데에 있는 어두컴컴한 건물이었다.

엔진 소리가 나지 않도록 백 미터쯤 떨어진 곳에 오토바이를 세우고 밭두렁을 지나 공장으로 달려갔다. 나란히 난 네모난 창문이 보였다. 어둠에 묻혀서 전체적인 형태는 정확히 파악할 수 없었지만, 가로로 긴 형태의 건물이라는 사실은 알 수 있었다. 불이 켜진 건 제일 안쪽의 일부분뿐이었다.

입구는 건물 앞부분에 있었다. 걸음을 멈추고 숨소리 너머에 귀를 기울였다. 희미한 달빛을 받은 콘크리트 벽 일부에 너비가 긴 셔터가 보였다. 내려진 셔터로 다가가 아랫부분을 잡고 올려보려 했지만, 잠겨 있는지 아무래도 꿈쩍하지 않았다.

자리를 이동해 벽을 따라 왼쪽 안쪽으로 걸어갔다. 불이 켜져 있는 건 안쪽 삼분의 일 정도의 범위였다. 두꺼운 반투명 유리창이 안쪽을 향해 L 자 형태로 열려 있었다. 그 창문으로 안을 들여다볼 수는 있을 것 같았지만, 높이가 꽤 됐다.

건물 끝까지 가서 오른쪽으로 두 번 꺾어 뒷문으로 향했다. 벽 쪽에 낙엽들이 쌓여 있었다. 멀리 철문이 보여서 낙엽을 밟으며 다가가 문손잡이를 잡았다. 하지만 이 문도 잠겨 있었다. 문에는 네모난 유리창이 달려 있었는데, 이 역시 반투명인 데다 실내가 컴컴해서 아무것도 보이지 않았다. 차가운 문에 귀를 댔다. 희미한 공기의 흐름이 느껴질 뿐, 소리는 들리지 않았다.

아니, 목소리가 들렸다.

숨을 죽인 채 다시 목소리가 들리기를 기다리며 왼쪽 벽을 훑어봤더니, 방금 지나쳐 온 건물 모서리 부분에 빗물받이가 보였다. 그대로 시선을 올리니 불빛이 새어 나오는 창문 옆으로 이어져 있었다.

그쪽으로 달려가 빗물받이를 두 손으로 잡았다. 흔들어보니 위쪽에 헐거워진 장치가 찰칵거리는 소리를 냈다. 그래도 내 체중을 견뎌낼 만큼은 튼튼한 것 같았다.

두 손 두 발로 빗물받이에 매달렸다. 수지로 된 통을 무릎 사이에 끼고, 두 손을 재빨리 위로 움직여 무릎에 힘을 주고 기어 올라갔다. 같은 동작을 몇 번씩 반복하다 보니 창문 불빛이 점점 가까워졌다. 왼손을 뻗었다. 간신히 창틀에 닿았다. 가로로 긴 창문은 에어컨 크기만 했다. 무릎으로 빗물받이를 꽉 잡고 창문 쪽으로 상체를 뻗은 순간 뿌직, 하고 뭔가가 부서지는 소리가 나는가 싶더니 갑자기 하반신을 받치던 받침대가 사라졌다. 순간적으로 오른손도 뻗어 창틀을 붙잡았다. 빗물받이는 여전히 무릎 사이에 있었지만, 상부를 고정한 금속 장치가 부서졌는지 이제 아무 도움도 되지 않았다. 두 다리를 빼내 창틀에 매달렸다. 빗물받이는 그대로 밭 쪽으로 쓰러졌지만 아랫부분은 아직 고정되어 있던 까닭에, 가지도 잎사귀도 없는 식물처럼 허공을 향해 뻗은 채 흔들렸다.

창틀을 붙잡은 채 온몸을 왼쪽으로 흔들었다. 그리고 반동을 이용해 오른쪽으로 흔들었다, 다시 왼쪽으로, 다시 오른쪽으로 흔들며 동시에 오른쪽 팔을 뻗었다. 손가락이 안쪽으로 열린 창문틀을 붙잡았다. 하지만 그 순간, 체중이 실린 창문이 앞으로 닫히려 했다. 손가락이 창틀과 창문틀 사이에 끼기 직전에 그 틈으로 손목을 집어넣었다. 오른쪽 손목이 창문 사이에 긴 상태로 왼손을 뻗어 위쪽 창틀을 붙잡아 힘겹게 온몸을 지탱했다. 두 팔의 힘으로 몸을 들어 올리자 창문 사이로 실내가 보였다.

처음 눈에 들어온 건 바닥에 흥건한 피였다.

그 옆에 누구 것인지 모를 스포츠백이 주둥이를 벌린 채 방치되어 있었다. 아니, 우동의 가방이다. 오미야의 패밀리 레스토랑에서 만났을 때, 우동은 저 가방에서 십구 년 전의 기사를 꺼내 나에게 내밀었다.

바닥에 흥건한 피는 대체 누구 것일까. 고여 있는 피 웅덩이에서 작은 섬처럼 점점이 혈흔이 이어졌고, 그 혈흔의 끝은 눈앞에 있는 반투명 유리의 그늘이라 보이지 않았다.

두 팔을 더 안쪽으로 뻗어 몸을 들어올렸다.

시야가 확 트였다.

피투성이 남자의 뒷모습이 보였다. 그 등에 꽂혀 있는 건 칼일까. 하지만 남자는 걸어가고 있었다. 오른손에 의자를 들고 휘청거리며 걷고 있었다. 얼굴은 보이지 않았지만, 마사다 히로아키가 틀림없었다. 새빨갛게 물든 코트는 마토무라 씨의 병원에서 보았을 때와 같은 옷이었다. 마사다의 앞에는 불이 꺼진 어두운 지대가 펼쳐져 있었는데, 늘어선 기계의 윤곽이 어렴풋이 보였다.

그때, 우동의 목소리가 울려 퍼졌다.

17

"조야!"

그 목소리에 한숨이 절로 나왔다.

난 조야가 아니라고 그만큼 설명했는데.

하나도 안 믿은 걸까. 아니면 마사다에게 맞은 충격으로 전부 잊어버린 걸까.

하자마 준페이는 나를 찾아 기계 사이를 두리번거리고 있었다. 두리번두리번 돌아다니는 그 실루엣이 무척 거대했기에, 내 쪽에서도 쉽게 위치를 파악할 수 있었다. 뒤에서 단숨에 거리를 좁히고 싶었지만, 어둠 속에 늘어선 기계의 위치를 정확히 알 수 없었다. 그렇지만 아마 상대는 파악하고 있으리라. 불을 켜지 않는 건 그 이점을 살리려는 것일까, 아니면 마사다에게 당한 충격으로 눈이 잘 보이지 않기 때문일까.

나는 이동하는 상대에 맞춰 움직였다.

그러기를 반복하며 기회를 노렸다.

지금 하자마 준페이는 기계가 있는 구역의 한가운데, 즉 건물 전체의 중심 부근에서 움직이고 있었다. 기계 그늘에 숨어 있는 내 등 뒤는 아까까지 있던 밝은 구역일 테고, 그곳에는 마사다의 시체가 있을 것이다.

하자마 준페이를 죽일 무기가 필요했다. 어디 적당한 게 없을까. 아까 있던 밝은 구역으로 돌아가면 뭔가 있을지도 모른다. 나는 하자마 준페이의 모습을 시야 한구석에 담은 채 몸을 움츠리고 바닥을 미끄러지듯 후퇴했다.

18

등에 칼이 꽂힌 채 한 손에 의자를 든 마사다는 어두운 구역을 향해 서서히 걸어갔다. 나는 몸을 위로 들어 올려 창문과 창틀 사이에 머리를 집어넣었다. 시야가 단번에 트이며, 마사다가 어디로 향하고 있는지 보였다.

웅크린 다운재킷의 뒷모습이 나타났다.

마사다가 두 손으로 의자를 들었다.

"겐토!"

그렇게 외치자마자 겐토의 얼굴이 내 쪽을 돌아봤다. 하지만 마사다는 목소리를 아예 듣지 못한 것처럼 겐토의 머리를 향해 의자를 내리쳤다. 폭발음 같은 요란한 소리가 울려 퍼졌지만, 의자가 내리꽂힌 건 콘크리트 바닥이었다. 재빨리 피한 겐토는 안쪽의 어둠 속으로 사라졌고, 마사다는 인간의 말이 아닌 뭔가를 외쳤다. 나는 혼신의 힘을 다해 창문을 안쪽으로 밀었다. 금속 부품이 부서지는 소리와 함께 창문은 안쪽으로 떨어져 산산조각 났다. 나는 빈 창틀 사이로 몸을 구겨넣은 뒤 뛰어내렸다. 부츠 밑창에 유리조각의 감촉이 느껴졌다. 낙하의 충격으로 그대로 바닥에 구른 탓에 손바닥에 유리조각이 박혔다. 마사다가 이쪽을 돌아본다. 등에 칼이 박힌 상황에서도 멍한 표정을 짓고 있다. 방금 저쪽으로 도망친 상대가 등 뒤에서 떨어졌으니 그럴 법도 하겠지. 바닥을 박차며 거리를 좁혀 엄지손가락으로 마사다의 두 눈을 찔렀다. 쉰 목소리로 길게 비명을 지르며, 마사다는 몸을 꼬며 뒤로 쓰러졌다. 그리고 뒤에 있던 기계에 머리를 세게 부딪쳤다. 나는 오른쪽 다리에 체중을 실어 내리꽂았고, 마사다의 머리는 부츠와 기계 사이에서 짓눌렸다.

"겐토!"

소리치며 바닥을 보았다. 산산조각 난 유리 파편이 흩어져 있었다. 손바닥 크기의 조각을 주워 쓰러진 마사다에게 다가갔다. 아직 살아 있다. 목구멍 속에서 소리가 새어 나왔다. 하지만 이제 움직일 수 있는 상태는 아닐 것이다. 마사다는 그대로 두기로 하고, 안쪽의 어둠을 보았다. 그러자 어둠 속에서 겐토가 나타나 내 오른손에 들린 유리조각을 빼앗았다.

"죽여야 해."

쓰러진 마사다를 내려다보며 겐토는 그렇게 말했다.

"이 사람, 아주 터프하거든."

겐토는 상체를 구부려 유리조각을 휘둘렀다. 마사다의 목이 일직선으로 찢어지며 물대포처럼 피가 비스듬히 솟아올랐다. 겐토는 내 멱살을 잡고 어둠 속으로 끌고 가더니, 자세를 낮춘 채 계속 안으로 들어갔다. 다른 발소리가 들렸다. 다가오고 있다. 겐토는 기계 왼쪽으로, 다시 오른쪽으로 꺾은 곳에서 걸음을 멈췄다. 한 박자 늦게 상대의 발소리도 멎었고, 우동의 목소리가 다시 쩌렁쩌렁 울려 퍼졌다.

나를 부르고 있었다.

"이제 누가 누구든 상관없어졌나봐."

겐토는 귓속말로 그렇게 말했다.

"그나저나 경찰에 신고했어?"

내가 고개를 젓자, 겐토는 웃음 섞인 목소리로 "그래?" 하고 대답했다.

"그럼 천천히 해도 되겠다."

'뭘?' 그렇게 물을 수는 없었다. 답은 알고 있었고, 뒤이어 나온 말 역시 예상했던 것이었다.

"녀석에게 복수해야지."

255

겐토는 숨 하나 흐트러지지 않았고, 땀 한 방울 흘리지 않았다.

"그리고 아까 전부 말해버렸거든. 그러니까 안 죽이면 위험해져. 저 녀석, 덩치는 크지만 우리 둘이 힘을 합하면 해치울 수 있어. 우리 모두 다고 요헤이의 아들이잖아. 말하자면 사이코패스 삼형제지만, 우리는 엄마 배 속에 있을 때 납으로 업그레이드됐으니까."

겐토는 오른손에 든 유리조각을 바라보더니, 날카로운 쪽이 앞에 오도록 쥐었다.

"녀석에게 진짜의 맛을 보여주자고."

다시 우동이 내 이름을 외쳤다. 목소리는 분명 우동인데, 마치 인간이 아닌 괴물이 포효하는 것 같았다. 내 귓가에 입을 대고 있는 겐토는 그 모습이 그저 우스운지 키득거렸다. 시체가 된 마사다까지 포함해, 이렇게 사람이 많은데 그중에서 내가 제일 정상인 적은 처음이었다.

"밝은 곳이 좋을까."

말이 끝나기가 무섭게 겐토는 나를 데리고 건물 안쪽으로 돌아갔다. 마사다의 시체를 폴짝 넘어 환하고 넓은 곳으로 나왔다. 아까 내가 뛰어내린 곳이다.

"조야는 거기 있어. 내가 뒤에서 해치울 테니까."

그렇게 속삭이고는 재빨리 기계 뒤로 숨으려는 겐토의 팔을 붙잡았다.

"우동하고 얘기 좀 하게 해줘."

"말도 안 되는 소리 마."

"왜?"

말없이 뺨을 들어 겐토는 내 손을 뿌리치고 뒷걸음질 쳐 커다란 기계 뒤로 사라졌다. 쫓아가려던 순간 어둠 속에서 발소리가 다가왔다.

이윽고 우동이 모습을 드러냈다.

"조야······."

꼴이 말이 아니었다.

코뼈가 부러져서 전체적으로 뽀빠이 같은 인상이었다. 두 눈에서는 피가 흘러내렸고, 미세혈관이 터졌는지 흰자가 전부 새빨개졌다. 아래로 시선을 내리자 앞니가 거의 사라져 깊은 구멍처럼 뚫린 입이 보였다.

"누가 그런 거야?"

그렇게 묻자 우동은 고개를 비스듬히 뒤로 젖혔다. 걸음은 멈추지 않고 천천히 내 쪽으로 다가오고 있었다.

"모르는 사람."

치아가 없는 입으로 우동은 혀 짧은 소리를 냈다. 입이 움직이자 피 섞인 침이 아랫입술 사이로 흘러내려, 가느다란 실처럼 가슴에 떨어졌다.

"너도 봤잖아."

아, 대충 상황을 파악할 수 있었다.

"그건 내가 아냐. 쌍둥이 형이지. 겐토가 설명했잖아."

이야기의 출발점을 찾아, 찾았다고 생각한 나는 그렇게 대답했다. 하지만 우동은 천천히 고개를 저었다.

"이제 아무래도 상관없어."

겐토가 말도 안 되는 소리라고 했던 이유를 알 것 같았다. 우동이 정말 아무래도 상관없다는 투로 말했기 때문이다.

우동은 옆에 쓰러진 마사다의 시체를 힐끗 보더니 등에 꽂힌 칼을 빼냈다. 그리고 칼날이 아래로 가도록 쥐고 나를 보았다.

겐토가 나타난 뒤로 습관처럼 따라붙던 체념이 육체적인 피로처럼 온몸에 퍼져나갔다.

이제 방법이 없을지도 모른다.

시선을 돌려 기계 뒤에서 이쪽을 바라보는 겐토를 향해 고개를 끄덕였다. 이제 정말 방법이 없다. 뒤집어 엎을 만큼 다 뒤집어 엎고, 겐토와 함께 도망치는 수밖에.

하지만 겐토는 그 얼어붙은 두 눈으로 그저 내 얼굴을 바라만 볼 뿐, 움직이려 하지 않았다.

움직인 건 우동이었다.

마치 누군가에게 등이라도 걷어차인 것처럼 단숨에 내 앞으로 파고들어 얼굴에 칼을 내리꽂았다. 갑작스러운 습격에 미처 피하지 못했다. 칼날이 다운재킷과 그 안쪽의 웃옷, 오른쪽 어깨를 사납게 찢었다. 비스듬히 쓰러지며, 우동의 오른팔을 붙잡아 내 쪽으로 당겼다. 우동과 함께 바닥에 쓰러지는 바람에 나는 두 사람 분의 체중을 실은 채 바닥과 충돌했다. 뒤통수가 콘크리트 바닥에 부딪친 순간 눈앞이 새하얘졌다. 겐토는 왜 뒤에서 우동을 공격하지 않는 거지. 왜 도와주지 않는 거지. 새하얀 시야 너머로 주먹이 순식간에 날아와 안면을 강타했다. 뒤통수가 바닥과 닿은 상태에서 주먹을 휘두른 까닭에 머리가 폭발할 것 같은 충격이 느껴졌다. 그래도 나는 칼을 쥔 우동의 오른손을 놓지 않았다. 우동이 몸을 틀며 날뛰었다. 일어나지 못하게 하기 위해 상대의 오른팔과 함께 몸통을 꽉 껴안고, 다리로 허리를 붙잡았다. 겐토는 여전히 도우려 하지 않았다.

혹시…… 머리 한구석을 스쳐 지나가는 생각이 있었다.

지금까지 계속 혼자서만 품어왔던 생각이었다.

우동이 왼팔을 내 목과 자신의 몸 사이에 억지로 넣어 몸을 떼어내려 했다. 완력으로는 당해낼 수 없어서, 두 몸은 금방 벌어지고 말았다. 하지만 우동이 왼팔을 빼서 다시 내려찍으려는 순간, 나는 다시 상대의 몸에 달라붙었다. 우동은 입을 벌린 채 짜증스레 외치더니, 등근육 운동을 하듯 상체를 뒤로 젖혔다 내리고, 다시 뒤로 젖혔다 내리기를 반복했다. 그때마다 내 등과 뒤통수가 바닥과 사정없이 충돌했고, 온몸의 감각이 사라져가는 기분이 들었다. 네 번째 동작이 반복되었을 때 내 손은 우동의 몸을 놓아버렸다. 콘센트를 뽑은 것처럼 더는 힘이 들어가지 않았다. 대자로 뻗은 나에게서 떨어진 우동이 칼을 높이 치켜들었다. 그때 오른손에 뭔가가 잡혔다. 모양도, 크기도, 강도도 알 수 없었지만, 나는 그것을 집어서 오른쪽에서 왼쪽으로 휘둘렀다. 우동은 상체를 일으킨 상태였지만, 머리는 거의 구십도 각도로 돌아갔다. 내 손에 들린 건 아까 떨어진 창틀이었다. 다시 오른쪽으로 잡아당겨 이번에는 두 손으로 잡고 상체와 함께 휘둘렀다. 원래 위치로 돌아오려던 우동의 머리가 다시 직각으로 꺾인 틈을 놓치지 않고 나는 우동의 밑에서 빠져나왔다. 하지만 다리에 힘이 들어가지 않았다. 무릎을 꿇은 상태로 창틀을 들어 우동의 머리에 다시 내리꽂았다. 그러기를 여러 번, 난생처음으로 내가 사람을 죽이려 하고 있다는 걸 자각했다. 두 손으로 머리를 감싼 우동의 손가락이 점점 피투성이로 변해갔고 피 사이로 살점이, 뼈가 보였다. 내 안에서 목소리가 솟아올랐다. 아직 늦지 않았을지도 몰라. 말로 해결할 수 있을지도 몰라. 우동을 묶어놓든지, 어떻게든 해서 차분하게 이야기하면 우리 셋에게 나쁘지 않은 결말을 맞이할 수 있을지도 몰라. 창틀로 내리치며 뜬금없이 우동과 함께 염소를 껴안고 놀았던 일이 생각났다. 지금 생각해보면, 세이코엔에서 우동과 함께 보내는 시간이 즐거웠던 건, 피를 나눈 형제였기 때문일지도 모른다. 얼굴이며 체격은 다르지만, 그 시절의 나는 뭔가를 느끼고 있었는지도 모른다. 왜 이렇게 되어버린 걸까. 나는 처음부터 우동에게 아무 원한도 없었다. 내가 원망한 건 다고 요헤이였고, 우동은 그저 갈 곳 없는 아버지를 자기 집으로 데려와 함께 산 것뿐이었다. 아니, 이렇게 된 이유는 알고 있다. 겐토가 다고 요헤이를 죽였기 때문이다. 우동은 그걸 내가 저지른 짓이라고 생각한다. 그래서 나를 죽이려는 것이다. 겐토는 우동에게 전부 말했다고 했지만, 자기가 다고 요헤이를 죽였다는 사실도 털어놓았을까. 그렇다면 우동이 나를 원망할 이유는 없을 텐데. 말로 해결할 수 있다. 하지만 그렇게 되면 우동은 내가 아니라 겐토를 죽이려 들겠지. 간신히 만난 형제를, 처음 생긴 가족을 나는 지키고 싶었다. 어떤 인간이라도 함께 있고 싫었다. 하지만 우동도 절반은 같은 피를 나눈 형제다. 우리 셋은 형제다. 차분하게 전부 이야기하면 어쩌면…….

어느샌가 손이 멈춰 있었다.

손가락에서 힘이 빠져나가면서 창틀이 건조한 소리와 함께 바닥으로 떨어졌다.

"우동?"

무릎을 꿇고 우동의 얼굴을 들여다보았다.

아직 숨이 붙어 있다.

"그만하려고?"

겐토가 기계 뒤에서 나와 이쪽으로 다가왔다.

"겐토, 왜?"

숨이 차서 말이 제대로 이어지지 않았다. 겐토는 되묻듯 눈썹을 꿈틀했지만, 내가 제대로 말하기 전에 "아" 하고 웃었다.

"너희 둘 중 하나가 죽길 기다렸지."

들어맞은 것 같다.

"그러면 뒤처리가 수월해지니까."

내 생각이 들어맞았다.

우리의 발치에 쓰러진 우동은 머리를 두 손으로 감싼 채 몸을 둥글게 만 자세로 미동도 하지 않았다. 하지만 숨소리는 분명히 들렸다. 겐토는 한동안 그 모습을 내려다보는가 싶더니, 오른손에 든 유리조각을 고쳐 잡았다.

"뭐, 이제 이쪽은 시체나 마찬가지지만."

우동의 어깻죽지에 손을 넣었다 바로 뺐다. 목 옆쪽이 찢기고 솟아나온 피가 콘크리트 바닥에 점점 퍼져나가는 광경을 나는 말없이 지켜보았다. 바닥에 퍼져나가는 피처럼 슬픔이 가슴속을 물들였다. 철들고 나서 순수한 슬픔 같은 건 느껴본 적도 없는데, 지금 자신을 사로잡은 감정의 정체를 신기하게도 알 수 있었다.

이 슬픔은 우동이 죽었기 때문만은 아니었다.

"역시 그랬구나."

젠토는 "어?" 하고 건성으로 대답했다. 마치 만화나 텔레비전을 보고 있을 때 대답하는 것처럼. 서서히 퍼져나가는 피 웅덩이를 내려다보며 나는 일부러 젠토처럼 건성으로, 줄곧 가슴에 담아두었던 질문을 내뱉었다.

"다고 요헤이를 죽인 것도, 히카리 누나를 죽인 것도, 날 살인범으로 만들기 위해서였지?"

19

조금 뜻밖이었다.

지금까지 한 번도 알아챈 기색을 보인 적 없었는데.

"알고 있었어?"

그렇게 묻자 조야는 죽어가는 하자마 준페이를 내려다보며 고개를 끄덕였다.

"아니었으면 좋겠다고 생각했어. 겐토가 손쓸 수 없는 위험 인물이고, 난 거기에 휘둘려 경찰에게 살인범으로 쫓기는 상황이 차라리 낫다고 생각했으니까."

"뭐보다 낫다는 건데?"

일단 물어봤지만, 조야는 쓸데없는 설명은 생략하고 내 목적을 바로 폭로했다.

"겐토가 키워준 부모님을 죽인 걸 내 탓으로 돌리고, 혼자서 유유히 살아가는 것보다."

아무래도 정말 다 알고 있던 모양이다.

"이제 날 죽일 거지? 날 죽이고 경찰에 연락해서 준비해둔 이야기를 전부 털어놓을 거잖아. 일어난 일은 모두 그대로 말하고, 누가 한 짓인지만 바꾸면 말이 되니까."

이를테면…… 그렇게 운을 떼더니 조야는 일단 입을 다물었다. 하지만 이내 쉬지 않고 말을 이었다. 역시 쌍둥이라 해야 할까, 조야의 말은 대부분 들어맞았다.

"홋카이도 여행을 떠나기 전날 밤, 내가 갑자기 찾아와 부모님을 해쳤다. 겐토는 억지로 나에게 끌려다녔고, 무서워서 반항하지 못한 채 지금까지 같이 있었다. 같이 있는 동안 나는 다고 요헤이를 죽이고, 히카리 누나를 죽였다. 그리고 오늘, 겐토를 나로 착각한 우동에게 끌려와 이곳에서 죽을 뻔했지만, 순간적인 기지를 발휘해 내 스마트폰으로 마토무라 씨에게 전화를 했다. 이건 마토무라 씨가 증인이 되어줄 테니까. 그리고 이곳으로 달려온 나는 우선 마사다를 죽였다. 그리고 나와 우동이 싸우다 둘 다 죽었다. 우동에게 당해 죽어가던 나는 마지막 힘을 쥐어짜 우동의 목을 베었고, 이내 숨을 거뒀다. 이런 스토리인가?"

말하는 동안 조야는 하자마 준페이의 웅크린 뒷모습에서 한 번도 눈을 떼지 않았다.

"아쉽게도 딱 한 군데가 틀렸어."

내가 그렇게 말하자, 조야는 그제야 고개를 들어 나를 보았다. 아직 살아 있는데도 죽은 사람 같은 눈이었다.

"조야가 우리 부모님을 죽이는 건 우리가 재회하고 나서의 일이야. 조야는 그때까지 내 존재조차 몰랐는데, 갑자기 우리

265

집에 와서 우리 부모님을 죽이는 건 이상하잖아."

나는 이해하기 쉽게 순서대로 설명했다.

"요컨대 이런 거야. 나는 그날 밤, 부모님에게 내가 입양됐다는 사실과 쌍둥이 동생의 존재를 들었어. 그 충격으로 홋카이도 여행에 갈 생각이 사라져서 이튿날 아침에 호텔 예약을 취소하고, 동생을 만나기 위해 세이코엔을 찾아갔어. 세이코엔 사람들은 원장님 말고 조야에게 쌍둥이 형이 있다는 사실을 몰랐으니까, 소란을 피우고 싶지 않아서 조야인 척하고 주소를 알아냈어. 그리고 그 주소로 찾아갔지. 집에는 아무도 없었지만, 근처 공원에서 기다리고 있었더니 조야가 나타났어. 나는 조야와 함께 집으로 갔어. 내가 부모님에게 들은 이야기를 했더니, 조야는 우리 부모님을 원망했어. 쌍둥이의 존재를 숨기도록 원장 선생님에게 부탁했다는 이유로. 그리고 조야는 날 협박해서 집 주소를 알아내 부모님을 죽였어."

부모님이 죽은 뒤로 시간이 꽤 흘렀으니 정확한 사망시각은 분명 알아내지 못할 것이다. 나와 조야가 만난 뒤에 죽었다고 해도 그럴 듯하겠지.

"그거 말고는, 그래, 방금 네가 말한 대로야. 난 무서워서 널 떠날 수 없었고, 그동안에 너는 다고 요헤이와 히카리 누나를 죽였어. 나는 너무 무서워서 경찰에 신고하기는커녕, 도망칠 생각조차 못했어."

사실은 다고 요헤이와 히카리 누나를 죽인 뒤에 조야를 자살로 꾸며 죽일 생각이었다. 어느 건물 옥상에 데려가 밀어버리든지, 겨울 강이나 바다에 빠뜨려서. 그리고 경찰서에 찾아가 준비해둔 이야기를 할 생각이었다. 하지만 오늘 느닷없이 하자마 준페이에게 납치돼 여기 끌려온 탓에 그러지 못한 것이었다.

"여기 끌려온 건 내 예상 밖의 일이었지만, 어떻게든 잘 설명할 수 있을 것 같아서 다행이야. 아까 조야가 말한 것처럼 하자마 준페이가 날 조야로 착각해 여기 납치했어. 그때 조야와 마사다가 나타나, 하자마 준페이와 셋이 싸우다가 다 죽었다."

나는 지금까지 착하게 살았고, 조야는 정상적으로 살지 않았다. 경찰은 분명 내 이야기를 믿어주겠지. 바로 믿지는 않겠지만, 믿어줄 때까지 계속 같은 이야기를 반복하면 되니까.

"그나저나 용케 알았네. 쌍둥이라 사고방식이 비슷한 건가?"

"하나도 안 비슷하고, 쌍둥이라 알아챈 것도 아냐."

피투성이 얼굴을 떨군 채 조야는 고개를 저었다.

"겐토가 전적으로 이득을 보는 방법은 그것밖에 없다고 생각했을 뿐이야."

그 모습이 너무나 슬퍼 보여서, 위로를 건네고 싶어졌다.

"하지만 조야, 처음부터 그러려던 건 아냐. 처음에는 그럴 생각 추호도 없었어."

커터 칼로 아빠와 엄마의 목을 그어버린 순간, 이렇게 끝내 주는 경험을 했으니 이제 아무래도 좋다는 생각마저 들었다. 경찰에 붙잡혀도 상관없었고, 혹은 평생 도피 생활을 하게 되더라도 상관없다고 생각했다.

이튿날 아침에 조야를 만나러 간 것도, 경찰에 체포되거나 도피 생활을 시작하기 전에 친동생이란 존재를 한 번쯤 만나 보고 싶었기 때문이다. 그래서 조야에게는 부모님을 죽였다 는 이야기는 하지 않았다. 놀라게 하거나, 겁을 주고 싶지 않 았다. 형제끼리 보내는 시간을 오롯이 즐기고 싶었기 때문이 다. 며칠 같이 지내다 조용히 떠나, 앞으로 어떻게 할 것인지 혼자 생각해볼 작정이었다. 이렇게 오래 조야와 함께 있을 생 각은 없었고, 더구나 친아버지인 다고 요헤이를 죽이거나, 조 야의 첫사랑 히카리 누나를 죽이게 될 줄은 꿈에도 몰랐다.

"생각이 바뀐 건, 너희 집에서 하자마 준페이의 이야기를 들었을 때였어."

그날 밤, 나는 우리의 친아버지가 다고 요헤이라는 사실을 조야에게 알렸다. 이어서 조야도 나에게 고백했다. 그 다고 요헤이는 세이코엔에서 함께 자란 하자마 준페이의 아버지이며, 그 둘은 지금 사이타마에서 함께 살고 있다고. 그 사실을 우연히도 몇 시간 전에 알았다고.

"얄궂은 운명이네."

그렇게 말하며 내가 생각한 건, 지금 다고 요헤이에게 무슨 일이 생기면 확실히 조야가 의심을 받으리라는 것이었다. 그래서 다고 요헤이를 죽여봤다. 조야인 척 하자마 준페이에게 전화를 해서 집 주소를 물었다. 가르쳐주지 않아서, 이번에는 세이코엔에 가서 조야인 척 주소를 알아냈다. 다고 요헤이를 죽이고 나서 현장에 일부러 머리카락을 떨어뜨리고 왔다. 그러자 경찰은 생각대로 조야를 의심했다.

히카리 누나의 집에는 가지 않았다고 이야기할 생각이다. 조야가 혼자 가서 죽이고 왔다고 해야지. 그녀를 살해한 뒤, 나는 커피 잔을 닦았지만, 내가 마신 잔만 깨끗이 닦고, 조야가 마신 잔은 행주로 집어서 물로 한 번 헹구기만 했다. 컵에는 조야의 지문이 묻어 있을 것이다. 아마 경찰은 이미 그 지문을 검출해서, 지금쯤 조야를 범인으로 추적하고 있을 것이다.

"겐토는……."

조야는 다시 고개를 숙여 하자마 준페이의 웅크린 뒷모습을 내려다보았다.

"어떻게 그럴 수 있어?"

그 모습이 너무나도 침착해 보이는 게 의외였다. 슬픈 목소리였지만 당황한 기색은 찾아볼 수 없었다.

"어렵게 만난 형제인데, 왜 그런 짓을 하려고 한 거야?"

이유 같은 건 생각해본 적도 없었다.

하지만 고개를 한 번 갸웃해보니, 답은 의외로 쉽게 나왔다.

"부러웠을지도 몰라."

조야가 천천히 고개를 들었다.

"아마 넌 내 인생을 부러워하겠지. 하지만 난 네가 부러워. 왜냐면 결국 네 인생이 훨씬 정상적이니까. 사람을 죽이는, 자기 인생을 한없는 굴레에 가두는 행위를 하지 않고 살아왔고, 앞으로도 하지 않을 테니까. 조야, 넌 절대로 사람 못 죽여. 그렇지?"

조야는 내 두 눈을 똑바로 바라보았다.

"그렇게 생각해?"

그때 불현듯 든 생각이 있었다. 지금까지 조야가 내 눈을 똑바로 바라본 적이 있었던가. 어쩌면 한 번도 없지 않았나. 늘 조야는 내 얼굴을 보고는 있었지만, 시선이 정면으로 맞부딪치는 걸 피했다. 내 두 눈을 보지 않았다. 제대로 눈을 맞춘 건, 우리가 처음 만난 그 공원의 화장실이 처음이자 마지막이었다. 거울 너머로, 그때 우리의 시선은 정면으로 부딪쳤다. 그리고 지금까지⋯⋯ 지금 이 순간까지, 아마 한 번도 부딪친 적이 없었다.

"응. 넌 사람을 못 죽여."

내가 그렇게 대답했을 때도 조야는 눈을 돌리지 않았다. 돌리지 않은 채, 무릎을 꺾어 바닥으로 오른손을 뻗었다. 그 손이 잡은 건 아까 조야가 하자마 준페이를 몇 번이고 내리친 금속 창틀이었다.

"그걸로 어쩌려고?"

대답하지 않은 채 조야는 몸을 돌렸다. 하자마 준페이에게 당한 다운재킷 오른쪽 어깨에서 피가 흘러내렸다. 피가 떨어지는 오른손으로 창틀을 잡은 채 조야는 벽 쪽으로 다가갔다. 그곳에는 아까의 거대한 미싱 같은 기계가 놓여 있었다. 기계에 달린 톱날로 두 손을 결박한 밧줄을 자르려 했던 기계였다.

조야는 그 톱날을 향해 창틀을 내리쳤다. 요란한 소리와 함께 톱날이 부서지며 손바닥 크기의 파편이 벽으로 날아갔다. 조야는 창틀을 던져버리더니 바닥에 떨어진 톱날의 파편을 잡고 나와 마주 보았다. 칼날 부분이 아래로 오게 잡고 있었다.

"내가 준 다운재킷 주머니에 약을 넣어놨지? 심박수를 낮추는 그 약."

지금은 자신이 입고 있는 다운재킷 배를 만지며 조야는 말했다.

"그래, 넣어놨지."

"그 약을 먹은 건, 본능을 마음껏 풀어놓고 싶어서…… 그래서야?"

"뭐, 비슷해."

"나도 먹었어."

오, 하고 나도 모르게 소리가 나왔다.

"여기 오기 전에 주머니 속 약을 발견하고 먹어봤어. 무슨 일이 있어도 널 구해내겠다고 생각했거든. 심박수를 낮추면 평소보다 더 대담하게 행동할 수 있을 것 같아서. 무서울 게 없는 나로 다시 돌아갈 수 있을 것 같았거든. 약효가 들 때까지 조금 시간이 걸린 것 같지만."

팽팽한 실로 연결된 것처럼, 조야의 눈과 내 눈이 다시금 정면에서 맞부딪쳤다.

"지금 최고로 약발이 받는 것 같아."

조야는 톱날 조각을 고쳐 쥐며 말했다.

"그러니까 겐토와 처음 만났을 때부터 지금까지의 나하고

272

는 많이 다를 거야."

"그렇구나."

나는 오른손에 쥔 유리조각을 고쳐 쥐었다.

"그럼 형제끼리 좀 다뤄볼까?"

내 말에 조야는 서글픈 듯, 기쁜 듯, 입가를 일그러뜨리며
대답했다.

"처음이네."

나와 조야 사이에는 유리조각이 여러 개 흩어져 있었다.
그중에 지금 내 손에 들린 것과 너비는 비슷하지만 더 길쭉한
조각이 있었다. 마치 단검처럼, 뾰족하게 솟은 부분이 오른쪽
을 향해 떨어져 있었다. 그 조각을 발견하자마자 나는 손에
들고 있던 조각을 조야의 눈을 겨냥해 던졌다. 그리고 바닥
을 박차고 길쭉한 조각을 향해 손을 뻗었다. 날이 아래로 오
게 쥐고, 몸을 일으키며 상체를 돌려 조야 쪽으로 돌진하려
했지만, 상대가 더 빨랐다. 고개를 든 순간 조야의 상체가 지
근거리까지 다가와 있었다. 이마 한가운데의 상처는 분명 내
가 유리조각을 던졌을 때 피하지 않아서 난 것이리라. 그러지
않으면 삼시간에 이렇게 접근할 수 있을 리 없다. 하지만 안
타깝게도 나는 조야가 취할 다음 행동이 무엇인지 손에 잡힐
듯 알 수 있었다.

나라면 어떻게 할지 상상하면 되니까.

왼팔을 들어 눈을 가렸다. 다음 순간 조야가 내리찍은 톱날이 다운재킷 소매를 찢었다. 그 순간을 놓치지 않고 왼팔을 옆으로 치우자 다운재킷 소매에 걸린 톱날을 따라 조야의 오른손도 움직였다. 나는 오른손에 든 조각을 조야의 두 눈을 향해 휘둘렀다. 설령 뒤로 피하려 해도 피할 수 없다. 두 눈 중 어느 한쪽은 무사하지 못할 것이다.

하지만 다음 순간, 내 오른손과 조야의 관자놀이가 무섭게 충돌했다.

조야는 얼굴을 젖힌 게 아니라 앞으로 내민 것이다. 행동이 읽혔다. 그대로 서로의 팔이 부딪쳤다. 조야의 오른손에 들린 톱날은 아직 내 왼쪽 소매에 붙들려 있다. 내 오른손은 조야의 머리와 격돌한 탓에 감각이 없었지만, 간신히 유리조각을 잡고 있었다. 조야의 왼손이 자유로운 상태라는 사실을 알아챈 순간, 그 손가락이 두 눈을 향해 날아왔다. 재빨리 턱을 젖혔다. 하지만 이번에도 읽힌 모양이었다. 조야의 왼손은 내 움직임을 따라왔고, 검지와 중지가 아래서부터 얼굴에 접근했다. 손가락이 두 눈을 찌르기 직전, 바닥이 꺼진 듯한 느낌이 들며 조야의 손가락이 내 이마를 스치고 허공을 찔렀다.

아까 발소리를 없애기 위해 운동화를 벗은 덕에 양말을 신

은 두 발이 미끄러진 것이다. 내가 미끄러져 쓰러지자 우리의
몸은 서로 엉켜 바닥에 나뒹굴었다. 내가 밑에 깔린 순간, 조
야는 다운재킷에 꽂힌 톱날에서 손을 떼고 내 얼굴을 향해
주먹을 내리꽂았다. 그 충격과 뒤통수를 때린 콘크리트 바닥
의 충격을 동시에 흡수하며, 온몸이 허공에 붕 뜬 느낌을 맛
본 순간 다시 같은 충격이 가해졌다.

"내가 더 익숙한 것 같네."

천장도, 조명도, 전부 두 개로 보였다. 눈앞에서 조야의 몸
이 움직였다. 옆에 있던 유리조각을 재빨리 주워서 공격 자
세를 취한다. 눈일까, 목일까. 두 개로 나뉜 조야의 얼굴이 순
간 하나가 되었다. 그 시선이 내 목을 노리고 있다는 사실을
의식한 순간, 조야의 입이 벌어지며 소리 없는 절규를 내뱉었
다. 구르듯 내 위에서 비킨 조야의 왼쪽 허벅지에는 내가 찌
른 유리조각이 깊숙이 박혀 있었다.

조야는 일어서지 못했다.

나도 일어설 수 없었다.

상대의 몸에서 고통이 가시기 전에, 나는 몸을 돌려 두 손
으로 바닥을 훑으며 무기를 찾았다. 하지만 아무것도 없었다.
두 손은 콘크리트 바닥을 쓸 뿐이었다. 사라진 감각이 그곳에
만 다시 돌아온 듯, 공허하고 거친 맨바닥의 감촉이 손바닥

을 선명히 자극했다. 조야는 벽 쪽에서 신음하고 있었다. 내 공격이 가한 통증은 분명 금방 사라질 것이다. 통증이 사라지자마자 분명 조야는 도마뱀처럼 재빨리 접근해 날 해치우겠지. 무슨 소리가 들린다. 무언가를 부수는 소리. 충격을 가하는 단속적인 소리.

어딘가에서 유리가 깨지는 소리가 났다.

작은 금속음이 이어지더니, 이윽고 남자 목소리가 들렸다.

"조야 군!"

바닥에 붙은 자세로 눈을 돌려 소리가 난 쪽을 보았다.

공장 한가운데 부분, 조명이 꺼진 어두운 구역 너머로 길고 네모난 구멍이 입을 벌리고 있었다. 아까 내가 내린 셔터가 아니었다. 다른 출입구다. 하자마 준페이를 죽일 기회를 엿보며 기계 사이를 돌아다닐 때, 그곳에 철문이 있는 걸 보았다. 위쪽에 달린 반투명 유리를 깨고 문을 연 모양이었다. 누구인지 모르지만, 아니⋯⋯.

"마토무라 씨!"

나는 남은 힘을 모두 쥐어짜 외쳤다.

"마토무라 씨, 살려주세요!"

기계 사이로 실루엣이 다가왔다. 뒤뚱뒤뚱 동작이 어색했다. 이내 그 사람은 불빛이 비추는 곳까지 다가왔다. 동작이 어색했던 건 양쪽 겨드랑이를 받친 목발 때문이었다. 창문도 아마 저 목발을 휘둘러 깬 것이리라.

"조야 군."

남자는 바닥에 쓰러진 나에게 말을 걸었다. 환자복 차림에 온몸에 붕대며 거즈가 덕지덕지 붙어 있는 걸 보면, 예상대로 마토무라 씨인 모양이다. 황급히 병실을 빠져나왔는지, 목발 말고는 아무것도 가지고 있지 않았다.

"마토무라 씨, 녀석을 잡아요!"

나는 조야 쪽으로 고개를 돌리며 외쳤다. 마토무라 씨는 그때까지 조야의 존재를 알아채지 못했는지, 화들짝 시선을 들어 그쪽을 보았다. 그리고 마치 마술이라도 본 사람처럼 눈을 까뒤집으며 순간 정지했다. 이내 그 옆에 쓰러진 하자마 준페이에게 시선을 옮긴 순간, 이미 벌어질 대로 벌어진 입이 더욱 벌어졌다. 하자마 준페이는 머리를 두 손으로 감싼 채, 오래전부터 그곳에 놓여 있는 정물처럼 피웅덩이 속에서 미동도 하지 않았다. 심장이 멎었는지 내가 그어버린 목에서도 더는 피가 흐르지 않았다.

"이, 이게 대체……."

나와 조야, 하자마 준페이를 번갈아 보며 마토무라 씨는 어설픈 배우처럼 입을 뻐끔거리더니, 상황을 파악하려는 듯 재빨리 주변을 살폈다. 그 눈에 들어온 건 어둠 속에 쓰러져 있는 마사다의 시체였다. 마토무라 씨의 목구멍에서 너무 힘주어 분 피리 소리 같은 괴상한 소리가 났다.

어떻게든 한쪽 무릎을 바닥에 대고 나는 몸을 일으키려 했다. 하지만 무릎은 힘없이 미끄러져 가슴과 얼굴은 콘크리트 바닥과 부딪쳤다. 아직 몸에 힘이 들어가지 않는다. 아직 일어날 수 없다. 하지만 얼마 남지 않았다. 조금만 더 기다리면 일어날 수 있다. 마토무라 씨에게 조야를 제압해달라고 하면 목숨을 끊어놓을 수 있다. 그러고 나서 마토무라 씨를 죽이면 된다. 만신창이였지만, 온몸에 붕대를 칭칭 감은 환자 하나 죽이는 건 일도 아니지.

"형이에요."

"형?"

마토무라 씨의 목소리를 지우듯 나는 더 크게 소리쳤다.

"쌍둥이 형인데, 벌써 몇 명이나 죽였는지 몰라요. 살인자예요. 우리가 당하기 전에 빨리 붙잡아요!"

마토무라 씨가 허둥지둥하는 사이에 조야가 목소리를 되찾았다.

"아냐."

"어, 어?"

"빨리 붙잡아요!"

다시 소리치며 상체를 일으켰다. 무릎을 꿇고 정강이에 힘을 주자 흔들리는 시야 속에서 풍경이 아래로 움직였다. 간신히 두 다리로 바닥을 딛고 조야 쪽으로 다가갔다. 마토무라 씨는 공황 상태에 빠졌는지, 목발을 쥔 두 손은 눈에 보일 정도로 와들와들 떨고 있었고, 아래에서 불어오는 강풍을 맞은 듯 뺨과 두 눈은 뻣뻣하게 굳어서 얼굴 전체가 작위적으로 보였다.

"사, 살인자라니…… 싸, 쌍둥이는 또 뭐고……."

마토무라 씨는 나나 조야가 아니라, 아무것도 없는 곳을 바라보며 정신을 놓은 사람처럼 말했다. 조야는 유리조각이 깊이 박힌 오른쪽 다리를 바닥에 끌고 두 손으로 상체만 일으켜 경계 자세를 취하고 있었다. 우리 사이에 무기로 쓰기에 적당한 유리조각은 없었다. 아까까지 조야가 휘두르던 톱날 조각도 어디 갔는지 보이지 않았다. 창틀은 조금 떨어진 벽쪽에 있었다. 아니, 좋은 무기가 있었다.

"그것 좀 빌려주세요."

오른손을 내밀자 마토무라 씨는 두 눈을 치켜뜨더니, 눈알을 굴려 자기 손에 들린 목발을 보았다.

"빨리요!"

있는 힘껏 소리치자, 마토무라 씨는 거의 반사적으로 목발 하나를 나에게 내밀었다. 오른손을 뻗었지만 닿지 않았다. 마토무라 씨 쪽으로 한 걸음 다가갔다. 다시 눈앞이 어질거렸다. 간신히 목발에 손이 닿았다. 생전 처음 만져본 목발은 생각했던 것보다 묵직했다. 다시 조야를 보자, 그 얼굴에서는 일체의 표정이 사라졌다. 마치 거리에서 마주친 낯선 타인을 바라보듯 멍한 눈으로 나를 보고 있었다.

아니, 일이 초 정도 그 두 눈이 탁한 잿빛으로 변했다.

마치 눈동자의 빛깔이 실제로 바뀐 것처럼.

조야의 저 표정을 나는 지금까지 두 번 보았다. 첫 번째는 히카리 누나의 집에서 칼에 찔린 그녀의 시체를 보았을 때. 두 번째는 아까 내가 목을 찔러 죽인 하자마 준페이의 웅크린 시체를 내려다보고 있을 때. 아마 내 눈도 저런 색으로 탁해진 적이 있던 것 같았다. 아마 부모님이 날 거실로 불러서, 친자식이 아니라는 사실을 털어놓았을 때였겠지. 지금 다시 가슴을 에는 그 감각을 지워버리기 위해 나는 두 손으로 목발을 들어 수박을 깨듯 내리쳤다. 조야는 두 손으로 머리를 감싸며 비스듬히 몸을 웅크렸다. 목발은 조야의 왼쪽 귀 윗부분, 관자놀이 부근을 때리고 바닥에 내리꽂혔다. 찢겨져 나간 머리카락 아래의 피부는 순간 하얗게 변했지만, 이내 빨간 피를 쏟아냈다.

"조야 군…… 그 사람 그러다 죽겠어."

마토무라 씨는 나를 보며 떨리는 목소리로 말했다.

"당하기 전에 죽여야죠."

목발을 다시 들어올렸다. 이번에는 피하지 못하도록 머리 아래쪽, 목덜미 쪽을 노렸다. 조야 군……. 금방에라도 꺼질 것 같은 마토무라 씨의 목소리. 나는 두 손으로 목발을 쥐고 체중을 실어 다시 힘껏 내리치려 했다.

쩌렁쩌렁한 목소리가 울려 퍼졌다.

마토무라 씨였다. 혼란을 그대로 소리로 옮겨놓은 듯, 아이우에오가 두서없이 뒤섞인 마토무라 씨의 목소리가 공기를 흔들었다. 그쪽으로 고개를 돌리려던 순간, 휘익, 하는 바람소리가 들렸다.

이내 바닥없는 늪으로 온몸이 가라앉는 감각과 함께 모든 것이 멀어져갔다.

마지막 장

눈이 수북이 쌓인 어느 겨울날이었습니다. 어느 가난한 소년이 땔감을 주우러 썰매를 끌고 밖으로 나왔습니다. 소년은 땔감을 모아 썰매에 실었지만, 추위에 몸이 얼어붙을 것 같아서 집으로 돌아가기 전에 모닥불을 피워 몸을 녹이기로 했습니다.

쌓인 눈을 헤집고 바닥을 정리하자, 작은 황금 열쇠가 하나 나왔습니다. 열쇠가 있으면 자물쇠도 있겠구나 생각한 소년이 땅을 파보자, 철로 된 상자가 나왔습니다.

"모래 산의 패러독스라고 알아?"

세이코엔으로 향하는 길에 마토무라 씨가 물었다.

"몰라요."

둘 다 목발을 짚고 있어서 걷는 속도는 무척 느렸다. 머리

위에 뜬 밝은 태양이 아스팔트에 선명한 그림자 두 개를 만들었다.

"그럼 대머리의 패러독스는?"

다시 고개를 젓자 마토무라 씨는 설명해주었다.

"모래 산은 모래로 된 산이지. 말할 것도 없지만. 지금 눈앞에 거대한 모래 산이 있어. 그리고 그 모래 산에서 모래 한 톨을 빼. 그럼 눈앞에 있는 건 뭐지?"

조금 생각한 뒤에 나는 대답했다.

"모래 산이요."

"그래, 모래 산이지."

정월 연휴가 끝난 시골 마을은 한산했다. 그래도 이따금 지나치는 지역 주민들이 목발을 짚은 이인조를 신기한 눈으로 쳐다봤다.

"그럼 모래 한 톨을 더 빼면?"

"모래 산이죠."

나는 같은 대답을 했다.

"그렇지. 그런 식으로 한 톨씩 모래를 빼내도, 여전히 모래 산은 모래 산이야. 한마디로 모래를 몇 톨 빼내도 모래 산은 모래 산이라는 거지. 자, 그럼 어떻게 될까."

뭐라 대답할 말이 없어서 애매하게 고개를 젓자, 바닥에 드리운 그림자도 함께 흔들렸다.

"'모래는 한 톨이라도 모래 산이다'라는 패러독스가 생겨나지."

그래서 어쨌다는 거지.

대체 무슨 말을 하고 싶은지 이해할 수 없었다.

마토무라 씨는 턱을 젖히고 싸늘한 공기를 얼굴 가득 맞으며 입을 다물었다. 그 두 눈은 아득한 옛 추억을 더듬듯 초점이 맞지 않았다.

"다들 어딘가 제정신이 아냐."

일월 하늘에 낮게 뜬 태양이 풍경을 빛과 그림자로 나누고 있었다. 지면을 선명하게 물들인 우리의 그림자는 목발과 입고 있는 옷차림, 머리카락의 세세한 형태까지 표현하고 있었다.

"내가 한 짓도 정상은 아니었지."

미성년자를 고용해 위험한 일을 시키거나, 남에게 알리고 싶지 않은 부분을 억지로 파헤쳐 폭로하거나, 그런 일들을 말하는 걸까. 아니면 그날, 온몸에 부상을 입은 상태로 공장에 달려와 유리를 깨고 안으로 들어온 것까지 포함해 말하는 걸까. 그런 생각을 하고 있는데 마토무라 씨는 다시 같은 말을, 이번에는 혼잣말처럼 되뇌었다.

"다들 어딘가 제정신이 아냐."

민가의 창문에서 쯧소리가 났다.

멀리서 개 짖는 소리와, 개를 꾸짖는 소리가 들렸다.

"대머리는요?"

"어?"

"아까 대머리가 어쩌고 했잖아요."

아, 마토무라 씨는 웃으며 대답했다.

"그것도 마찬가지야. 대머리에 머리카락 하나를 심는다고 대머리가 아닌 건 아니잖아. 하나 더 심어도 대머리고. 하나 더 심어도 역시 대머리지. 그렇게 되면, '대머리는 머리카락이 몇 올 있어도 대머리이다'라는 패러독스가 생겨나지."

서글프지. 그렇게 말하며 마토무라 씨는 웃으면서 앞머리를 올려다보듯 턱을 젖히고 두 눈을 위로 올렸다. 일찍 일어나서인지 흰자 아랫부분에 핏발이 서 있었다.

마토무라 씨는 경찰에 자초지종을 모두 털어놓았고, 미성년자인 나를 이용해 특종을 건져온 사실도 만천하에 드러났다. 나와의 관계는 회사에 비밀로 했는지, 마토무라 씨는 근신 처분을 받았고 현재도 정직 중이다. 복직해도 틀림없이 다른 부서로 전보 처리될 테고, 거기서 다시 이전의 위치까지 올라가는 건 쉽지 않을 테니, 이대로 퇴직해서 독립할 생각도

하고 있다고 한다. 독립해서 무엇을 할지는 가르쳐주지 않았다. 옛날에 히카리 누나의 영향을 받아 도서관에서 빌려 온 책 중에 잡지에 글을 쓰는 프리랜서 기자가 사건에 차례로 휘말리게 되고, 명탐정처럼 사건을 해결한다는 소설이 있었는데, 아마 마토무라 씨는 탐정은 못 될 것이다.

"어떻게 그때 내가 나란 걸 알았죠?"

이곳으로 오는 열차 안에서 나는 처음으로 그렇게 물었다. 목발로 겐토의 머리를 내리쳤을 때, 마토무라 씨 안에 대체 어떤 확신이 있던 걸까. 줄곧 궁금했지만 묻지 못했다.

"늘 입던 다운재킷을 입고 있어서."

마토무라 씨는 의기양양한 얼굴로 설명했다.

"그때 너희 둘은 비슷한 겉옷을 입고 있었고, 둘 다 피가 묻어 있었지만, 전에 네 다운재킷 왼쪽 소매. 오토바이로 마사다를 미행하다가 찢어졌다고 했잖아. 그게 눈에 들어왔어. 공장에 가기 전에 네가 병실로 찾아왔을 때는 전혀 신경 안 쓰였는데, 지난번에 카페에서 만났을 때 봤던 기억이 나더라고. 그래서 알았어. 네가 조야라는 걸."

요컨대 그냥 운이었던 거다.

그날 우연히 겐토가 새로 산 다운재킷을 잘못 입고 가지 않았다면, 마토무라 씨는 내 머리를 목발로 내리쳤겠지. 만일 내가 그 자리에서 기절했다면 겐토는 틀림없이 나를 죽였을 테고, 마토무라 씨 역시 같은 운명이었을 것이다.

애당초 우리가 서로 옷을 바꿔 입은 게 행운이었는지, 불행이었는지 알 수 없었다. 겐토가 내 옷을 잘못 입고 갔기 때문에, 주머니에 있던 내 스마트폰으로 마토무라 씨에게 연락할 수 있었다. 그 전화를 받지 못했다면 마토무라 씨도, 나도, 그리고 마사다도 겐토가 감금된 장소를 알아내지 못했을 것이다. 그리고 만일 아무도 그 공장에 나타나지 않았다면, 우동이 겐토를 죽이려는 걸 방해하는 사람은 없었겠지. 겐토는 죽었을 테고, 우동과 마사다는 살아 있을 것이다.

"그런 몸을 이끌고 공장까지 왜 온 거예요?"

열차 안에서 나는 질문 하나를 더 던졌다.

"기자 정신이랄까."

마토무라 씨는 즉각 대답했다.

"그때 내 상황을 생각해봐. 나한테 전화가 왔는데, 조야 군하고 같은 목소리의 누군가가 지금 살해당할 위기에 처한 거잖아. 그 상황에서 경찰이 눈에 불을 켜고 찾는 마사다 히로아키가 거기로 달려간 가고, 조야 군 너도 뒤따라갔고. 엄청난 특종 아냐? 기자가 병원을 나와 택시에 탈 이유로는 충분하지."

하지만 나는 금방 깨달았다.

"카메라 안 가져왔잖아요."

"응?"

"병실 베갯맡에 카메라 있었잖아요, 일안 레플리카. 만일 기자 정신 때문에 그곳에 온 거면, 왜 카메라는 안 들고 왔는데요?"

마토무라 씨는 누가 봐도 말문이 막힌 표정을 지었다. 하지만 그걸 숨기겠다고 아무렇지도 않은 표정으로 정면 창문을 보았다. 나도 눈을 들어 같은 곳을 보았다. 도심을 떠난 열차의 차창 밖으로는 아까보다 건물이 줄어들었고, 녹색이 늘어난 풍경이 흘러가고 있었다.

"뭐, 깜빡할 수도 있지."

카메라를 말하는 건지, 기자 정신을 말하는 건지는 물어보지 않아서 모르겠다.

등 뒤에서 발소리가 들렸다. 우리는 목발을 짚은 채 동시에 움직임을 멈췄다. 마토무라 씨가 고개를 틀어 어깨 너머로 뒤를 돌아봤다. 나도 고개를 돌렸다. 옆길에서 나온 두툼한 스웨터 차림의 할머니가 등을 돌린 채 멀어져가고 있었다.

"곧 한 달이 되네."

다시 우리는 겨울의 골목을 걷기 시작했다.

"경찰에서 아무 연락이 없다는 건…… 역시 아직 단서를 못 찾은 건가."

"그렇겠죠."

그날 목발로 겐토의 머리를 내려치고 나서, 마토무라 씨는 내 허벅지에 박힌 유리조각을 뽑아내고 본인이 감았던 붕대를 풀어 지혈했다. 그동안 나는 누워서 두 눈을 뜬 채, 천장 조명과 벽, 흩어진 유리조각, 웅크린 우동의 시체, 어둠 속에서 천장을 보고 있는 마사다의 시체, 그리고 바닥에 쓰러진 겐토를 바라보고 있었다. 콘크리트 바닥에 쓰러진 겐토는 이따금 팔다리를 경련하듯 떨었지만, 점점 움직임이 잦아들더니 이내 완전히 멈췄다.

내 다리를 지혈하고 나서 마토무라 씨는 경찰에 연락해 여전히 떨리는 목소리로 상황을 설명했다. 그 목소리를 들으며 내 의식은 멀어졌다 다시 돌아오기를 반복했다. 이윽고 사이렌 소리 여러 개가 하나가 되어 다가왔고, 경찰들이 공장으로 쏟아져 들어왔다. 다니오 형사와 다케나시 형사도 그중에 있었다. 현실감이 사라지며, 나는 그저 그 광경을 바라보는 데 급급해서 어느새 겐토가 사라진 것도 알아채지 못했다.

지금도 겐토는 잡히지 않았다.

어디로 사라졌는지 유력한 정보가 들어왔다는 연락도 없다.

경찰이 공장에 들이닥친 그날 밤, 내 증언으로 겐토의 집에서 기지마 부부의 시체가 발견됐다. 하지만 형사들이 처음부터 내 말을 믿은 건 아니다. 공장에서 내가 겐토의 이야기를 하기 시작했을 때는 다니오 형사도, 다케나시 형사도 전혀 믿으려 하지 않았다. 도중부터 마토무라 씨가 이야기를 거들었지만, 믿으려 하기보다는 거짓을 간파할 실마리를 찾으려는 태도로 듣고 있었다. 물론 경찰은 이미 그때 다고 요헤이와 히카리 누나를 살해한 용의자로 나를 수사선상에 올리고, 이력을 조사한 상태였기 때문에 겐토의 존재 자체는 파악하고 있었다. 여러 번 기지마 부부에게 전화를 해봤지만, 연결이 되지 않아서 집까지 찾아갔지만 아무도 없었다. 그때 이웃 주민에게 그 집 가족이 홋카이도 여행을 떠났다는 이야기를 듣고, 일단 기지마 부부와 겐토가 여행에서 돌아올 때까지 기다려보기로 했다고 한다. 내 주변에서 일어난 살인사건의 범인이 삼십 개월 때 생이별한 쌍둥이 형이라니, 다니오 형사도 다케나시 형사도 상상도 못 했으리라.

일련의 사건에 관한 보도는 끝을 모르고 가열되어갔다.

마토무라 씨에 따르면, 유난히 사건에 열을 올리며 보도하는 곳은 소속 기자가 마사다에게 살해당한 그 주간지라고 했다. 반대로 마토무라 씨가 일하는 《주간 소게이》는 지사의 직원이 관련되었다는 이유로 취재나 보도를 자제하는 분위기였고, 다른 언론 매체에서는 그 사실까지 포함해 연일 보도 전쟁을 벌이는 모양이었다.

미성년 용의자라는 이유로 겐토의 사진이나 자세한 프로필은 공개되지 않았다. 하지만 마토무라 씨의 말로는 언론은 이미 그 정보를 입수했을 것이라고 했다.

언젠가는 어느 매체에서 취재 경쟁에 이기기 위해 겐토의 사진과 이름을 공개할지도 모른다. 애초에 인터넷에는 이미 모든 정보가 돌고 있으리라. 그것을 본 누군가가 거리에서 나를 보고 손가락질하거나, 경찰에 신고할지도 모른다. 경찰이 겐토를 찾아낼 때까지는 안경이나 마스크로 변장하고 외출하는 게 좋겠다고, 마토무라 씨는 걱정스레 말했다. 하지만 나는 그럴 수 없었다. 겐토가 저지른 짓은, 내가 했어도 이상하지 않다는 생각이 들어서였다.

"음……."

마토무라 씨가 갑자기 고개를 들었다.

"오늘, 안 타는 쓰레기 버리는 날 아니었나?"

"내일일 걸요."

"그래? 깜빡한 줄 알았네. 회사에 안 가니까 날짜 감각이 이상해졌나봐."

우리는 지금 마토무라 씨가 새로 계약한 집에서 같이 살고 있다. 다니오 형사는 우리 모두에게 이사를 권했지만 나는 모아둔 돈도, 수입도 없었기 때문에 마토무라 씨가 같이 살자고 말해주었다. 둘 다 한쪽 다리밖에 못 쓰니까, 상부상조하며 살 수 있을 거라고 했지만, 실제로 살아보니 상부상조는커녕 서로 불편한 점이 갑절로 늘어난 것 같았다. 그저께도 마토무라 씨가 선반 위쪽에 있는 유리잔을 꺼내겠다고 해서 나는 옆에서 어깨를 부축했지만, 결국 둘 다 몸이 불편했기 때문에 두 배로 흔들려서, 유리잔은 우리 사이로 떨어져 깨졌다. 흩어진 조각을 밟지 않으려고 서로 그 자리에서 움직이지 않으려 했지만, 둘 다 한 다리밖에 못 쓰는 상태라 금세 비틀거리기 시작했고, 반사적으로 서로의 몸에 매달린 탓에 더욱 불안정해져 결국 바닥에 넘어지고 말았다. 나는 괜찮았지만 마토무라 씨는 무릎에 조각이 박혀 비명을 질렀다. 다행히도 비명소리에 비하면 아주 작은 조각이라, 찔끔 피가 나는 정도로 그쳤지만.

그런 나날을 보내면서도 마토무라 씨는 늘 쾌활했다. 텔레비전의 개그 프로그램을 보며 낄낄거렸고, 예전에 취재하면서 본 거대한 다코야키와 그걸 팔던 사람의 이야기를 몸짓, 손짓, 대사까지 섞어가며 들려주었다. 하지만 나는 그런 배려를 받아들이지 못한 채, 텔레비전 화면도, 마토무라 씨의 얼굴도 뭔가 얇고 허연 막을 통해서 보는 기분이었다. 어쩌면 그 얇은 막은 예전 히카리 누나의 두 눈을 덮고 있던 것과 비슷할지도 모른다. 그 시절의 히카리 누나도 마음을 온전히 드러내는 게 두려웠던 걸까. 뒤늦게 그런 생각이 들었다.

"아, 벌써 도착했네."

마토무라 씨가 고개를 들어 손 대신 목발을 흔들었다.

세이코엔 입구에 다니오 형사와 다케나시 형사가 서 있었다. 다니오 형사가 한 손을 들어 우리에게 미소를 짓자, 옆에 있는 다케나시 형사도 덩달아 한 손을 들었지만 곧바로 내리며 근엄한 얼굴로 허리를 폈다.

다니오 형사는 사건과 뭔가 관련이 있는 일이 일어나거나, 생각나는 게 있으면 바로 연락을 달라고 했다. 그래서 어제 연락을 넣은 것이다.

형사들과 합류하여 양지바른 마당을 가로질러 세이코엔으로 향했다. 며칠 동안 화창한 날씨가 이어진 까닭에 우리의 신발과 목발이 바닥을 스칠 때마다 연기처럼 모래 먼지가 일었다. 모래는 약한 바람을 타고 인적 없는 마당에 조용히 퍼져갔다. 평일 낮이라 초등학생과 중학생, 고등학생들은 학교에 가고 없는 시간대였다.

나와 마토무라 씨가 어떠한 형태로 관련되어 있다는 사실을 형사들이 처음 안 건, 마토무라 씨가 연락해 두 사람이 공장으로 들이닥친 그때가 아니었던 모양이다. 마토무라 씨의 통화기록에 내 스마트폰 번호가 있는 걸 그날 발견하고, 다니오 형사와 다케나시 형사는 마토무라 씨가 입원한 병원으로 찾아갔다. 하지만 이미 마토무라 씨는 병원을 빠져나와 공장으로 출발한 직후였다. 그 후에 마토무라 씨가 경찰에 신고했고, 두 사람은 그 공장으로 달려온 것이다.

"사는 건 좀 어떻습니까?"

다니오 형사가 정면을 바라보며 물었다.

"뭐, 남자 둘이서 사이좋게 잘 살고 있습니다."

마토무라 씨의 대답에 하하, 하고 숨소리만 내서 웃었다.

"전에도 말씀드렸다시피 새로 이사한 집 주소는……."

"안 알려줬습니다. 부모님께도 말 안 했고, 일부 회사 사람들만 알고 있죠."

"저희 능력이 부족해서 죄송스러울 따름입니다만, 부디 조심하십시오."

손목으로 미간을 톡톡 치며 다니오 형사는 피곤에 찌든 목소리로 말을 이었다.

"잡히기 전까지는, 어디에든 있을 수 있다고 생각하셔야

합니다."

이사와 관련해 다니오 형사는 두 가지 조언을 했다. 새 주소를 가급적 남에게 알리지 말 것. 그리고 우체국에 주거 이전 신청도 하지 말 것. 주거 이전 신청은 왜 하지 말라는 건지 몰라서 물어봤더니, 말을 흐렸다. 나중에 마토무라 씨가 설명해줬는데, 우체국의 주거 이전 서비스를 이용해 새로운 주소를 알아내는 방법이 있다고 한다.

'일단 옛날 주소에 속달을 보내. 그리고 다음 날 아침에 우체국이 문 열기 전에 시간 외 창구로 가서 우편물을 다시 돌려달라고 부탁해.'

신청이 받아들여져 수수료 몇 백 엔을 내면 보낸 사람에게 우편물이 돌아온다. 하지만 속달은 집하하자마자 주거 이전 처리를 하기 때문에, 돌려받은 봉투에는 이미 새 주소가 붙어 있다.

'우편물을 다시 돌려받으려면 신분증이 필요하지만, 그것만 해결하면 별문제 없을 가능성이 크니까.'

마당 구석, 수돗가 옆에 어린아이 몇몇이 쭈그리고 앉아 놀고 있었다. 바닥에 돌을 들어내면 갖가지 벌레가 나오는 곳이니, 벌레를 잡으며 놀고 있는 건지도 모른다. 저만치 떨어져 있는데도 흙투성이가 된 작은 손가락과 옷에 묻은 음식물 부스러기, 콧물로 굳어진 소매가 눈에 들어왔다. 한 아이가 우리를 보고 고개를 들자, 다른 아이들도 이쪽을 보았다. 가장 어려 보이는 남자아이만 처음 보는 얼굴이었다. 내가 졸업한 뒤에 들어온 아이겠지. 그 애만 호기심 어린 표정으로 우리 쪽을 보고 다른 아이들은 모두 금방 눈을 돌려 다시 놀이에 열중한 시늉을 했다. 내가 여기 있을 때도 그랬다. 아마 직원들과 이곳에서 생활하는 아이들이 모두 나를 피하거나, 멀리하는 걸 무의식적으로 알아챈 것이리라.

이쪽을 보던 남자아이가 조심스레 손을 흔들었다. 내가 손을 흔들어주자, 순순히 쑥스러운 표정을 지으며 고개를 들었다. 맞지도 않는 헐렁한 스웨터는 누가 입던 옷을 물려받은 걸까. 아니면 부모가 일부러 큰 옷을 사 입혀 보낸 것일까.

세이코엔이라는 아동복지시설의 이름은 언론에 보도되지 않았다. 때문에 이곳 아이들은 지금 세상을 떠들썩하게 만든 그 사건에 자신들의 보금자리가 깊이 관련되어 있다는 사실을 분명 모를 것이다. 이대로 끝까지 공표되지 않은 채, 아무것도 모르는 상태로 시간이 흘러 모두 어른이 되면 좋을 테지만, 그러기는 쉽지 않겠지.

"조야니?"

그리운 목소리가 들렸다.

건물 입구에 도고시 선생님이 서 있었다. 반백의 머리카락을 전과 다름없이 하나로 묶었고, 푸석푸석한 곱슬머리가 양쪽 귀 위로 튀어나와 있었다.

"오랜만이야."

그렇게 말하며 도고시 선생님은 지친 얼굴을 들었다. 만나지 못했던 지난 이 년 동안 확 늙어버린 그 얼굴을 똑바로 볼 낯이 없어서, 말없이 고개를 숙였다.

겐토가 도고시 선생님을 협박해 우동의 주소를 알아냈다는 이야기는, 우리 집에서 같이 살 때 본인의 입으로 들었다. 분명 도고시 선생님은 그 때문에 경찰에 시달렸을 것이다. 그리고 그때마다 모든 게 자신의 잘못인 양 사죄했겠지.

초등학교 삼학년 때 내가 학교에서 반 아이들의 물건을 망가뜨리기 시작했을 무렵, 교무실로 찾아와 머리를 조아린 건 늘 원장 선생님 아니면 도고시 선생님이었다. 원장 선생님은 시설의 책임자로 고개를 숙였고 사죄의 말도 늘 그런 입장에서 비롯된 것이었지만, 도고시 선생님은 항상 자신이 부덕한 탓이라며 사과했다.

이월의 추운 저녁, 방과 후 교무실에서 담임 선생님이 권한 의자에 앉지도 않고 내 옆에서 연신 고개를 조아리며, 처음으로 눈물을 보였던 도고시 선생님이 생각났다. 나는 그저 시간이 지나기를 기다리며 도고시 선생님의 옆모습과 발목이 늘어난 양말을 번갈아 바라보았다. 도고시 선생님과 둘이서 학교를 나오자 바깥은 컴컴했다. 선생님은 계속 말이 없었고, 세이코엔으로 돌아가는 길을 걷는 동안에도 아무 말도 하지 않았다. 더는 눈물을 흘리지는 않았지만, 이따금 코를 훌쩍였다. 그때마다 선생님은 후, 숨을 내뱉었지만 그 소리가 한숨처럼 들리지 않도록 살짝 입을 옆으로 벌렸다. 도중에 선생님은 갑자기 골목을 꺾어 큰길로 나갔다. 조금 떨어진 곳에 편의점이 있었다. 한산한 주차장 너머에 네모나고 눈부신 빛이 미래의 풍경처럼 빛나고 있었다. 배가 고프네, 도고시 선생님은 학교를 나와서 처음으로 말을 건넸다. 그리고 나를 데리고 편의점에 들어가 어묵을 샀다. 저녁을 먹기 전에 군것질을 하면 급식 선생님에게 미안하니 비밀로 해달라고 부탁하며 나에게도 사줬다. 우리는 편의점 주차장 구석에 서서 어묵을 먹었다. 스티로폼 용기가 추위에 곱은 손을 따스하게 녹여줬고, 국물 냄새가 겨울 내음에 뒤섞였다. 도고시 선생님의 안경은 김이 서려 새하애졌고, 내쉬는 숨도 하얬다. 나는 도고시 선생님이 싫지 않았다. 그러니 선생님을 학교까지 불려오게 하고 울게 한 일을 슬퍼해도 됐을 텐데, 슬퍼했던 기억은 떠오르지 않았다. 지금 나는 그때 못 했던 말까지 포함해 도고시 선생님에게 뭐라고 말하고 싶었다. 말하려 했지만 턱이 굳은 것처럼 움직이지 않았다.

"미안해."

도고시 선생님이 먼저 말문을 열었다. 뭐가 미안하다는 건지 이해가 가지 않았다. 나는 말없이 그저 고개를 숙인 채 양쪽 목발을 꼭 쥐었다. 그러면서 별안간 찾아든 외로움을 의식하고 있었다. 이렇게 도고시 선생님을 오랜만에 만났는데도, 나는 외로웠다. 그리고 한 번 그것을 의식하기 시작하자, 예전에도 같은 감정으로 가슴이 가득 찼던 기억이 떠올랐다. 아주 오래전, 내가 이 마당에서 제초기에 비닐 끈을 묶어 썰매놀이를 하거나, 원장 선생님의 차를 몰고 마당을 빙빙 돌았던 건, 선생님들이 날 봐줬으면 해서가 아니었을까. 그런 생각이 들었다. 다른 아이들의 숭배를 받고 싶은 게 아니라, 부모 대신인 선생님들의 관심을 끌려던 게 아니었을까.

"저기 슬리퍼가 있으니 갈아 신으세요."

도에스 선생님이 신발장 옆에 놓인 슬리퍼 꽂이를 가리켰다. 손님용 파란 슬리퍼가 한 켤레씩 겹쳐져 늘어서 있었다.

"다 낡은 슬리퍼라 부끄럽네요."

"우리는 한 켤레만 있으면 되겠다."

마토무라 씨가 슬리퍼를 꺼내 한 짝을 자기 발밑에, 다른 한 짝을 나에게 던졌다. 낡은 슬리퍼의 파란 비닐은 군데군데 벗겨져 있었다. 내가 어릴 때부터 있던 슬리퍼니, 어쩌면 설립 이후 한 번도 새로 사지 않았는지도 모른다. 십칠 년 전, 기지마 부부도 이 슬리퍼를 신고 삼십 개월의 겐토와 나를 만난 것일까.

"조야는 그 슬리퍼 처음 신는 거겠네."

도고시 선생님의 말을 듣고서야 깨달았다. 아닌 게 아니라 옛날부터 익숙한 이 슬리퍼를 직접 신는 건 처음이었다.

"바닥 부분은 다 닳았지?"

"그러게요……. 다 닳았네요."

목발로 몸을 지탱하며, 한쪽 발에만 신은 슬리퍼로 바닥을 디뎠다. 딱딱한 타일과 마당에서 들어온 자잘한 모래의 감촉이 거의 그대로 발바닥에 전해졌다. 마토무라 씨도, 다니오 형사와 다케나시 형사도 다리를 벌리고 그 자리에서 발을 굴렀다. 오호, 그래도 뭐, 등등, 세 사람이 저마다 중얼거리는 말 사이로 나는 간신히 목구멍에 걸린 말을 짜냈다.

"폐를 끼쳐서 죄송해요."

도고시 선생님의 표정이 잠시 굳었다.

하지만 이내, 마치 내가 농담이라도 한 듯 미간을 찡그리며 손사래를 쳤다.

"선생님."

복도 안쪽에서 소리가 났다.

종종걸음으로 다가온 사람은 새로 온 선생님인가, 처음 보는 젊은 여자였다. 그녀는 현관까지 나오더니, 우리를 보고 인사를 건넸지만 내 얼굴을 보자마자 뻣뻣하게 굳었다.

도고시 선생님이 그쪽으로 다가갔다. 새로 온 선생님은 소곤거리는 목소리로 뭐라고 질문을 하는 것 같았다. 도고시 선생님이 그 말에 간략히 대답하자, 그녀는 내 쪽을 보지 않으려 애쓰며 다시 고개를 꾸벅 숙인 뒤 복도로 돌아갔다.

"원장 선생님이 기다리고 계세요."

도고시 선생님을 따라 우리는 복도를 지났다.

선생님의 실내화 소리와 우리의 목발 소리, 슬리퍼가 바닥을 스치는 소리를 들으며 그 좁은 강당과 히카리 누나가 분말 레몬티를 마시던 식당 옆을 지나쳤다.

교무실 앞에 도착하자 도고시 선생님이 먼저 안에 들어갔고, 우리는 그 자리에서 기다렸다.

의자가 삐거덕거리는 희미한 소리와 도고시 선생님의 목소리, 뭐라고 묻는 듯한 원장 선생님의 나지막한 목소리. 이어서 도고시 선생님의 "어머?" 하는 놀란 목소리. 선생님은 우리도 함께 들어온 줄 안 모양이었다.

우리는 잠깐 서로의 얼굴을 마주 본 뒤, 동시에 걸음을 떼서 직원실 입구로 줄지어 들어갔다. 교대하듯 도고시 선생님이 "저는 나가볼게요" 하고 복도로 나갔다. 해야 할 일이 있는 것일까, 아니면 처음부터 동석하지 않기로 한 것일까.

원장 선생님이 책상을 지나 이쪽으로 걸어왔다. 낯익은 스웨터를 아직도 입고 있었다. 창밖에는 햇살이 내리쬐는 마당이 펼쳐져 있었고, 선생님의 얼굴은 그 빛 때문에 그늘이 져 있었지만 두 눈이 똑바로 나를 바라보고 있는 걸 알 수 있었다. 벽 쪽에 원장 선생님의 책상이 있다. 그 위에 역시 낯익은 찻잔이 놓여 있었다. 찻잔 속 차는 거의 줄지 않은 채 식었을 게 틀림없다. 여기서 보이지도 않는데, 어째서인지 그런 생각이 들었다.

원장 선생님에게 전화가 온 건 어제 저녁이었다.

일련의 사건이 보도된 뒤, 세이코엔의 번호로 여러 번 전화가 왔지만 나는 받을 수가 없었다. 아무것도 생각하고 싶지 않았다. 아무것도 떠올리고 싶지 않았다. 어제 저녁 같은 번호로 걸려 온 전화를 받은 건, 때마침 옆에 있던 마토무라 씨가 받아보라고 했기 때문이다.

우리가 이야기를 나누는 건, 이 년 전 세이코엔을 떠난 뒤로는 처음이었다.

수화기 너머의 원장 선생님은 나에게 겐토의 존재를 숨긴 일을, 그리고 친아버지가 누구인지 모른다고 거짓말을 한 것을 먼저 사과했다. 나는 짧게 맞장구를 치는 게 고작이었다. 선생님은 내 건강과 다른 모든 일들을 무척 걱정했지만, 나는 제대로 대답할 수가 없어서 마지막에는 어색한 침묵만이 흘렀다. 스마트폰을 귀에 댄 채, 나는 세이코엔의 교무실에서 수화기를 손에 들고 있을 원장 선생님의 모습을 상상했다. 그러자 그곳에 놓인 책상이며, 벽에 걸린 화이트보드, 다섯 살 때의 '불꽃놀이의 밤', 기리카와 선생님의 차에 화약을 설치하기 위해 빠져나간 창문의 모습 등이 선연하게 떠오르는 것이었다.

"잇짱이 맡긴 물건이 있다."

원장 선생님은 뜬금없이 그렇게 말했다.

"숨을 거두기 전에 병원에서 나에게 맡기더구나. 이대로 죽을지도 모른다. 앞으로 아이들이 성인이 되면…… 혹시 그때까지 입양을 가지 못하면 건네주라고 하더구나."

나와 겐토가 가지고 있는 그 작은 열쇠와 함께 건넨 물건이라고 했다.

"뭘요?"

"모르겠다."

뚜껑에 자물쇠가 달린 작은 상자인데, 열어본 적은 없다고
했다.

'성인이 되면 주라고 했다면서, 왜 지금……'

이제야 생각이 났다.

"생일 축하한다."

원장 선생님이 나에게 미소를 지었다.

오늘은 나와 겐토의 생일이었다. 스마트폰을 쓸 때마다 네
자리 패스워드를 입력했는데도 까맣게 잊고 있었다.

"형사님들도 일부러 먼 길 와주셔서 감사합니다."

"무슨 말씀이십니까, 저희는 이게 일인데요."

다니오 형사가 손사래를 쳤다.

"안쪽으로 가자."

다시 나를 보며 원장 선생님이 몸을 돌렸다.

"상자는 저쪽에 두었다."

교무실 안쪽은 응접실이었다. 원장 선생님은 응접실 문을
열고 우리를 먼저 안에 들여보낸 뒤 들어와 문을 닫았다. 마
당으로 난 창문에 달린 레이스 커튼 사이로 새어 들어온 햇
살이 공중을 떠도는 먼지와 어우러져 제 형태를 드러내고 있
었다.

상자는 테이블 위에 있었다.

골동품 가게에 있을 법한 나무 상자였는데, 무척 저렴해 보였다. 열쇠구멍이 하나 있었지만, 열쇠가 없어도 펜치 같은 걸로 부수면 쉽게 열 수 있을 것 같았다.

"안에 뭐가 들었을 것 같아요?"

그렇게 물었지만 원장 선생님은 고개를 저었다.

"난 짐작이 안 가는구나."

테이블 앞에 무릎을 꿇고 상자를 들었다. 상자 자체의 무게가 얼마나 되는지는 모르지만, 안에 든 내용물은 그리 무거운 것 같지 않았다. 테이블 위에 다시 내려놓으려고 상자를 기울인 순간, 안에서 찰칵 소리가 났다. 그 소리 역시 한없이 가벼웠다.

청바지 주머니에서 열쇠를 꺼냈다. 열쇠기둥 끝에는 단순한 형태의 톱니가 달린, 장난감 같은 열쇠. 어머니가 이 열쇠를 우리 형제에게 각각 맡긴 이유를, 어제 원장 선생님의 전화로 나는 알 것 같았다. 상자 속에 무엇이 들어 있든, 그것은 분명 아이들이 입양되었을 경우에는 필요 없어지거나, 건네서는 안 될 물건이리라. 그래서 어머니는 나와 겐토에게 각각 열쇠를 주었다. 우리 둘이 성인이 되었을 때, 어느 한쪽만 입양되고 나머지 하나는 부모가 없을 가능성도 있다. 그야말로 나와 겐토가 그랬듯이. 하지만 저마다 하나씩 열쇠를 가지고 있으면, 원장 선생님이 한쪽에만 연락해 상자를 열게 할 수 있으니까.

열쇠를 넣고 오른쪽으로 돌렸다.

별다른 저항 없이 딸각 소리가 났다.

두 손으로 뚜껑을 열었다. 안에는 투명한 사각 케이스 하나가 달랑 들어 있었다. 그 플라스틱 케이스 안에는 어린애가 그린 로봇의 얼굴 같은 회색 물체가 있었다. 카세트네. 마토무라 씨가 중얼거렸다. 그 말대로 카세트테이프였다. 이곳에 있을 때, 원하는 사람만 참가하는 국민체조를 할 때면 원장 선생님이 늘 카세트테이프를 틀었던 기억이 났다. 하지만 그건 내가 초등학교 저학년 때까지였고, 그 후에는 졸업생이 선물했다는 CD플레이어로 바뀌었다.

옛날에 쓰던 카세트플레이어가 아직 있는지 물어봤다.

"창고에 있을 거다."

원장 선생님은 교무실을 나가 창고로 갔다. 그 옛날, 거북이와 사마귀의 집에 불을 지르기 위해 내가 기름통을 하나씩 뒤집어서 기름을 모았던 창고였다.

하얀 빛이 새어 들어오는 응접실에서 우리는 테이블 둘레에 서서 선생님이 돌아오기를 기다렸다.

"그런 열쇠, 둥그런 기둥에 사각 톱니가 붙은 걸⋯⋯."

마토무라 씨는 상자에 꽂힌 열쇠에 눈짓하며 말했다.

"스켈리튼 키라고 한대."

"그렇군요."

태어날 때부터 가지고 있던 물건인데도 이름조차 몰랐다.

"아주 옛날에 만들어진 워드 자물쇠라는, 지극히 단순한 구조의 자물쇠는 스켈리튼 키로 대부분 열 수 있었대. 그래서 스켈리튼 키에는 '여벌 열쇠'라는 뜻도 있다고, 어디서 읽은 기억이 나네."

여벌 열쇠라는 말은 내 안에서 겐토의 존재와 어우러졌다. 이 세이코엔을 찾아왔을 때도, 우동에게 전화를 걸었을 때도, 겐토는 사카키 조야로서 행동했고, 나밖에 열 수 없었을 자물쇠를 아주 쉽게 열었다. 다고 요헤이를 죽였을 때도, 히카리 누나를 죽였을 때도, 마치 범행 현장에 열쇠 하나를 놓아둔 것처럼 일부러 증거를 남겼고, 경찰은 그 열쇠를 주워 나라는 열쇠구멍에 넣었다. 열쇠는 보란 듯 들어맞았고, 나는 의심할 여지없이 용의자로서 쫓기게 되었다.

"찾았다, 찾았어."

원장 선생님이 라디오 카세트를 들고 돌아왔다.

"헤드폰이나 이어폰 같은 것도 찾아봐야 하나. 찾아보면 어딘가에 있긴 할 텐데."

나는 고개를 저으며 먼지를 뒤집어쓴 라디오 카세트를 받아 들었다. 테이블에 내려놓고 뒷면에 둘둘 감긴 전원 코드를 풀자, 원장 선생님은 후 불어 먼지를 털어내고 플러그를 콘센트에 꽂았다.

카세트테이프를 넣고 재생 버튼을 눌렀다.

지지직거리는 화이트노이즈.

그 너머로 옷이 바스락거리는 것 같은 소리만 들렸다. 하지만 일정한 리듬을 유지한 그 소리에 가만히 귀를 기울이자, 사람의 숨소리라는 걸 알 수 있었다.

이내 그 숨소리는 길게 늘어졌고, 그 직후에 조용한 목소리가 흘러나왔다.

"겐토와 조야를 만나고 싶어."

처음 듣는 어머니의 목소리였다.

"하지만 아마 엄마는 곧 죽을 것 같아."

그런 생각이 전혀 들지 않을 만큼 어머니의 목소리는 평온했다. 숨소리에 묻혀 잘 들리지는 않았지만, 마치 일요일 아침에 양지바른 툇마루에서 이야기하는 것처럼 부드러운 목소리였다.

이십여 년 전, 어머니는 다고 요헤이의 산탄총에 맞아 의식불명 상태로 병원에 이송되었다. 몸에 박힌 총알을 적출하는 수술을 받아, 일시적으로 의식을 회복했지만 이내 상태가 악화되어 다시 혼수상태에 빠졌다. 나와 겐토는 제왕절개 수술로 태어났고, 어머니는 깨어나지 못한 채 숨을 거뒀다.

아마 이 목소리는 어머니가 의식을 회복했을 때 녹음한 것이리라.

"친아버지가 누구인지, 어른이 된 너희에게 가르쳐줘야 한다고 생각했단다. 하지만 이제 손이 움직이지 않아서 도저히 편지는 못 쓸 것 같아서, 병원 사람에게 부탁해서 녹음을 하기로 했어."

두 형사와 마토무라 씨는 짧게 눈빛을 교환했다. 앞으로 어머니가 하려는 이야기가 이미 밝혀진 사실임을 예상하고, 약간 실망했는지도 모른다. 실제로 뒤이어 어머니가 이야기한 건 그 자리에 있는 모두가 이미 아는 내용이었다. 어머니를 쏜 사람은 다고 요헤이이며, 우리의 친아버지라는 것. 하지만 어머니의 육성으로 직접 그 이야기를 들으며, 나는 그것이 틀림없는 진실임을 새삼 통감했다. 그와 동시에 두 눈을 덮고 있던 얇은 막 같은 게 갑자기 벗겨져나간 느낌이 들며, 동물원에서 함께 염소를 껴안았던 우동과, 처음으로 좋아한 히카리 누나의 죽음, 그리고 지금까지 겪은 모든 일들이 압도적인 현실감과 함께 뒤늦게 나를 짓눌렀다.

"어쩌면 너희는 지금 무척 힘든 삶을 살고 있을 수도 있겠지. 하지만 이것만은 알아주렴."

어머니의 목소리는 이내 내가 몰랐던 사실을 이야기하기 시작했다.

"분명 태어나길 잘했다고 생각할 날이 올 거야."

아니, 몰랐던 게 아니라 생각해본 적도 없었다.

"너희 이름을 지을 때, 엄마가 좋아하는 동화가 떠올랐어. 어릴 때, 보육원에서 읽었던 그림 동화의 맨 마지막에 실려 있던 〈황금 열쇠〉라는 아주 짧은 이야기였어."

눈앞에 있는 아이에게 그림책을 읽어주듯, 어머니는 드문드문 다정하게 이야기를 들려주었다.

한겨울에 어느 가난한 소년이 땔감을 주우러 밖으로 나왔다. 눈이 수북이 쌓였고, 날이 너무 추워서 소년은 땔감을 모은 뒤에 몸이 얼어버릴 것 같았다. 그래서 집에 돌아가기 전에 모닥불을 피워 언 몸을 녹이려고 했다. 소년은 눈을 헤집고 불을 피울 자리를 마련하려 했다. 그러자 눈 속에서 작은 황금 열쇠가 나왔다. 열쇠가 있으니 당연히 자물쇠도 있겠구나 싶어서 땅을 파보니 작은 상자 하나가 나왔다.

"열쇠가 맞으면 좋겠다……. 이 안에는 분명 귀한 보물이 들어 있을 거야. 소년은 그렇게 생각하며…… 상자를 살펴봤지만 어디에도 열쇠구멍은 없었습니다. 그러다 열쇠구멍 하나를 찾기는 했지만, 너무 작아서 잘 보이지도 않는 작은 구멍이었습니다. 열쇠를 넣었더니 딱 들어맞았습니다. 소년은 열쇠를 찰칵 돌렸습니다."

이야기는 거기서 끝난다고 했다.

"그 뒤에는 이렇게만 적혀 있었습니다. 뚜껑을 열 때까지 기다려야 합니다. 그리고 뚜껑을 열면, 작은 상자에 어떤 멋진 것들이 들어 있는지 알게 되겠죠."

어머니의 목소리가 멎었다.

무거운 것을 끄는 듯 가쁜 숨소리가 잠시 이어졌다.

"엄마는 똑똑한 사람이 아니라 이 이야기의 뜻을 잘은 모르겠어. 하지만 어릴 적에 보육원 책장 앞에서 처음 이 이야기를 읽었을 때 마음이 무척 환해졌어. 정말 싫다고 생각했던 여러 일들이 모두 괜찮을 거야, 하는 마음으로 바뀌었단다. 어른이 되어서도 수없이 떠올렸어. 떠올리면서, 모두 다 괜찮을 거라고⋯⋯."

갑자기 목소리가 눈물에 뒤덮였다.

쥐어짜듯 어머니는 몇 번이고 말했다.

"괜찮을 거라고⋯⋯."

병실에서 이 테이프를 녹음할 때, 어머니는 나와 겐토가 이 세상에 태어나기를 바라고 있었다. 분명 진심으로 그렇게 바랐을 것이다. 하지만 만일 이렇게 될 줄 알았다면, 그래도 바랐을까. 우리가 무사히 첫 울음을 터뜨리기를 바랐을까.

"그러니까, 너희도……."

태어나버린 나는 지금 무엇을 기도해야 할까. 이미 일어나버린 일에는 어떤 기도도 통하지 않는다. 그래도 나는 기도하고 싶었다. 어머니처럼 진심으로 기도하고 싶었다.

"너희도 괜찮을 거야."

어머니의 말이 진실이기를.

"괜찮을 거야."

조금이라도 진실이기를.

주요 참고문헌

《브레멘 음악대 그림 동화집 3》 구스다 도시로 옮김

《사이코패스》 나카노 노부코 지음

《말해서는 안 되는 잔혹한 진실》 다치바나 아키라 지음

《사이코패스라는 이름의 무서운 사람들》 다카하시 신고 지음

《폭력의 해부학 신경범죄학으로의 초대》 에이드리언 레인 지음 다카하시 히로
    시 옮김

《아동복지시설과 사회적배제 가족의존사회의 경계》 니시다 요시마사 편저, 쓰마
    키 신고, 나가세 마사코, 우치다 류시 지음

《1억 엔의 복권에 당첨된 사람의 말로》 스즈키 노부유키 지음

《뇌에는 기묘한 버릇이 있다》 이케다니 유지 지음

*132쪽 도판: 레오나르도 다 빈치, 〈모나리자〉, 15세기경, 루브르 박물관

2004년 《등의 눈》으로 호러서스펜스대상 특별상을 수상하며 작가 생활을 시작한 이후로 미치오 슈스케는 다양한 장르의 이야기들을 써왔다. 호러적인 요소와 환상적인 분위기가 특징적인 미스터리부터, 인간 내면의 묘사에 집중한 순문학적 작품 그리고 엔터테인먼트성에 집중한 대중소설까지.

그런 다재다능한 작가가 가장 최근에 선보인 작품은 예전부터 써보고 싶었다는 '사이코패스'가 주인공인 《스켈리튼 키》이다. 타인에게 이해받지 못하는 고독한 내면을 지닌 주인공이라는 점에서는 이전 작품들과 공통되지만, 이번에는 비일상적이고 환상적인 분위기보다는 변칙적인 트릭에 초점을 맞춘 미스터리라는 인상이다.

주인공 사카키 조야는 일반적인 사람에 비해 심박수가 낮으며, 땀을 거의 흘리지 않고, 태어나서 한 번도 공포란 감정을 느껴본 적 없는, 소위 '사이코패스'라 불리는 인종이다. 그를 움직이는 원동력은 오로지 자신의 이해득실뿐으로, 친어머니를 살해한 가해자에게 느끼는 분노조차 어머니에 대한 애정이나 연민 때문이 아니라, '존재했을지도 모를 또 하나의 내 인생'을 빼앗긴 데서 비롯된다고 서술한다. 이 같은 어린 시절부터의 '비정상'적인 정신구조와 행동양식에 대한 냉정한 자기 고백과 작중에서 그가 보여주는 폭력성과 대담함, 낮은 공감능력 등은 우리가 익히 많은 미디어들을 통해 접해온 '사이코패스'의 스테레오타입과 그다지 다르지 않다. 그럼에도 불구하고 자신의 다름을 인지하고 평범하게 살아가고자 했던 조야의 삶은 어느 순간부터 연속적으로 일어난 사건들에 의해 무너져 내리고, 작가는 그 과정을 긴장감 넘치는 스토리와 문체, 촘촘한 복선을 통해 마치 한 편의 액션 스릴러 영화를 보는 것처럼 펼쳐놓았다. 그리고 '사이코패스'에 대한 우리의 선입견을 똑똑하게 이용한 트릭이 밝혀지는 순간, 독자는 분명 페이지를 역주행하며 그 기교에 감탄하게 될 것이다.

여러 장르를 섭렵하며 왕성하게 활동해온, 이제는 중견의 반열에 들어선 작가가 제 기량을 십분 발휘해 써내려간 엔터테인먼트 작품이지만, '사이코패스'라는 중심 소재가 단순히 이야기의 진행을 위한 자극적인 도구, 반전을 위한 충격적인 트릭으로만 쓰이지 않았다는 점이 미치오 슈스케답다. 작가는 페이지의 상당 부분을 '사이코패스'와 '유전'에 대한 논의에 할애하고 있지만, 자칫 우생학적 논의로 빠질 위험이 있어서인지 민감한 문제를 구체적으로 파고들지는 않고 여러 가능성을 열어둔 채 다소 모호하게 처리한 것 같은 느낌이 들기도 한다. 하지만 작품 출간 후 진행한 한 인터뷰에서는 과학적으로는 사이코패스는 '유전한다'고 결론 내려졌지만, 후천적인 교정 가능성에 무척 흥미를 느꼈다고 밝히기도 했다. 말하자면 그는 '사이코패스'로 대변되는 닫힌 상황에 대해서도 인간에 대한 희망의 끈을, 변화의 가능성을 놓고 싶지 않은 것이다.

다소 서글플 정도로 냉정하게 자신을 '사이코패스'로 정의하던 조야가 최악의 상황에서도 자신을 둘러싼 사람들의 따스함을 느끼며, 앞으로 찾아올 날들이 '괜찮기를' 기도하는 이야기의 결말에서 주인공을 빛이 있는 쪽으로 데려가려는 작가의 의지는 굳건한 빛을 발한다. 바로 이러한 장면들이 하나둘 모여 단순한 엔터테인먼트 소설로만 정의할 수 없는, 이 이야기만의 특별함을 자아낸다. 그것이 작가 미치오 슈스케의 진면목이며 미덕이리라.

최고은

옮긴이
최고은 대학에서 일본사와 정치를 전공했고 현재 도쿄대학교 대학원 총합문화연구과에서 일본 근현대문학을 공부하고 있다. 옮긴 책으로 이사카 고타로의 《아이네 클라이네 나흐트무지크》, 오쿠다 히데오의 《침묵의 거리에서》, 요코야마 히데오의 《64》, 미카미 엔의 '비블리아 고서당 사건수첩 시리즈', 모리무라 세이치의 '증명 시리즈', 요네자와 호노부의 《부러진 용골》 등이 있다.

스켈리튼 키

2019년 5월 20일 초판 1쇄 인쇄
2019년 5월 28일 초판 1쇄 발행

지은이 | 미치오 슈스케
옮긴이 | 최고은
발행인 | 이원주
책임편집 | 박윤희
책임마케팅 | 정재영

발행처 | (주)시공사
출판등록 | 1989년 5월 10일(제3-248호)

주소 | 서울특별시 서초구 사임당로 82(우편번호 06641)
전화 | 편집 (02)2046-2852 · 마케팅 (02)2046-2883
팩스 | 편집 · 마케팅 (02)585-1755
홈페이지 | www.sigongsa.com

ISBN 978-89-527-9941-8 03830

이 도서의 국립중앙도서관 출판예정도서목록(CIP)은 서지정보유통지원시스템 홈페이지(http://seoji.nl.go.kr)와 국가자료공동목록시스템(http://www.nl.go.kr/kolisnet)에서 이용하실 수 있습니다.(CIP제어번호: CIP2019017392)